「僕は神座《かむくら》の里《さと》の
住人だぞ。
どうする？」
傭兵団の料理番
16
Youheidan no Ryouriban
川井 昂
Ko Kawai
illustration
四季童子

『アユタは
これが好きだなぁ！
チャーハンってだけでも
美味《おい》しいのに、
辛さが加わったら
最高ってのが証明されてる』

『お前の作る肉じゃがだから、
私はニンジンを食べることが
できるんだから』
ミコトはご機嫌で
匙《さじ》を手に取る。

「何も聞かねぇのか」
ネギシさんはポツリ、と言う。
「俺が月見酒をする理由」
シュリは月に顔を向けたまま答える。

「……やるしかない、か」

最終手段だけ、ということだ。僕は覚悟を決めました。
まずアユタ姫の武装を解く。次に僕は服を脱ぐ。
洞窟の一番奥までアユタ姫を抱きかかえて運んでから、
僕は次の行動に移る。アユタ姫を強く胸に抱きしめて——。

傭兵団の料理番

INTRODUCTION

朝食と襲撃

とある三日月の夜。

シュリと親しく月見酒を楽しんだことで油断したネギシは、

あることをみんながいる前で言ってしまった。その場では問題にならなかったものの、

自身の迂闊《うかつ》さを恥じたネギシはシュリを避けるようになってしまう。

謝罪する状況を見いだせないネギシが悩んでいたところ、戦《いくさ》の報《しら》せが入る。

出陣した先の野営地にて、ようやくネギシはシュリに謝罪することができた。

しかしシュリは、ふとしたことでアユタ姫たちに正体を知られ、

グランエンドの支配者を取り巻く闇と自身の境遇を話すこととなった。

アユタ姫たちは信長《のぶなが》の存在を知り、打倒することを誓った。

自身が戦うべき本当の敵を改めて見定めたアユタ姫たちのために

朝食の用意をしていたシュリだったが、耳に届いてきたのは鬨《とき》の声。

大勢の敵の集団が襲ってくるところだった。

戦ううちにネギシたちとはぐれてしまったものの、

敵の襲撃からなんとか逃げ出したアユタ姫とシュリ。

森の奥の洞窟に逃げ込み、雨と寒さを凌《しの》ごうとするが、

冷えきった体を温めるものは何もない。

そんな中、アユタ姫は低体温症に陥ってしまい……。

16

Youheidan no Ryouriban

傭兵団の料理番

16

川井昂

ヒーロー文庫

傭兵団の料理番
16
Youheidan no Ryouriban
illustration : 四季童子

CONTENTS

イラスト／四季童子
装丁・本文デザイン／5GAS DESIGN STUDIO
校正／福島典子（東京出版サービスセンター）
ＤＴＰ／伊大知桂子（主婦の友社）

この物語は、小説投稿サイト「小説家になろう」で
発表された同名作品に、書籍化にあたって
大幅に加筆修正を加えたフィクションです。
実在の人物・団体等とは関係ありません。

プロローグ～シュリ～

ミコトさんとの話が終わった次の日。

……次の日？ 徹夜で話したから二日後？

いや、ミコトさんに肉じゃがを食べてもらった次の日、と考えればいいですね。

僕は久しぶりにゆっくりとベッドから起き上がり、体を伸ばしました。仕事がある日なのにこれだけゆっくりと寝たのは久しぶりかもしれない。

なぜかというと、ミコトさんから怒られたことを自分なりに反省し、僕が送り込まれているこの砦《とりで》の、厨房《ちゅうぼう》のまとめ役をしているオブシナさんと話し合いをしたからです。ミコトさん曰《いわ》く、働きすぎだからちゃんとシフト管理の話し合いをしろ、と。

するとオブシナさんから一言。

「やっとその話がシュリから出たのね……ミンナ心配してたさ。シュリだけ頑張って働いてるから、大丈夫かなってさ」

どうやら僕は、ものすごく周りに心配をかけてたみたいです。

凄《すご》く反省しましたよ、改めて。周りのことを考えず、いや、周りを考えたからこその頑張りも、周囲の人たちの理解や環境にそぐわないものならば、ただの暴走であり、職場の秩序を乱す行為になりかねないってね。

……地球にいた頃も、こんなふうに他の人たちを困らせたりしたのかな。いろんな人たちに迷惑をかけていたのは間違いないでしょう。いつか謝れる日が来るだろうか。

こうして僕はオブシナさんたちとシフトを決め、今日の僕は遅番なり。遅番といってもアユタ姫のための料理を作るから、いつもより遥《はる》かに遅いといっても、それでも早いにゃ早いのです。まぁ、最初に厨房《ちゅうぼう》に入るわけではないので、掃除やら何やらしなくなった程度か。

「さて、下らないことを考えるのはやめて、厨房に行きますか……」

ふ、と僕は自嘲《じちょうぎみ》気味に笑い、支度を整えて部屋を出る。謝れる日が来るだろうかなんて、僕はこの世界にいると決めたはず。いや、帰れると決まったらどうだろう？

こんな感じでグルグルグルグル、と迷い迷って、結論を出しては別の結論を出して、また迷っては考える。今はこんなもんでいいや、と軽く考えておく。

廊下を歩けば、もう当直で見張り番をしていた兵士さんなんかが食堂へ向かっていたり、文官らしき人とすれ違ったりするので、多くの人が仕事を始めてるのがわかった。

こんな朝早くから文官の人は何をしてるんだろう？　と疑問に思わなくもない。けどまぁ、僕が気にすることでもないので黙々と食堂へ向かう。

食堂にはすでにたくさんの人たちが来ていて、そういえば僕がシフトを気にせず仕事をしていた時もこんな感じだったな、と思い出す。

そこから厨房に入れば、今日の早番の人たちがすでに朝食の準備を終わらせようとしているところでした。僕はそれを見てから姿勢を正して口を開く。

「おはようございます」

「ああ、おはようシュリ」

忙しいために、返事をくれたのは一人だけでしたが、他の人たちも僕を見て頭を下げていたので、それが挨拶の返答だと察する。わかるよ、忙しいもんな。

「どうだ調子は？　元気か？」

「問題ありませんよ。今朝は遅くまで眠ることができましたので」

「……アユタ姫様たちに加えてミコト様の相手までして、よく保《も》つよなぁ……」

その人は呆《あき》れたような顔で言うと、自分の仕事に戻っていきました。

僕も僕で今日の仕事に取り掛かる。朝からやることは山積みだ、僕が今まで早番の仕事としてやってたものはもうないけど、それでも料理人は忙しい。

アユタ姫の料理のメニューを考え、癇癪《かんしゃく》を抑える言葉を考え、アフターケアも考える。

うーん、一つ目のやつはともかく、ほかの二つは料理人の仕事だろうか？　と悩みます。

だけど……まぁ、そうだな。

「それでも、やりがいはある」

僕は口の端を上げ、やりがいを感じてやる気が体にみなぎるのを感じる。

――相手はわがまま放題の偏食家。極端な辛い物好きの面倒くさい女の子。

そんなお客様に、徐々に徐々に認められていくのは良い気持ちだ。自分の腕前の向上と、お客様の笑顔。これが醍醐味《だいごみ》なのは間違いないのですから。

努力は実りつつある、と思いたい。

「やるか、な」

僕は袖をまくって、汲《く》んであった水で手を洗う。衛生管理は大事。

今日も今日とてお仕事だ。

「頑張るぞ」


地球のことを思い出し、心が揺れることもあるが。

結局、帰る手段が何もないので考えるだけ無駄なんだ。

そして……ここには僕が一緒にいたいと思える仲間がいて、帰る場所には彼らがいる。

だから僕は今日も頑張るんだ。彼らの元へ帰るために。

九十七話　表裏の乙女心と肉じゃが ～ミコト～

私は生まれつき、強い。そこらの男など太刀打ちできないほどに、です。

両親の話だと、物心つく前のようやく掴《つか》まり立ちできるようになった幼い頃から、私は自分の頭よりも大きな岩を片手で軽々と持ち上げるほどだったらしい。

成長していくと、この奇妙さがさらに際立《きわだ》ってくる。体格は普通の女の子のそれなのに、明らかに人間の範囲を超えた怪力を発揮してるのだから。

当時の私にとって対等な人間など存在しない。

近所の悪ガキと喧嘩《けんか》をすれば、相手の骨を折って危うく殺しかけたほどでした。両親が相手の親に謝りに行って、二度と関わらないでほしいと怯《おび》えられたほどです。

私には親しい友などいない。私よりも劣っている人間を愛することなどない。

あのときまでは。

私の名前はミコト。グランエンドが誇る最強戦力、六天将《ろくてんしょう》の長である王天《おうてん》の称号を賜《たまわ》っています。この王天に至るまでの道のりは、私といえども簡単なものではありませんでした。

正確に言えば、私が望むところまで達するこの先の道も険しい。

私にとって王天《おうてん》というのは、重要なものではない。立場や権力や財力なんてものは、夢を叶《かな》えるための踏み台でしかない。

これについては、昔の話をしなければいけないでしょう。

私は幼い頃から優秀だった。親譲り、という範囲を超えた人外《じんがい》の怪力。元々頭も要領も良く、小さい頃から私に比肩する者は同年代におらず、増長するばかり。

両親は私を窘《たしな》めてはいたものの、強く言うことはできなかったでしょう。なんせ、事実として私は優秀なんだからな。

だけど、このままではいけないと思った両親は私に教育係を付けることにした。私に礼儀や礼節を身に付けさせて、才能に溺れたり人生を台無しにしたりしないようにと。

不貞腐《ふてくさ》れる私の前に現れたのは、一人の男性だった。まだ成人の儀を迎えて数年過ぎたばかりの男の人。十歳にもなっていない私だったが、この人に噛《か》みついて逆らった。

だけど……先生は私に稽古用の木製の薙刀《なぎなた》を渡してきた。先生は片手に木刀を持って、稽古から始めると言う。自惚《うぬぼ》れていた私は、先生をぶちのめしてさっさと終わらせてやるつもりだった。

結果として、逆に私は完璧に負かされ、自分の増長をわからされた。

当然です。当時の私は利発であろうが怪力であろうが、子供は子供。大人の男性、それも幼い頃から武術の鍛錬を積んできた人に勝てるわけもない。今ならそれもわかります。

だけど、当時の私は目を輝かせた。私よりも強い人がいるんだ、と。

その日から私は先生の言うことをよく聞いて、武術と学問と礼儀作法を修めていく。

私は、私よりも強くて賢く、年上らしい余裕のある先生を尊敬していた。

先生はお世辞にも美男子とは言えなかったけどね。無精髭《ぶしょうひげ》が生えてたし、筋肉質で太めの体躯《たいく》だった。普通の女の子が理想とする年上の男性とは違うと思います。

でも先生のことは凄《すご》いと思っていたし、今も感謝してる。人生の恩師だ。

そして私は十歳となり、祝いの宴《うたげ》が催された。

この頃になると私は淑女教育のおかげで、穏やかで礼儀正しく、賢く、技を身に付けて怪力を使いこなす女の子になっていた。当時のことを振り返ると、たった数年で、野生の獣の大将のようなクソガキだった私を、よくもまぁあそこまで人間にしてくれたなって。

宴には先生も招かれた。私は先生に感謝していた。尊敬していた。

クソガキだった私に、多くのことを教えてくれた先生。

宴も終わりにさしかかり、私と先生は後片付けの場から離れ、屋敷の外に出ていた。

満月が庭を美しく照らすその夜。

今も覚えてる。あのときのことを。

「ありがとうございます。先生」

見上げるほど背の高い先生の目を見て、私は口を開く。

「先生のおかげで、私は人間になれました」

「大げさだよ。君は元々人間だぞ」

「いえ、どう考えても獣のようなクソガキでしたから」

「……否定しにくいねぇ。初めて会ったとき、噛《か》みついてきたもんな」

先生は愉快そうに笑っていた。あまりの恥ずかしさに私はもじもじして俯《うつむ》く。多分あのとき、私の顔は真っ赤になってたと思う。顔が熱かったからな。

そんな私の頭を、先生は優しく撫《な》でてくれた。

「よく頑張ったよ、ミコトは。怪力と頭の回転の速さだけで君の人生はなんとでもなるのはわかってたと思う。だけど、ミコトは努力した。自分の素養を磨く、いや、使いこなす努力を欠かさなかった。だから今がある。凄《すご》いぞ」

このとき、私は自覚してしまった。私は、先生が好きなんだと。

頭を撫でてくれる、先生の温かくて優しい手。厳しいときもあったが優しいときもあった。視線を合わせて優しく笑ってくれた。逞《たくま》しい腕と、疲れたときに背負ってくれた背中の大きさは、忘れられない。

私は先生が好きだ。好きなんだ。

「あの、先生」

「ミコトにはもう、俺が教えられることはない」

でも、先生は私に言った。

「今日で卒業だ」

私から離れると？　すぐに私はその意味を理解して狼狽《ろうばい》する。

「え、え？　先生？」

「今日の宴《うたげ》はミコトの十歳の祝いであると同時に、卒業祝いでもあるんだ。俺は今日で家庭教師の仕事を終える」

「じゃあ、先生は」

「ああ、もうこの館に先生として来ることはない」

頭が真っ白になる。体温が冷たく抜けていく。先生に会えなくなる。

普通に考えたら、先生の言葉は家庭教師としては私の家に来なくなるだけということ。

先生は先生だし、別の機会に会うことだってある。

幼い私は冷静じゃなかった。このことを悟れなかったし察することもできなかった。

二度と会えなくなると思い、絶望感で膝から力が抜けそうでしたよ。

でも、私はすぐに頭を切り替えた。落ち込んでも考えを切り替えて行動しろ、というのも先生の教えだから。

「先生、本当にありがとうございました。私は先生が好きです」

告白のつもりだった。今振り返っても、私は私なりの精いっぱいの告白をしたんですよ。幼いながらも勇気を振り絞り、真っ直ぐに先生に伝えたんだ。

でも、先生の返事は私が期待したものとは違った。

「ありがとうな。俺もミコトが好きだよ」

告白が受け入れられた、と歓喜した瞬間。

「でもミコト。君はまだ幼い、これから本当に心から好きな人ができるからさ、その人のために言葉は取っといた方がいいぞ」

ただの子供なりの好意の言葉だと、解釈されてしまったんだよ。誤解されてしまったんだ。正直、先生の立場から考えると仕方がないと思う。

子供から大人への愛の告白など、普通ならそのまま受け入れられることなどない。受け入れる奴がいるとしたら、よっぽど何かがズレてるんでしょう。

先生は常識人だった。私は賢い子供だった。

だからこそ、この悲しい記憶がある。

「先生も好きな人に告白をしたときは、緊張したもんだ。勇気を出して本当に良かったと思ってる。我が子は可愛く、妻は愛《いと》しい。ミコトにもきっと、そういう相手が見つかるからな」

先生の笑顔を見て、私の頭の中は空虚になった。私の顔に笑みが浮かんだが、目の奥にはなんの光もなかったと思いますね。

先生にはすでに、妻がいた。愛する人がいた。隣に立つべき人がいた。

私がそこに立つことなんて、始めからできなかったんだ。

そこから三日間ほど私の記憶はない。あとで両親が言うには「先生が来なくなって元気がなかったけど、それ以外はいつも通りだった」らしい。私は無意識のような状態で日常生活を送っていた、ということだ。

私がハッと正気を取り戻したのは三日目の夜で、布団の中にいたときだ。ボンヤリと三日目の夜だ、と悟って。

泣いた。静かに、嗚咽《おえつ》を殺し、涙を流して枕を濡らす。

さめざめと泣き続け……涙が涸れて、私は先生の面影を闇の中に見て……。

私の理想の男性は、先生のような人になった。たくましい体、無精髭《ぶしょうひげ》、太い二の腕の、年上の大人の男性。

初恋が叶《かな》わなかったことで、私の性癖は歪《ゆが》んでいく。

それからの私は、空虚のまま過ごした。両親は私の成長を見て城へと上げた。父上は当時、六天将の長である王天《おうてん》の称号を持っていた。母上は事務方における重臣。コネクションってやつですね。

両親としてはまだ幼かった私を、重臣たちに目通りさせたかっただけだと思う。実際、母上の案内で事務方の人に紹介された。

でも、私は失恋のつらさから暴走してしまう。父上に連れられて軍部へと行き、役職付きの人に会ったときだ。

「ということで、娘であるミコトの教育が一段落したんだ。そろそろ城に上げて、仕事を見せておきたくてな」

「カズノリ様は……親バカなのですか？」

「これだけ可愛い娘なんだ。親バカにもなる」

「あの」

私はその人に声を掛け、恭《うやうや》しく頭を下げた。

「私は六天将の長、王天《おうてん》カズノリの娘のミコトと申します」

「……これは驚いた。てっきり甘やかされてると思ってたし、聞いていた印象とは全く違いますね。なんかガキ大将って聞いてましたけど？」

「間違ってはいないが、親を前にしてそれを言うな。ようやくミコトが落ち着いてくれて俺も安心して――」

「お願いがあります」

二人の会話を遮り、私は言った。

「私を、兵士として入隊させてください」

二人とも目をまん丸にして驚く。数秒ほど二人とも動けなかったんだけど、最初に動いたのは父上だった。

「な、何を言ってる？」

父上は私に詰め寄りながら、声を震わせている。

「お、お前はまだ幼いんだ。いきなり変なことを」

「私は王天カズノリの娘です」

私は父上の目を真っ直ぐに見て言う。

「いずれ、この道を進むことは避けられません」

「だ、が……」

このときのことを振り返って思うのは、父上はかなり優秀な人だった、ということですかね。私が兵士となることを、親としての情によって反対することはなかった。

父上は知っている。私が常人離れした、それこそ数年も訓練して戦場を経験した兵士よりも、圧倒的に強い肉体を持っていることを。先生と修練を積んで、私の体の特性がより磨かれたことをよく理解している。

尋常ではない筋力と回復力、無尽蔵の気力と体力は、普通の人間のそれを遥《はる》かに凌駕《りょうが》している。まだ幼いこの頃から、私は武芸の才能を伸ばし続けていたんだ。

だからこそ、父上は子供だからダメだと言えなかった。兵士として、軍隊の一員として戦える実力はすでにある。知性もあり要領もいい。これが普通の男の子であるならば、すぐにでも兵士として入隊させ、順調に功を積ませ、いずれは軍部の中で出世させる。

でも私は女の子だ。父上の子で一人娘なんだ。心配なんだ。

六天将として、いずれは自分の跡を継げる素養を持つ以上は、戦《いくさ》から逃げるなど許されない。

公私のけじめをつけ、親心から私の入隊に反対することはせず、かといって実際の戦を知っているから兵士になることには心配がある。

人として、将として、心の動揺を自覚しつつも必死に考える。だから、私は父上を優秀と称したんだ。優秀だと思ったんだ。

私はもう少しだけ、父上の背中を押すつもりで口を開く。

「父上。私は父上の娘です。先生の一番弟子です。母上の子です。問題はないです、心配は何一つありません。必ずや、父上の名に恥じぬ働きをごらんに入れましょう」

「いやいやいや」

ここで軍部の人が口を挟んでくる。

「まだ娘さん……ミコトちゃん、だったか？　つい最近十歳になったばかりと聞いた。わずか十歳の女の子を兵士として戦に送るのは」

「なら、実力を示します」

私は、獰猛《どうもう》な笑みを見せた。

「腕自慢を連れてきてください。素手で殴り倒します。武器は何を持ってきてもいいですよ。関係ありません。私の前では、普通の人間なんて枯れ木と変わりません」

昔のままの私の言葉に呆《あき》れた父上の前で、実際に兵士を五人ほど殴り倒した。


自分の実力を示した私は、そのまま兵士として軍へ入隊し、さっさと戦場へ行った。

これを知った母上は怒り狂って父上を張り倒したと聞いてるが、どうでもいいな。

初陣《ういじん》となった戦で、私は歩兵《ほへい》の鎧《よろい》を着て剣を片手に前線へ躍り出て、十人以上の兵士の首を刎《は》ねる活躍をした。簡単なことだったよ、私よりも弱いから。

……ただ、今振り返って思うけど、私はこのときから強すぎた。先生から教わった基礎の技と、生来の肉体の強さだけで大抵の奴に勝ててしまうのだから、技を磨く必要がなくて、今になってリュウファとの稽古が貴重な技の鍛錬の時間になってしまっている。

話を戻しますか。戦場で八面六臂《はちめんろっぴ》の活躍をする私は、そのうち敵対国から恐れられて『華刃《かじん》』と呼ばれるようになった。私の見た目の良さから『華』と称され、戦場で暴れ散らかして血を撒《ま》き散らす様もまた『華』と見られたからだそうだ。

正直、私は二つ名で呼ばれるようになっても、その名に興味はありませんでしたね。この頃から私の口調は今のようになった。丁寧な言葉で話しつつ、結構な頻度で乱暴な言葉遣いに戻る。先生の教えと私の強さからくる自負で、態度はコロコロと変化。できるだけ淑女らしくするように心掛けるんですけどね。でも出ちまうのよ、言葉が。

戦場を渡り歩きながら、私は恋もしてたよ。

相手はもちろん、同じ隊の年上の男性だ。

先生の面影を探しながら恋する様子は、実に滑稽だったと思います。あの日叶《かな》わなかった初恋を探し、新しく好きな人もできた。時として告白も、頑張った。

けど一つも報われることはなかったな。告白した相手にはすでに恋人や妻がいた。そういう人たちは周りに吹聴することはない、常識ある人なので……だから好きだったのよ。一つも報われず、応えてくれる人はいない。戦場で功績を挙げ、好きな人ができては諦め、そのたびに自分を慰めて次の戦場へと向かう。

家にはほとんど帰らず、一年のほぼ全てを戦場で過ごし、一応は家族に手紙を出し、ごくたまに帰っては休む。こんな日々が数年続いた。

気づけば私は背が高くなり、相応に落ち着いて戦場での活躍により出世。周りから容姿をもてはやされ、勉強は欠かさなかったので学識豊かな女性へと成長していた。

久しぶりに実家に帰り……家族とともに晩ご飯を食べていると、父上に言われた。

「ミコト。お前は次の六天将の候補となったそうだ」

「え？」

私は驚いて父上の顔を見た。父上は照れくさそうな、それでいて誇らしそうな顔をしている。自分の娘の出世に、嬉《うれ》しさを隠せない様子だ。

母上もそれに続くように口を開く。

「城から通達が来たわよ。ミコトを六天将の候補とするから、城へ上がれとのこと。明後日には城へ行くことになる」

「明後日っ？　明後日とは、また急ですね」

私は素《す》っ頓狂《とんきょう》な声で聞き返した。こういう、城へ来いという話はもっと前から来るものです。一週間前とか、それくらいの余裕がなければ。

謁見《えっけん》のための格式に合わせた恥ずかしくない服装とか、季節ごとの儀式ならば道具やら持ち物の準備もしないといけないからね。

でも、今回は時間がない。明後日となると、服の準備はできないか。となると、格式ある謁見とかそういうものじゃないってことかも。ただの話、と判断。

「急だけど、御屋形《おやかた》様がどうしてもお前に会いたいと」

「それはなぜでしょう。……私の容姿が美しいと聞いて、側室にでも？」

私は不快感を露《あら》わにする。戦場暮らしが長くなったため、城の中の政治的な力関係とか派閥がどうなっているのかはわからない。誰が出世して、誰が引退した、なんてものは知らない。

もっと言うなら、そもそも御屋形様ことギィブ様の顔を見たことはない。声も聞いたことはない。尊敬の念を抱いたこともない。

なので、御屋形様とやらが私に会いたいという理由がわからない。私の戦働《いくさ》きと容姿の噂《うわさ》を聞いて興味でも持ったのかね。

下らねぇな、と。

「それは……ないと思う。さすがにそれをしようとするなら、父親であり王天《おうてん》である俺に一言あるだろうさ。ないってことは、ただ会いたいだけと……」

「……ミコト。嫌なら断ることも」

「母上、行きますよ」

私は大きく溜め息をついてから答える。

「行かなければ、さすがに心証が悪くなるでしょう。なんせ御屋形様からの要請です、断れるはずもない。いくら父上が王天であろうとも」

「そうか」

父上はすまなそうな顔をするけども、私は正直どうなっても良かったし側室になってもどうとも思わない。表情としては嫌そうなものにしてるけど、内心では興味なし。

私の初恋が散り、戦場で抱《いだ》いた恋心が一つも叶《かな》わなかった過去が、私から人生への興味をこれでもかと奪い去っていた。私は恋をしたかったのか、と今更気づく。

まぁ……そんなわけで、もうどうなってもいいやとか思ってる。

「父上。さすがに側室は最悪の予想の一つですが、御屋形《おやかた》様が女狂いという話でもありますか？　戦場に出てる時間が長い私でも、御屋形様が後妻を迎えるという話は聞いたことがないです。どうですか？」

「ないな。御屋形様は亡くなられた奥方様を愛しておられるし、実の娘であるアユタ姫を大事にしておられる。義理の娘は山ほど作っていられるが、それも対外政策の一つだしお手つきにしたなんて話もない。さすがに俺も、不安になりすぎたか」

どうやら父上も私も母上も冷静ではなかったってことか。急な呼び出しで不安感を煽《あお》られて、嫌な想像をしすぎたな。

私は食事を終えて、手を合わせる。

「さて、明後日といってもできることはあります。湯浴みをして体を綺麗《きれい》にして、化粧道具を揃《そろ》えて身なりを整えることくらいはできるから」

「あ、ミコト。久しぶりに私と化粧のし合いっこしましょ」

「いいですよ母上。あ、父上は見てはダメ」

「……そうか」

父上は悲しそうな顔をして呟《つぶや》く。私の化粧のあれこれは母上から仕込まれたものだ。

その、化粧する過程を父上に見せないのが我が家のルール。父上はちょっとやさぐれちゃうのだけど、母上との約束である。

「カズノリ。女が化粧する様子なんて、男が見るもんじゃないよ」

「興味があるんだけどな」

「ダメ。絶対に」

結局、父上は今日も母上が化粧するところを見ることはできなかった。

そして、謁見《えっけん》の日。私にとっては運命の日となった。

身だしなみを整えて化粧を施し、華と呼ばれるほど美しくなった私。

その私が、もっと準備時間があったらと後悔し、もっと化粧や身だしなみに気を払えば良かったと叫びたくなるほど、心を動かされた。

「で、カズノリ。そっちがお前の娘のミコトか」

「はっ。私の一人娘で、現在でも数多くの戦《いくさ》において功績を挙げ続けており、討ち取った首級《しるし》は数知れず。それでいて傷一つ負わぬ武を持つ、自慢の我が子です」

「そうか。凄《すさ》まじいな……」

私を見る目つきの鋭さや私好みの年、顔、体つき、声色に、胸が弾んで鼓動が激しくなる。知らないうちに頬が熱を持ち、呼吸が乱れないように気を払うので精いっぱいだ。

上座に座るそのお方は、あまりにも私の理想とする男性像そのままなんだ。

御屋形《おやかた》様、国主様、と敬称がさまざまある、この国の指導者。

ギィブ・グランエンド。

その人が私を観察する。

「して、ミコトよ」

「あ、ひゃい！」

しまった、声が裏返ってしまった。私は恥ずかしさのあまり顔を伏せ、真っ赤になった顔を見せないようにと必死だ。

隣に座っている父上などは、私を見て明らかに驚いている。どんな場面でも冷静でいた娘が、緊張で声が裏返る様子なんて想像もしてなかったんだろう。

私も同様。まさかここまで自分が男性への思いで心乱れるとは思っていませんでした。

だけど、私の困惑はよそに、国主様、ギィブ様は笑った。

「ふはは。戦《いくさ》で多くの敵を屠《ほふ》った勇ましき女武人も、時として緊張すれば女子のそれか。可愛いものよな」

可愛い。

ギィブ様の一言に、私の頭の中は爆発して雷が荒れ狂う。感情がめちゃくちゃになりつつも思うことは一つ。

嬉《うれ》しい。

それだけです。

もっと褒めてほしい、容姿を認めてほしい。

「可愛い」、もっとその言葉を言ってほしいと欲求が出てくるが、必死に押さえ込みつつ、
私は口を開きました。

「ぎ、ギィブ様に謁見《えっけん》できましたこと、まことに恐悦至極《きょうえつしごく》に存じます。此度《こたび》はご尊顔を拝謁賜《たまわ》る栄誉をいただきましたこと、感謝申し上げます」

「堅苦しいな。戦場帰りなんだ、もう少し言葉を砕けさせてもよい」

親しく話そうものなら、どんな失言が出るかわからないからしたくありません、下手したら愛の告白をしそうなんです！　だから勘弁してください！

これほどまでに恋心が身を焼く経験なんて、初恋のときにもなかった。戸惑うばかりではあるけど、とてつもなく心地よい。この炎のような気持ちに身を委《ゆだ》ねて焼き尽くされてもいいと思うほどです。

私は陶酔しながら頭を下げ続ける。

「はっ」

「これからに期待しよう。さて、王天《おうてん》カズノリよ。お前の娘は将来有望で、すでに戦にて

「実績を残している」

「ありがとうございます」

「だから言おう。ミコトよ、お前は次期六天将……幹部候補としての扱いとする。六天将のどの地位となるかはわからんが、そういう根回しを行うと知っておけ」

「はい」

正直、六天将という地位に興味は一切なかった。

だけど、今は違う。六天将という地位になんとかして就きたいと思っている自分がいる。

俯《うつむ》いたまま口角が僅かに上がる。六天将、なんと魅力的なんだと思ったからだ。

六天将となれば、ギィブ様の傍《そば》に侍《はべ》ることができる。身なりを整えて磨いておけば、もしかすれば褥《しとね》に呼ばれるかもしれない。この人になら呼ばれてもなんの不快感はない。

……ここで、私の頭の中に邪悪な考えが浮かんでくる。

私はまだ若い。女としての魅力はこれからますます磨かれていくのは間違いない。

だけど私が六天将となったとき、年齢はどうだ？　あと何年で六天将となり、ギィブ様の傍に行くことができる？　そこからギィブ様の後妻となるにはまた何年かかる？

女としての旬《しゅん》を過ぎてしまっては元も子もありません。ならば、やることは一つ。

「見ていてください、ギィブ様。私は最短最速で六天将となり、ギィブ様のお役に立つことを証明してみせます」

「ほほう。面白いことを言うな。まぁ、期待せずに待っていよう」

ギィブ様はケラケラと笑い、私たちに下がるように言った。

ギィブ様の笑い声、それをすぐ傍で聞くためなら手段は選ばん。

一年だ。一年で六天将になってみせる。

私は明確な目標とその道筋を立て、家路につくのでした。

家に帰った私は、改めて父上と母上にギィブ様のことを聞いた。

どういう人なのか、何が好きなのか、何を趣味としているのか。

私の質問に、父上も母上も首を傾げている。まさか自分たちよりも年上である男性の好みを聞いて、恋人になろうとしているなんて夢にも思わないでしょうね。

答えの内容は以前聞いたものとさほど変わりはない。ただ、趣味とか好みは聞けなかった。というか父上と母上も気にしたことがないから知らないと。

なんて役に立たないんだド畜生。

ただ、アユタ姫のことを非常に大事に想っていることは確からしい。

アユタ姫はギィブ様の一人娘。現在、有力貴族の子弟を養子として引き取り、各国の有力者の元へ送り出して内部から切り崩す婚姻侵略を行っているが、実の娘はアユタ姫だけ。なのでギィブ様はアユタ姫を大切にしているが、二人の仲はあまり良くないと。

アユタ姫はギィブ様とあまり接したがらないらしい。避けているのだそうだ。原因はわからない。

「……父上。アユタ姫に友人はいらっしゃるのですか？」

「なぜそんなことを聞くんだ？」

「ギィブ様の一人娘で姫たるアユタ様のことを知っておくのは、悪いことではないと。六天将ともなれば国主様、御屋形《おやかた》様たるギィブ様の一族を守ることもあるので。ですが……忠義を尽くすべき方について、何も知りません。戦場暮らしが長かったので」

殊勝な態度で聞くが、半分本当で半分嘘《うそ》だよ。アユタ姫のことを詳しく知らないのは事実だ。だけど、本当のところは好きな男性の一人娘がどんな人なのか、という事前調査。

戦場暮らしが長く、今までギィブ様への興味が一切なかった私なので、あの人の周辺の人間関係がわからない。調査は必要だ。射止めるべき相手の情報は重要。

「そうだな……かなり気難しい人だとは聞いている。仲の良い同性の友人はおらず、いつも傍《そば》にはコフルイ様とネギシ殿がいると聞いてる」

「コフルイ？　ネギシ？」

「……まずはそこからだな。ミコトが六天将候補となるなら、知っておいてもいいし」

そこから父上と母上は私に詳しく教えてくれた。

アユタ姫は先ほど聞いたとおり、気難しい性分で仲の良い友人はいない。その理由としては、偏食が強いことと、暴力的ですぐに手が出るからしい。実際、すり寄ってきた別の有力貴族の娘が、気に食わないからという理由で鼻を折られている。

とんでもない人だ。これを聞いただけで、そりゃ仲良くなる人なんていないですね、と納得する話でした。しかも、この話はこれで終わらない。

そもそもアユタ姫は、心を許す人がコフルイという人とネギシという人の二人しかいない。他の人に対しては攻撃的であり、だけどこの二人とすら表面上は親しげにしている様子がないという。あくまでも仕事上の関係だけ、という印象が強いそうです。

さらに聞いてみると、コフルイという人はグランエンドにおける武術指南役まで務める達人とのこと。人格者であり、数多くの戦功を挙げて戦場から退いたあと、武術指南役として多くの門下生を教え、さらにはアユタ姫の側用人にまで出世している。

間違いなく、この国を代表する兵法者《へいほうしゃ》であると語る父上。実際、父上もコフルイから指南を受けたことがあるらしい。超人的な技を持たず、天才ではない。だけどその技は長年鍛え上げて磨かれ、洗練されたものだったそうだ。

で、ネギシの方はとんでもない暴れん坊だったそうだ。幼い頃から毎日喧嘩《けんか》三昧《ざんまい》、多くの仲間を従えた悪童。付いたあだ名が『天災』。こいつに出会うということは、まさしく天の災いであって運がないから、とまで言われてたみたい。

武術的な才能はそこそこだけど、闘争心や肉体の強さは常人のそれを遥《はる》かに上回り、なんと街を歩いていたアユタ姫に襲いかかったそうだ。もちろんすぐにコフルイにぶちのめされたのだけど、なんとそれが数えること十回。

十回もぶちのめされ、そこらの路地裏に捨て置かれ、完膚《かんぷ》なきまでに叩《たた》きのめされたのに、自分をボコボコにした相手に懲りずに戦いを挑む。普通の奴ならやりません。

最後にはコフルイが根負けし、何がしたいんだとネギシに聞いたところ「お前をぶちのめしたい」だったそうなので救いようがない。アユタ姫はそんなネギシに何か思うところがあったのか、自分の配下に加えてしまった。

共にコフルイから武術を教わり、今ではマシになったのがネギシこと『天災槍《てんさいやり》』。

槍を使うのが一番楽しいから槍で戦うそうだけど、それでいいのかと思う。

「こんなところだ。俺から話せることなんて」

「ありがとうございます」

私は父上に礼を言って、そこから自分がギィブ様の近くへ行くための最短の道をもう一度考える。出た結論に対して、私は迷うことはなかった。

「父上、不躾《ぶしつけ》で申し訳ありませんがお願いがあります」

「なんだ？　戦場暮らしからこっちに戻りたいとかか？　それなら戦《いくさ》で十分に貢献しているから、あとは幹部教育のために帰国する手筈《てはず》にしても問題は――」

「私と立合《たちあい》……勝負してください。六天将、王天《おうてん》の座を懸けて」

私の言葉に、空気が固まった。母上は驚いて私を見ている。何を言い出すんだこの娘は、という顔だ。

だけど父上はいつもと変わらぬ笑顔を見せている。目つきも優しい、変なところはない。臨戦態勢の気配は全くなかった。

冗談と取られたか？　と私は訝《いぶか》しむ。もしここで冗談と取られるならば、不意打ち一撃で目を覚まさせるだけだ。

だが、父上はフッと笑ってから言いました。

「王天の座を懸けることに異論はない。勝負することにも文句はない。だけどミコト。戦場では礼儀正しく『戦ってください』なんて言ってから斬りかかってたのか？」

父上は、自然体だった。戦うことを拒絶していなかった。

「ここでミコトにいきなり殴られて叩きのめされても、首を絞められても、不意打ち一撃があろうとも俺は文句なんてなかったぞ。立合、という言葉が出る前からミコトの体から闘気が溢《あふ》れ出てたからな。むしろ、ちゃんと言葉にするとは良い子だと思って」

瞬間、動こうとした私の眼前に手のひらをかざし、父上は私の動きを止めた。

「そら見ろ。お前のやろうとすることは見切りやすい。先生に技を教わり、戦場で磨いてきたと思ったが……技の練度は中途半端だな。肉体の性能だけで戦ってきたのか」

動けない。こんなことは初めてだ。正直、真正面から向かっていっても問題はないと思う。だけど、不思議と動けなかった。理由はわかりません。

「だから機先を制されたらこんな感じになると覚えておけ。俺がお前に勝てる、唯一の部分だよ。そのまま突っ込んでくればお前は俺に勝てたのに、気持ちを押さえ込まれてるからこうなる」

「……勉強になります」

私は居住まいを正し、頭を下げた。確かに父上の言うとおり、私は戦《いくさ》において技を使う機会は極端に少なかったのです。叩《たた》き斬れば、押しつぶせば、全て終わりましたから。

父上はそれをわかっていたから、教えてくれた。ありがたい。

「せっかくだ。道場でやろう」

父上の言葉で道場へと足を踏み入れる。私と父上は相対して、片手に木刀を持つ。下座には母上が座り、真剣な表情でこちらを見ています。

「さて、先に言っておく」

父上は木刀を握り直しながら言いました。

「俺はまず、十中八九ミコトには勝てない」

「でしょうね」

私は躊躇《ちゅうちょ》なく答える。今の私の肉体は子供の頃よりも遥《はる》かに成長している。身長も、体重も、内包する筋肉による圧倒的な力も。

幼い頃とは比べものにならないほどの成長に、私自身が恐怖したほどです。戦場で味方から恐れられなかったのが幸いでした。後ろから刺されずに済んだから。

「だが、父親としての威厳は示しておきたい。勝てないまでも、ミコトには多くのものを残しておきたい、授けておきたい、教えてから退きたい。まず、あれを見ろ」

父上が示した先には道場の上座にある神棚。その下に納められている、我が一族に伝わる先祖伝来の武器。

「グランエンドに伝わり、我が家が賜《たまわ》った薙刀《なぎなた》『梅雫《うめしずく》』。かつてグランエンドで目覚ましい活躍で逸話に残りし盲目の女剣士。その相棒である鍛冶師《かじし》が、女剣士のためだけに打った業物《わざもの》だ。あれをお前にやろう」

「いいんですかっ？」

私は思わず驚いて梅雫を見る。

梅雫は私が小さい頃からこの道場にあったもので、子供の頃は飾り物だと思っていた。なんせ防犯対策なんて何もされてない、そのまま置かれているからいつでも盗んでください と言ってるようなものだ。鎖で繋《つな》ぐことも箱に納めることもしてない。

だけど梅雫は、常人では扱えないもの。

「ていうか、今まで我が家であれを扱うことのできる奴がいなかったというか、そもそも一人で運べる奴がいないんだ。お前だけがあれを持って振るえていたのだから、お前に引き継ぐのが一番いいんだよ。武器は使ってなんぼ、置物にしたって手入れが面倒だ、使っちまえ」

「あぁ……私以外、持てませんでしたからね」

私は梅雫を見ながら呆《あき》れた顔をする。父上も同様に溜め息をついていた。母上も同様に、困ったような顔で頬に片手を添えている。

梅雫は、とにかく重い。というか重すぎる。相手を叩《たた》っ切ってぶっ殺すことだけを考えた、巨大で長大な薙刀《なぎなた》。どんな金属を使っているのか、見た目よりも重い。

過去にこれを盗んで運ぼうとした盗《ぬす》っ人《と》が、倒れてきた梅雫の下敷きになって死んだという逸話まである始末。ある種、呪われた武器でもあります。ちなみに、我が家に残っているご先祖様たちの日記を軽く読んだだけでも、父上を含めた過去三代の当主の期間で、盗っ人三人が下敷きになって死んでる。

怖すぎるし呪われてるとしか思えない武器。運ぶとしたら力自慢の大人の男五人が必死にならないといけない。そもそも傾けて横にしてから運ぶ準備を整える段階で危ない。

そんな梅雫を、私は片手で持ち上げて振ったのだから周りの人たちは驚愕《きょうがく》。将来私がこの武器を持って戦場に行ったら凄《すご》いな、と酒の席での笑い話で語り継がれるほど。

「まぁ、あれを引き継いで当主を名乗れ。お前に代替わりだ」

「ありがとうございます。私、梅雫を持ってたら呪われた、なんてことにはなりませんよね？」

「多分ない」

多分かぁ。

「で、当主も引き継げ。俺は隠居する、お前に任せた」

「わかりました」

想像はしていたので文句はない。王天《おうてん》の座を父上から奪うのなら、当主は私になるだろう。

「……お前の成長を嬉《うれ》しく思う。この立合《たちあい》で俺がお前にとって最初の壁となることが、お前への最後の贈り物になるだろう」

「はい」

私は木刀を八相《はっそう》の構《かま》えで握る。父上はだらんと両腕を垂らし、自然体となった。

母上は片手を上げ、こちらを見つめる。

「始め」

母上の静かな開始の合図によって、私と父上の立合が始まる。

内容は……またの機会にでも語ろう。父上は確かに、私にとって最初の壁であったことは間違いないとだけ。

父上を立合《たちあい》にて下《くだ》し、次の日私は梅雫を片手にギィブ様に謁見《えっけん》した。私の話を聞いたギィブ様は驚き、快活に笑って私を六天将の長である王天《おうてん》と認めてくださった。

アユタ姫にも謁見し、ネギシと仲違《なかたが》いし、コフルイにも立合にて勝利し、間違いなく私はグランエンドにおける最強戦力の一人として認識されました。

リュウファと初めて戦ったときは、『俺』の圧倒的な強さに手も足も出ませんでした。ですが時間ができればあの人に稽古を付けてもらい、少しずつ技を磨いていける。

私の王天就任に文句を言ってきた他の六天将は、戦って黙らせたら引退してしまい、新しい六天将が任命されたりもしました。

私は私の目標通り、アユタ姫の友人になる機会を得て、さらにはギィブ様の近くにいることができる。あとはギィブ様の目に留まり、後妻か側室となるだけ。私の人生の目標である、惚《ほ》れた人の隣に立つという夢が叶《かな》えられる舞台に立てた。

これから私の人生は輝く、そう信じて疑いませんでしたね。

シュリが来て、ギィブ様と二人きりで話をするのを見て焦るまでは。

「何を焦る必要があったんでしょうねぇ、私は」

私がシュリの監査の名目で砦《とりで》に来て一週間が経《た》とうとしている。なんだかんだで砦の活動内容の視察とアユタ姫の近況の調査もできてるので、仕事とはどこでどう発生するのかが改めてわからなくなってたりします。帰ろうと思ったけど、意外とやることがある。

お昼の時間、私は食堂で肘杖《ひじづえ》を突いて、給仕をするシュリの姿を観察する。仕事ぶりに問題はない、裏で何かをしてる様子もない、どこかと連絡を取る様子もない、砦の人間を懐柔して反乱を促している様子もない。敵対行動は一切ない。

私は溜め息をつき、自分の見境のなさに辟易《へきえき》した。ギィブ様絡みとなるとこうだ。恋敵《こいがたき》が現れる、新たに目を掛ける相手が現れる。あの人の目がよそに向くのが怖い。だからその相手を調べたり何かできないかと、いろいろやってしまう。悪い癖だ。

「どう調査をしても聞き込みをしても本人に聴取しても、シュリはただ単に料理人としての技量の習得と生き方に人生を費《つい》やしている人だ。疑うだけ無駄だ」

「わかった？　そもそも怪しい行動をしてるならすでにアユタが殺してる。怪しい行動はないし仕事はちゃんとしてる、問題は何もない。何もないどころか仕事熱心」

「そうですねアユタ姫様。疑うだけ時間の無駄です」

私が溜め息をつく横で、アユタ姫は今日もシュリに作ってもらった料理を頬張る。

今回は好きな料理だったらしく、いつもは見せないご機嫌な顔。口の周りに赤いスープの色が残っています。見ただけで辛そうですが、本人はどんどん食べてる。

「なんでしょうね、彼？　誘拐されて他国に来て、さらに遠方の砦《とりで》に飛ばされて帰れるかどうかもわからない状況なのに、そこに馴染《なじ》んでちゃんと仕事をしてる」

「そうしないと逆に自分が殺されるから、であろう。儂《わし》らのような武力を持っておるわけでもない、抵抗する術《すべ》は仕事に対する姿勢と技量のみ。ならそうするしかあるまいて」

コフルイも口を開いた。腕を組み、穏やかな目でシュリの姿を見てる。信頼し始めている、ということなのかもしれませんね。

「難しいことなんていいだろ。やらかしてる様子もねぇ、人間性に怪しいとこはねぇ。問題は何もねぇってこった、そんだけ。やらかしてるなら一捻《ひとひね》りで終わりだ」

食事を急いで食べながらネギシも言う。ちゃんと口の中のものを飲み込んで空にしてから喋《しゃべ》ってるので行儀は悪くはない。ギリギリだが。

この机には私、アユタ姫、コフルイ、ネギシの四人で集まり、シュリを観察していた。四人で意思の共有を図るために、なんとなく集まっている。他に一緒に食事をする人がいない、というだけですが。どうも私は恐れられてる。他の机から感じる視線は、恐れと好奇心が半々、て感じですからね。

「それはそうなのですがね。シュリの背後に何があるのか全くわからないということが問題なんだ」

「ミコト、相変わらず敬語とタメ語の使い方がめちゃくちゃ。直らなかったのか」

「すみませんアユタ姫様。直そうとはしてるのですが、こうして出てしまいまして」

アユタ姫の指摘に私は頭を下げる。その通り、私は敬語とタメ語の使い分けや言葉の上品さに落差がありすぎて、注意を受けることがある。

昔の、戦場暮らしで染みついてしまったクセです。淑女として気を付けても、ガキ大将とか戦場での荒々しい態度が、自分で切り替えられない。先生の教えは守りたいんだけどなかなか直らない。

「と、話の腰を折った。シュリの背後、というか出自がわからない。気になることが多い」

「……姫様、本当に調べるのですか？」

腕組みを解いて背筋を伸ばしたコフルイがアユタ姫に聞く。

「儂も姫様から話を聞き、シュリの過去は気になるところです。知らないこと、わからないことが多すぎます。ですが御屋形《おやかた》様が何も言わないのです、知るべきではないのかも」

コフルイの懸念は正しい。ギィブ様が何も言わないってことは、知らないままでいた方がいいと判断されたか、知る必要はないと示している可能性が高い。

いや、むしろ知ることは許さん、という圧力か？　ダメだな、情報が足りなすぎてハッキリしない。私は顔を悩ましげにしてシュリを見つめる。

「コフルイの懸念は正しい。正しいが、コフルイ、逆に聞きますが……経歴も過去も出《しゅっ》生《しょう》についても何もかもがわからないまま、説明されないままという謎の人物がアユタ姫様と一緒の場所にいること……これに不安を感じないのですか？」

「感じないと言えば、嘘《うそ》になる」

コフルイは視線を逸《そ》らして答えた。当たり前だ、正体不明経歴不明の人間が戦《いくさ》の最前線基地にいるなんて状況、上の立場の人間ほど許せるはずがない。

いつどこでどんなことになるかわからない毒が、すぐそこにある。

怖くて仕方ない。少なくとも私とコフルイは同意見だ、だからこそ二人して悩むんだ。

「……ミコト。ミコトはいいのか。忠義厚き六天将の長が、国主様が雇ってこっちに寄越した料理人のことを勝手にあれこれ調べることに、葛藤はないのか」

「ギィブ様を疑うような行動に関して言えば、葛藤はあるし躊躇《ちゅうちょ》はあるし……罪悪感がないと言えば嘘になります。ですが……」

私はチラリとアユタ姫を見る。

「アユタ姫様の安全には代えられません。私は、そう割り切ります。例えギィブ様から叱責を受けましても、自身の忠義として国主様一族の危険の排除を優先します」

「とか言いながら視線を逸らして手が震えてるの、なんで」

アユタ姫が、握りしめて震える私の手を見て、不思議そうな顔をした。

震えますよ。怒られたくないですもん。叱責なんて受けたくないんだよ。

あの人からもらいたい言葉は褒め言葉と愛の言葉だ！

と思っているのだけど口には出さず、手の震えをなんとか押さえながら答えた。

「これから行うのはギィブ様に隠れて、秘密を探る行為です。下手すれば背信行為、怖くもなりましょう。誰だってそうです」

「へー、ふーん。ミコトでも怖いものってあんだなぁ？」

「そらそうですよ。六天将の長であろうと怖いものは怖い」

「ニンジンとか？」

「なんでてめぇが私の苦手な食べ物を知ってるのか後で聞くし、そのニヤけた面《つら》に全力の正拳《せいけん》突《づ》きを叩《たた》き込むから覚悟しとけ。あと、私はニンジンの苦手意識はすでに克服している」

私はネギシを睨《にら》みつける。後で必ず殴る。有言実行。

だけど私の言葉に反応したのはコフルイだった。

「食事の苦手を克服した、とは？」

「んー……シュリがニンジンを食べやすくしてくれて……それから食べることができるようになった、というところでしょうか。良い仕事をしてくれましたよ」

「なんか話してます？」

私がコフルイの質問に答えていると、シュリがこちらへ来ていた。足音で接近は気づいていたがね。

「ああ、ニンジンが食べられるようになった話だ。本当にありがとうございます」

「いえいえ、食べられるものが増えるのは、人生をとても豊かにします。そのお手伝いができたのは、光栄なことです」

シュリはそう言いながら、私の前に料理が盛られた器を置く。

料理からは湯気が立ち上り、美味《おい》しそうな匂いが私の鼻へ届いてきた。

「肉じゃがか」

「ダメでしたか？」

「いや、これでいい」

私はご機嫌で匙《さじ》を手に取る。

「これがいい。お前の作る肉じゃがだから、私はニンジンを食べることができるんだから」

正直なところ、私はまだシュリの作る肉じゃが以外のニンジンを食べるのは苦労している。匂いとか、味とか。

でもシュリの作る肉じゃがは、私が苦手とする要素が、なぜか美味しいと感じられる。

なんででしょうね、本当に。

「なんだ、まだ完全には克服できてねぇのかよ」

「食べることができてるだけで上出来だろうが駄犬」

「そうだぞネギシ。アユタなんて辛いもの以外でも食べてるぞ」

「……姫様にそう言われると、確かにそうだな。すまんミコト」

「わかればよろしい」

全く、ネギシはようやく反省した顔をして頭を下げた。こいつはどうも私絡みになると、生意気な態度を取りやがる。何が原因なんだ。

私だ。私がこいつの生意気なところが気に入らなくて突っかかるから、こいつも私に突っかかる。悪循環だ、これから気を付けよう。優しい気持ちになるのは良いことだな。

「さて、さて」

私は話を終わらせてから、シュリの作ってくれた肉じゃがに口をつける。一番に食べるのは、ニンジンだ。苦手なんだけど、この肉じゃがのニンジンは美味しい。ニンジンと汁を同時に口へと運ぶ。

やはり美味しい。最高だ。

ニンジンがほろりと崩れ、その味が口と鼻へと伝わってくる。いつもはこれらが苦手なんだが、シュリの作る肉じゃがだと汁の甘塩《あまじょ》っぱさと合わさり、美味しいものへと変わる。

不思議なことです。肉じゃがを作る際の汁、これに使われてる調味料や具材の味が、ニンジンととても相性が良いからこそ、この結果になってると思うと料理は凄《すご》い。

私自身、料理ができないわけじゃない。昔、先生の授業で料理の基本くらいは学んだことがある。けど戦場暮らしが長すぎたせいで作れるのは男料理……とでも言えばいいのか、とてつもなく大雑把《おおざっぱ》な料理だけです。

戦場では、食べて力が出るのなら何でもいいという考えで、繊細な料理を作るようなことはしなかった。してる暇もないし。

例えば肉を焼いて塩と胡椒《こしょう》を振るとか、食材を切って沸かした湯に調味料と一緒にぶち込むとかそういうの。でも自画自賛でなんだけど、美味《おい》しく作ってましたよ。

けどシュリの料理は、技術を持った料理人が丁寧に作った一品だ。

ニンジンを食べた私は次にジャガイモと肉と、どんどん食べていく。口に具を運ぶ手が止まらない。

「美味しいですね、やっぱ」

微笑《ほほえ》みながら感想が口に出る。自然と漏れ出た言葉。

ジャガイモはホクホクでしっかりと味が染みこんでいて、肉やニンジンといった食材の旨《うま》みが十分に感じられる。汁だけじゃこうはならない。肉ももちろん、美味しい。

そうして肉じゃがを食べ続けて、器に食材が一つも残らないように丁寧に食べ尽くす。

食べ終わったらこれまた丁寧に匙《さじ》を置いて、頭を下げる。

「美味しかったよ。ありがと」

「どういたしまして」

シュリは私がお礼を言うと、嬉《うれ》しそうに笑いながら仕事に戻る。というか、

「シュリはずっと私の傍《そば》で食べる様子を見てたのか」

今更そのことに気づいてシュリの方を見た。思わずの行動だった。シュリがその場に留《とど》まっていることに、私は気づかなかった。それだけ夢中だったのか。

「気づかなかった」

「……ミコト」

静かに、だけど威圧感がある声。視線だけそっちに向けると、コフルイがこちらを見ている。見ているだけだが、どこか鋭さがある。

「気を抜くのは、そこまでにしようか」

「そうだな」

コフルイの言葉に、私の緩んでいた気が引き締まる。

「忘れてたよ、気が緩むことなんてよ。久しぶりです」

私は服の襟元を正してから、机に立てかけていた大薙刀《おおなぎなた》『梅雫』を手にする。

「肉じゃがをまた美味しく食べるために、まぁ仕事をするか」

「アユタのことは？」

「もちろん最優先事項です」

アユタ姫の責めるような目。視線を逸《そ》らして責任逃れしようとする私。

「では、私は行動を開始します」

「行くなら秘密裏」

アユタ姫の指示。瞬時に意味を理解して頷《うなず》く。コフルイは何も言わない。腕を組んで目を伏せている。ネギシも何も言わずに食事をしている。

立ち上がった私は梅雫を手に、食堂から出て行く。あそこは人が多い、下手なことは言えない。他の人には聞かせられない。

特にシュリには聞かれるわけには、いきませんから。

砦《とりで》から出た私は手首と足首をほぐしながら、さらに首も回す。関節部からゴキゴキと良い音が聞こえた。

今日は良い天気だ。最近、雨が少ない。雲も少ない。日照りと言ってもいいかもな。だとしても、あの国は常に豊作だ。聖木《せいぼく》と呼ばれる不思議な木の祝福、森の恵みによって豊かな暮らしができている。

さらに為政者《いせいしゃ》もとてつもなく優秀ときた。内政も外交も、手練手管《てれんてくだ》に長《た》けている。

直属の部下として動く『耳』。諜報《ちょうほう》部隊であり護衛の役目も担《にな》う者たち。

青空と太陽を見上げて、私は呟《つぶや》く。

「テビス姫に真正面から近づけば、すぐに兵士がやって来るし本国に連絡が飛んでしまうな。かといって下手な手を打てば『耳』によって補足される。難しい任務になってしまったな」

これから向かうはニュービスト。一応、この砦の戦力が本来向けられるべき国。

私は視線をニュービストの方角へと向ける。梅雫を肩に担いで深呼吸。

砦からニュービストまでは数日。余裕で行ける。途中で聖木の森に入るわけだが、そこからはニュービストの『耳』たちの領域。私がニュービストに入っていることを悟られたくない。話し合いが目的だが、余計な勘ぐりはされたくない。

「まぁ、なんとかなるか。途中の路銀や食料は、戦《いくさ》に割り込むか野盗を襲って奪うか。いつも通りですね」

歩き始める。砦に帰るのは当分先になるか。その間の仕事や不在の理由についての説明は……歩きながら考えよう。

「で、帰ったらまたシュリに肉じゃがをごちそうになりますか」

九十八話　槍《やり》を向ける先とロールキャベツ～シュリ～
「姫様ばっかりズルい」

「なんですかいきなり？」

どうも皆様、シュリでございます。

朝の慌ただしい時間が過ぎ、少しだけ時間に余裕ができて僕たちが休憩している厨房《ちゅうぼう》。

そこにいきなりネギシさんが入り込み、僕の姿を見て言い出したのです。

突拍子《とっぴょうし》なさすぎて何がなんだかわからない。僕の頭にハテナマークが浮かびました。

「えっと、詳しい説明をお願いします」

「だからそのまんまだよ。姫様ばっかり美味《おい》しそうな特別料理を作ってもらってるのがズルいってことだよ」

「あれはあくまで、アユタ姫様の食事の好みのあれこれを直そうとしているだけですよ」

どうやらネギシさんの目には、僕がアユタ姫の食事を用意するのは、ことさら特別扱いしている、と見えているのかもしれません。ネギシさんは僕の前に立って、僕の目の中を覗《のぞ》き込むようにジッと見てくる。

正直、この人の目は必ず血走っているから怖くて仕方がないんだよ。イっちゃってる目なんです、簡単に言うと。恐怖。

だけど言われたからには説明しなければいけません。僕はネギシさんの方へ体を向ける。

「ネギシさん。僕はアユタ姫様の料理を用意することが仕事なので、任務を果たしているのです。特別扱いとかそういうのではありません」

「知ってる上で言ってる。羨ましくてズルいってな」

「どうしようもねぇ」

僕は明らかに不機嫌な表情をうかべて返答しました。わかってて言ってるんだからタチが悪いにもほどがある。仕事だと理解しててもズルいと。

「……もしかして、ネギシさんもこう……苦手な料理を克服したいとか？」

「ねぇよ。俺はガキの頃なんか孤児で暴れん坊で、一日を生き残るために腐ったもんでも食ってたけど腹を壊さなかったし、今となっては何を食べても美味《うま》い。幸せだ」

「ごめんなさい、唐突に重い話が出てきて困惑してます」

ネギシさんが普段の表情のままで、聞くのがつらい過去を打ち明けてくる。悲壮感も憎悪も不幸自慢をする様子も何もない、ただの昔話をちょろっと語るような、ケロッとした態度のままです。困る、リアクションに。

僕は思わず目頭を押さえていました。ネギシさんの話を聞いて、涙腺が緩んでしまったのかもしれないよ、これ。

ていうか今気づいたけど、僕はネギシさん、コフルイさん、アユタ姫と昔話なんてしたことがない。僕の……地球にいた頃の話なんかできないんだけど、語れることもある。

これを機会に、アユタ姫たちと交流を図るべきかもしれない。ガングレイブさんへ報告するための情報収集……なんてことではなく、ただ単に親交を深めておくべきかな。

僕は気を取り直してネギシさんに聞いてみる。

「ちなみに、何を食べたいと？」

「俺に相応《ふさわ》しいやつ」

殴ってやろうか。


あまりの一言にブチ切れそうになった僕は、ネギシさんを無視して仕事に戻りました。

なんやかんやと言ってきてたけど無視する。昼ご飯の時間にアユタ姫のところへ食事を運んだときに、彼女に一言だけ言ってみた。

「アユタ姫様。ネギシさんが僕に料理をせがんできます」

「わかった。ぶん殴っておく」

と一言だけ残して走り出し、ネギシさんへ殴りかかっていくのが見えました。今日も平和。

これに懲りて、僕に料理をせがんでくることはないだろう。そう思っていました。

「で、また来たんですか？」

「おう！　作ってくれよ！」

ネギシさんはなんか頬を赤くしているけど、平気な顔をしてました。

結局アユタ姫に殴られたのは間違いないんですけど、なんでそんなにノーダメージなの？　アユタ姫の攻撃力はそんなに低かった？

厨房《ちゅうぼう》で休憩してる僕に向かって、ネギシさんは元気いっぱいで言います。

「ネギシさん。頬が赤いですけど大丈夫ですか？」

「お前知ってて言ってるだろ」

ぎくり。

「まあ、殴られてもアユタ姫程度じゃ痛くもねぇよ。逆に腹を殴って投げ飛ばして壁に叩《たた》きつけてここに来た」

「あなた、ご主人様に対してそんなことしていいの⁉」

あんまりにも暴力的な解決方法を取っていて驚きました。ていうか、相手は一国の姫ですよあなたが所属する国の姫ですよあなたの雇い主で忠義を捧げる国主一族の姫だ！

こんな感じの突っ込みが早送りのように頭の中を流れますが、口から出てくる前にネギシさんが胸を張って笑顔で一言。

「むしろ手加減をしたらコフルイに殴られる」

「あなたたちの関係性、とても不思議」

「だろうさ。傍《はた》から見たら理解しにくいもんらしいぞ？」

なんかもう、理解が難しい話になってきて頭痛がしてきました。深く考えたらダメかもしれない。僕は眉間に指を押し当ててから発言。

「わかりました。アユタ姫様に殴られたりとか喧嘩《けんか》したときに話がついたりとかは？」

「いや、許してもらってねぇよ」

「でも僕が作らないと延々とアユタ姫様とネギシさんの戦いが終わらないのでやります」

このまま砦《とりで》のあちこちで食べたい合戦という殴り合いが続くの、とても不毛だと思う。

なので僕は諦めて、改めてネギシさんに尋ねました。

「もう一度聞きますが、何か食べたいものはありますか？　具体的に、こんなものを食べてみたいとか、そういうのをお願いします。相応《ふさわ》しいやつとかは抽象的すぎて無理です」

「え？　えー……えっと、えー……」

ここでネギシさんが頭を抱えて悩み出しました。なんかこう、様子がそのまま晩ご飯に何を食べたいか聞かれて迷ってる子供そのものなのが、僕の中で笑えてくる。

ネギシさんはひとしきり悩んだ後、手をパン、と叩《たた》きました。

「俺さ、実のところ何を食っても美味《うま》いんだわ」

「はい」

「なんというか美食家じゃないから、料理とか詳しくないし。何でも美味いから知識とかなんとかには興味ない」

人が聞けばバカ舌と揶揄《やゆ》するかもしれないけど、何を食べても美味《おい》しいと感じられるのは一種の才能なんだよなぁ。

と、心の中で思いましたが口には出さない。まだネギシさんの話は続いている。

「だけどさ。俺だって好物はあるんだよ」

「ほう。なんでしょうか」

「肉とキャベツ」

……肉と、キャベツ。一瞬で何を作るかが決まってしまうな。

慌てずに、僕は落ち着いてネギシさんに質問を重ねます。

「一応聞きますが、肉はともかくキャベツとは？」

「ガキの頃、近くの畑からキャベツをパクって仕留めた獣の肉に塩振って焼いて、キャベツを皿にして手掴《てづか》みで一緒に食べるのが美味かったから」

「何それ、盗むのはともかく料理の方は僕もやってみたい」

「お！　やるか!?　今度コツを教えてやるよ！」

ネギシさんは自身の好物を褒められたからなのか、目を輝かせていました。ていうか僕も本気でやってみたい。山で仕留めたイノシシとか鹿を処理して、普通に焼いて塩を振ってキャベツにのせて手掴みで食べる。キャベツと一緒に。

絶対に美味しいし絶対に楽しいじゃん。キャンプ飯というよりハンター飯の側面が強いけど、絶対に場が盛り上がるじゃん。

ネギシさんが楽しそうにしている。好物の話をして目をキラキラさせるの、なんか子供っぽいとは思うけど、そんなもんでいいとも思う。

「ちなみに聞くんですけど、ネギシさんは料理はできるんですか？」

「できねぇよ。イノシシでも鹿でも鳥でも仕留めて焼いて、塩を振るだけだ。あと……近くの畑で盗《と》ってきた野菜を肉と一緒に鍋にぶち込んで煮て、塩とか味噌《みそ》を加えるくらい」

「キャンプ料理……野営料理の類いでもないな。なるほど、わかりました」

ネギシさんの食の傾向がわかってきた。

男料理ではなく、野営料理というわけでもなく、サバイバル飯の面が強い。昔からサバイバル飯を食べていたから、厨房《ちゅうぼう》で作られる手の込んだ料理を美味しいと思うんだ。

……サバイバル飯も美味しいよなぁと、僕は天井を見上げながら思う。森とか山とか、大自然の中で苦労して捕った肉や山菜を、手持ちの限られた調味料や調理方法で作った料理ってのも、きっと味わい深い。

こんな感想を抱いたとしても、今考えるべきはネギシさんが食べたいものだ。具体的には肉とキャベツ。この二つを使った料理。

やっぱり、あれだよなぁ。

「わかりました」

「わかったのか」

「わかったので、明日の朝から取り組みます」

「今からじゃダメなのか？」

ネギシさんが不思議そうに聞いてきます。僕は困った顔をして返答した。

「ダメなんですよ。もう今晩の献立は決まっていますので」

「なんだよー。さっさと作ってくれよー」

ネギシさんは拗《す》ねてるようでしたが、すぐにパッと笑った。

「まぁいい！　明日を楽しみにするかな！　じゃあな！」

そのままネギシさんは厨房《ちゅうぼう》を出て行く。嵐のような人だな、と僕は溜め息をついた。

首を横に向けて一言。

「オブシナさん。助けてくれてもよくないですか？」

「巻き込まれたくなかったからさ。すまん」

他の料理人さんたち、僕たちの方をちらちらと見てたのに、なにも口を挟んでくれなかったんですよ。まぁ、話の邪魔をしてこないと考えれば常識的なもんですけど。

ですけど、僕は視線だけでもオブシナさんに助けを求めてたんですよ。

助けてくれなかったけどな!!

「で？　シュリはどうするつもりさ？」

「作りますよ。明日から準備をします」

約束した以上はやる。必ずやる。これはお客さんから注文を受けた料理人の仕事。

やらない理由はなく、断る大義名分はなく、ほっぽりだしていいことなどないってこと。

僕はやる気を出しながら椅子から立ち上がります。

「明日なのか」

「今日の仕事を放りだしてはダメです」

オブシナさんも納得してくれたので、僕は黙々と仕事に戻りました。

晩ご飯の仕事が終わった僕は、厨房の片付けを軽く手伝う。

「じゃあ僕はここであがります」

「おう、ありがとうな。今日の当番は俺だから、あとは任せろ」

一人の料理人さんが手を振って答えてくれた。

シフト管理の話をしたとき、仕事終わりの片付けに関しても、最後の仕上げと確認をする人を決めました。

なので、今までよりも段違いに早く仕事を終わらせて休める。

僕は厨房《ちゅうぼう》から出て食堂を通り、廊下を歩く。他の料理人さんたちも自分の部屋へと戻っていき、休む態勢になります。

魔工ランプが廊下を明るく照らしている。今日は三日月、外の月明かりはほどほど。

雲は少なめだけど三日月なので、暗いにゃ暗いです。

さて、明日作る料理はすでに頭の中で決まってる。調理手順も、食材もです。

僕は天井を見上げながら考える。

だけど……ネギシさんのために料理を作ったとしても、それを食堂のど真ん中でいきなりネギシさんの前に出していいわけないですよね。周りの人たちは良い気分ではないでしょう。

となれば出すタイミングは慎重にするしかない。ネギシさんだけ特別待遇のように見られてはいけない。

もし僕に料理をリクエストできることが知られ、みんながそうするようになってしまっては他の料理人さんたちが困ることでしょう。

「逆に言えば、あの場で僕に注意をしなかった皆さんは……僕がちゃんと特別待遇しないように気を付けるんだろうと、信頼してくれてるってことですかね」

厨房で僕に対し、誰もそのことを指摘しなかった。止めることもしなかった。

してはいけないということは気づけるだろう、と。何より、僕だったらやらないと、わかってくれてる。

信頼には応えるべきでしょうね。

「さて、と……ん？」

ふと窓の外を見ると、誰かが外に出て行くのが見えました。

後ろ姿だけでもわかる。あれはネギシさんだ。

片手に酒瓶、もう片手に袋を持って、フラフラとどこかへ出て行こうとしている。

「……なんだ、あれ？」

僕は少し気になりますが、ミコトさんの部屋を覗《のぞ》いたことで起きた先日の騒動を思い出します。下手に人のあれこれに首を突っ込んだ結果、あの薙刀《なぎなた》の錆《さび》になるところだった。

一振りで断ち切られ……いや、粉々になっていたでしょう。ミコトさんならできる。

なので僕は見なかったふりをして前を向く。廊下を歩く。気にしないようにする。

が、

「……随分とフラフラしてるな」

もう一度だけ窓の外を見ると、ネギシさんは千鳥足《ちどりあし》のまま砦《とりで》の外を歩いている。

何をするつもりなのかさっぱりわからない。というか、なんであんなところを歩いてるのかわかりません。何がしたいんだ、あれ。

というか……あのままだと砦《とりで》の外というか壁の外に出てしまうんですけど。本当に外に出ちゃうぞ？　ネギシさんは千鳥足《ちどりあし》のまま。

「あれはダメだ、ほっとけない」

普通に考えて、酒に酔ってるのか体調不良なのか何かに不満なのか。何が原因なのかわからないけど、あんな様子の人間を放っておくことはできない。ミコトさんのプライバシーを覗《のぞ》くのとは違う、どう考えても不穏な空気しかない。

僕は踵《きびす》を返して、急いでネギシさんの後を追う。建物の外に出て、訓練場を横切り、この砦に最初に来たときに潜《くぐ》った門から外に出る。

ネギシさんはここから出たけど、姿が見えない。どこに行ったのかわからないけど、探さないとヤバい予感しかしない。

キョロキョロと見回す。三日月の夜だけど雲が少ないため、辺りは思ったほど暗くない。ここら辺は月明かりを遮るようなものはない。幸い、これくらいの闇夜なら僕でも歩ける。というかこの世界、本当に月明かりのありがたさを感じる。

「っと。こういう明るさに慣れたおかげかな。見つけた」

砦の裏手へ続く外壁のところに手が見えた。どうやら千鳥足のまま、壁に手を突いて歩いているらしい。で、あそこでなぜか立ち止まってた、と。

思わず走り出しそうになるけど、三日月の明かりでなんとか見えるといっても夜は夜。この世界は乱世。いきなり矢とか魔法とか飛んできてもおかしくないのだ。

しかもここは砦の外。外壁の外。この砦が持つ防御の外側の場所に、夜に立っているのです。襲われることも想定して慎重に、壁に手を当てて歩き出す。

ずっと歩いていると……完全に砦の裏側に来ていました。

改めてそこら辺を観察すると、崖がある。しかも相当な高さです。下に見えるのは……

川、かな？

ゾッとするほど高い。落ちたら絶対に助からない、と思うほどです。

水量が多くて急流なのか、耳を澄ますと川のせせらぎが聞こえる。

川の観察はそこそこにして視線を横に向ければ、そこにいました。

ネギシさんが崖際に座り、酒を飲みながら袋に手を入れてる。そこから干し肉を取り出してチビチビと食べていました。

……もしかして、月見酒か、何か、かな？　なんでこんなところでそれをしてるんだ？

不思議に思っていると、ネギシさんは酒瓶を地面にコツン、と置いてから、

「で？　シュリはこっちに来ねぇのか？」

と、僕に声を掛けてきた。

背中にゾワッと寒気が走り、頭が冷やされる。たった一言。それのみ。なのに、込められた感情が僕の全身を打ち抜き、勇気も気力も全てまとめて薙《な》ぎ払われた。

怒り。

たった二文字の感情が、ありありとネギシさんから伝わってきたのだ。

「……お邪魔して申し訳ありませんでした」

できるだけ平静を装ったつもりだが、額からつっ……と汗が流れる。三日月の夜、風が吹いていて肌寒い時間帯のはずなのに、だ。

僕の脳内で警鐘がガンガンと鳴り響く。真摯《しんし》に謝罪をしてこの場を速やかに離れ、アユタ姫に報告して指示を仰《あお》ぐべきだと、警告のような考えが次々と浮かぶ。

だけど動けないのです。ここから一歩でも下手に動けば、次に言葉を発すれば、間違いなくネギシさんは僕に危害を加えるだろう。

この怒り方、これは知ってる。僕が昔、地球にいた頃に父親……父さんに同じ怒り方をされたことがある。父さんが大切にしている日記帳、修業時代に学んだレシピや技術、修業の日々を綴《つづ》ったノートを見つけ、勝手に読もうとした時のこと。小さい頃の話。

僕は小さい頃に料理人になろうと思い、いろんな料理本を読んでいた。子供の小遣いで買える料理本を読み尽くし、他にないかと父さんの部屋を漁《あさ》ったときだ。

机の引き出しの中にしまってあった、古びたノート。色あせて汚れ、少し端っこがちぎれてるもの。よほど思い出深いものであったらしく、やたらと大切に保管されていた。

詳しく言うと、大きな引き出しの中にぽつんとノート一冊だけが、ジップロックに入れられていた。

興味がわき、取り出して読もうとした。内容を読む前に、父親が怒号と共に僕からノートを取り上げ、ジップロックに入れ直して引き出しに丁寧に入れたんだ。

あまりの豹変《ひょうへん》ぶりと怒りに恐怖を覚え、僕は大声で泣きわめいたのだけど……そのとき父さんは僕を無視して部屋を出て行ったんだよ。酷《ひど》くない？　いや僕が全面的に悪いんだけど。

で、僕の泣き声を聞いて母さんが慌ててやってきて、僕をなぐさめてくれた。理由を聞き、母さんは僕を連れて父さんの所へ行ってギャンギャンと説教してくれた。

自分の子供相手に大人げなさすぎる、泣いているのにほっとくとは何事だ、日記を見ようとしたからって怒り狂いすぎだと凄《すさ》まじく怒って父さんを叱ってたよ。

「リョっちゃん！　なんで自分の子供にそこまで怒るんだよ⁉　此方《こなた》と君の子供だよ！」

「スイ、それはだな、その、あのっ。朱里《しゅり》が、あの日記を粗雑に扱ってたから、思わず。凄《すご》い大事なものだから、つい、その、な」

「日記？　……まだアレを取ってあったの⁉　恥ずかしいからさっさと捨てようよ！　いつまでも取っとくもんじゃないでしょ！　いや、話はそうじゃなくて朱里への言葉がキツすぎるよ！　朱里は普通の子なんだ、此方《こなた》のように強くはないよ！　ダメだよ！」

「だけど、もうあれしか残ってなくて」

「関係ないよ！　ちゃんと朱里に謝って！　そうじゃないと此方も怒る！」

「お、おう、すまんな」

「なんだそのおざなりな言い方は！」

父さんは反省して僕に謝ってくれたが、母さんはそのまま言ったんだ。

実家に帰ります！　と。

父さんはめちゃくちゃ慌てて土下座までして僕と母さんに謝罪してくれたなぁ。

あとで僕も父さんに謝ってから、あのノートには何が書かれてたのと聞いたんだけど、恥ずかしそうな顔でこう言った。

「あれは俺の修業の日々や料理のレシピ、日常の他に、母さんとの思い出や馴《な》れ初《そ》めまで書いてるものなんだ。当時、俺はカメラとかを持ってなくて、あの日々を詳しく書いたのがあの日記なんだ。あれしか残ってなくてな……宝物なんだよ」

父さんの顔を見て、改めて僕は謝った。

母さんはこっそりとこっちを見て頬を押さえながら「もうっ、リョっちゃんたら！　此方は恥ずかしいから捨てろっていったのに！」とか喜んでたけどな。

それから父さんの日記帳に手を付けたことはない。同じところにはもうなかったかも。

……その父さんのときと同じだ。自分にとって何よりも大事な何かを勝手に触った、邪魔した奴に対して覚える怒り。

ネギシさんにとって三日月を肴《さかな》に酒を飲む、という行為は、時間は、何よりも大切で神聖なもので、不可侵なものだったんだ。この時間のネギシさんに関わっちゃいけなかった。

「ネギシさんの足取りがフラフラとしていたところで砦《とりで》の外に出て行くのを見まして……あまりにも心配になってしまって、追いかけてきました」

「そうか」

ネギシさんの背中から怒気が消える。

「心配させたな」

それどころか、事情を知らない僕に済まないと思っているように感じます。

「俺はぁ……大丈夫だ。ここで月見酒をさせてくれ。朝には戻るからよ」

「ごめんなさい。それでは」

僕は頭を下げ、その場から離れる。ネギシさんの方を振り返って見ることはせず、立ち去ることにした。この場では、これが正解だ。

ネギシさんの様子が心配なので来てしまったが、これではオルトロスさんとミコトさんのときと同じだ。反省しないにもほどがある。

「……ミコトさんにも同じ失礼を働いてしまったよ」

「待て」

僕が思わず呟《つぶや》いた瞬間、ネギシさんが僕を呼び止める。

「ミコトが、なんだって？」

ざ、と音がする。僕は振り返って見た。

ネギシさんも地べたに座ったままでこちらを振り返っている。

好奇心が湧いてるって感じの目だ。ミコトさんに関する話を聞きたいってのが、ありありと伝わってきます。

「えぇ。先日、ミコトさんの部屋が少し開いていて灯《あか》りが漏れていたので、思わずチラと見てしまって……大変失礼なことをしました」

「お前……今と同じようなことをやっておいて、学習ってもんをしねぇのか？」

実は三回目です、なんてことは言えるはずもなく。僕は顔を真っ赤にして俯《うつむ》き、恥じるばかりでした。

うぐ、ネギシさんの指摘はもっともだ。そんな僕を終始、ネギシさんは呆《あき》れたような目で見てきます。

「その……えぇ、僕はバカです」

「認めちゃうほど？」

「認めちゃうほど」

「……反省は？」

「死ぬほどしてます」

「なら、俺はもう何も言わねぇ。哀れすぎらぁ」

哀れまれてしまった。うん、そうですね。哀れまれるほどバカなことやりました。

本当に反省した。

「それでは、僕はこれで」

「待てや。まぁいいや、お前もこっちに来いや」

ネギシさんは三日月を前に、自分の隣の地面をポンポンと叩《たた》いて、再びこちらに来るように促していた。

「今日は綺麗《きれい》な三日月だ。たまには……誰かと一緒に飲むのもいい」

「いいのですか？」

「ああ。俺にとって三日月の夜は特別だ。一人で酒を飲み、肴《さかな》をつまんで過去を思い返す。大切な月見酒の時間……だけど、たまには誰かに話を聞いてもらってもいいと、気まぐれを起こしちまってな」

語る背中に歴史あり。ネギシさんの優しい声色と綺麗な三日月、ネギシさんの不思議な時間。背中に見える、哀愁と喜色の雰囲気。

不思議な時間です、本当に。どこか神聖な、澄んだ空気感がある。

そこに踏み込んでいいのか、と僕は躊躇《ちゅうちょ》しましたが……。

「わかりました」

僕はネギシさんの隣に座り、共に三日月を見上げました。地べたに腰を下ろし、余計な思考を消します。

すると、なんとも言えない感覚に包まれる。

安らぐというか、落ち着くというか、清々《すがすが》しい気分になるというか。

「お前も三日月に、なんか不思議と落ち着くような感覚があるのか？」

ふと隣からネギシさんが声を掛けてくる。どこか期待してるような問いかけ。望んでいる言葉を待っているような感じだ。……正直なことを言うと。

「ハッキリとはわかりませんが、落ち着く、と」

「そうか」

ネギシさんは目を閉じて爽やかに微笑《ほほえ》む。

「そうか、それは良かった」

望んでいた答えだったのか、それとも共感してくれる人がいることに喜んでいるのか。

隣を見れば、落ち着いた口調の嬉《うれ》しそうなネギシさん。手に持っていた酒をあおり、一気に飲んでからさらに袋の干し肉を取り出して口に放り込む。

隣にいる僕の鼻にも届くほどの、強い塩と胡椒《こしょう》となんかの香草の匂い。強めの酒に合いそうな塩っ辛い肴《さかな》。体に良くないのは確かなんですけど、美味《おい》しいものって体に悪いというのもよく聞く話なので何も言わない。

ネギシさんが食べるのを見るのをやめて、僕も三日月を見上げる。

そういえば、と思い出す。地球での修業時代、こんなに落ち着いて夜空の月を見上げたことがあっただろうか、と。

忙しくて、やりがいがあって、将来の夢があって、目標があった。

夜空を見上げるより、目の前の課題に集中する方が大事だった、地球での修業時代。

都会の喧噪《けんそう》に揉《も》まれながら、調理場でも先輩たちにしごかれ、必死にやってきました。

だから、こう、久しぶりに夜空の月を見て安らぎを感じている。

……この世界に来てから僕は、月をよく見てたな、と今になって思い出す。三日月も満月も新月も、今まで月なんて気にしたことなかったのですが。

なんでこんなに月を見るようになったんだろう。そういや、母さんも月が好きだったな。父さんと二人で月見酒をしてた背中を何度か見たことがある。

久しぶりに両親のことを思い出し、郷愁に胸を緩く締め付けられる。思い出すことができたのは良かったと思います。このままだと忘れてしまっていたかもしれない。

「シュリ」

「はい」

「何も聞かねぇのか」

ネギシさんはポツリ、と言う。

「俺が月見酒をする理由」

僕は月に顔を向けたまま答える。

「綺麗《きれい》な三日月を前に詮索《せんさく》は不粋《ぶすい》かな、と」

ポツリと答えると、

「そうか」

と、ネギシさんは嬉《うれ》しそうに、小さな声で返す。

なんだろう。短い言葉で会話して、月を見て穏やかに夜風に吹かれながら体を休める。昏《くら》くて冷たくて、どこか優しいこの場の空気が心地よくて壊したくなかったのです。

そのまま僕とネギシさんは何も言わず、ただボーッと月見をする。

ときどきネギシさんが僕に酒とつまみの干し肉を渡してくれるので、少しだけ分けていただき礼を言う。

特に重要な話などせずに、短く「最近どうだ?」「まぁまぁですかね」程度の会話をして、時間がゆっくりと流れるこの心地好《よ》さ。忙しい毎日を過ごすうちに熱っぽくなっていた頭が冷えていく感覚が気持ちよい。

最後に……どちらからともなく立ち上がり、何も言わないまま二人して砦《とりで》に戻り、休むのでした。

次の日。

「なんか体が軽いなぁ……？」

朝早く起きて体を伸ばすと、なぜか疲労が取れていて頭がスッキリしている。

肩を回すと軽く動くし、首を回してもよく動く。

「……まぁ、気晴らしにはちょうど良かったってことか」

理由はわからないけども、働くのに支障がなければそれでよし！

ということで部屋を出て廊下を歩く。とっとと厨房《ちゅうぼう》に行って、ネギシさんのための料理を作って食べてもらおうか。

「おはよう、シュリ」

「ひ、おはようございます」

仕事のことを考えながら歩いていると、廊下の角からアユタ姫が出てくる。

汗を布で拭いながら歩いているのですが、あまりにいきなり出てきたので驚いて声が出てしまいました。

ビクついた僕の様子を見たアユタ姫は一瞬だけ僕と同じように驚いていましたが、すぐに僕が驚いたことに対してニヤニヤとし始めました。

アユタ姫、なんだか猫っぽくて悪戯《いたずら》っ子のような感じで僕を下から見る。

「あれ～？　シュリはなんで驚いたのかな～？　アユタはただそこから出てきただけだよ～？　どうしてそんなに驚いたのかな～？」

「いえ、考え事をしていて……アユタ姫様が近づいてくるのに気づきませんでした」

「シュリは臆病だな～？　それでも男の子か～？」

「人をおちょくるときは生き生きとして……！」

ちょっとイラッとくるものがある。人をおちょくるときは本当に生き生きとして……！

僕は咳払《せきばら》いを一回する。

「こほん。いえ、今日の仕事のことです」

「アユタの料理をよろしく」

「もちろん。昨夜はネギシさんといて、ちょっと時間が」

「ネギシ？」

さっきまでの悪戯っ子な笑みが消え、疑うような顔をするアユタ姫。

突然の変化に僕は疑問を感じながらも続けた。

「ええ。三日月の夜の月見酒をしているネギシさんと一緒に」

「は？」

アユタ姫は間の抜けた声を出す。まるで信じられないような顔をしています。

なんだろう、こんなに疑うような態度を取るってどういうことだ？

「本当に？」

「はい」

「嘘《うそ》じゃないのか？」

なんかしつこい。しつこいくらいアユタ姫が聞いてくる。何度も、何度も。

ようやく質問攻めが終わったあとでも、アユタ姫は信じられないような目をしています。

顎に手を当て、僕の言葉の真偽を確かめようとしてる。

「嘘ではないです」

「……ネギシの三日月には、まぁ秘密はある」

「教えてもらわなくていいです」

僕は瞬時に返す。

迷いのない僕の返答。アユタ姫はさらに疑念を強めた視線を向けてくる。

「聞かなくていいのか？」

「はい」

「……シュリに関係ある、と言ってもか」

「言っても、です」

多分嘘《うそ》だろうな、とはわかっています。アユタ姫の言葉こそ、嘘だというのは一瞬で見抜ける。また、アユタ姫も僕が嘘を見抜くことには気づいてるし、気づかれていてもいいから試す。

嘘でも本当でも、どっちであろうと確かめないことにするんだな、ということをアユタ
姫は言いたいのでしょう。

アユタ姫は僕の顔を見る。ジッと見て、次の言葉を待っている。

多分、僕から聞きたい言葉はこれでしょう。

「なんにしても、あの三日月を共に見て静かに過ごした優しくて冷たくて心地よい夜の時
間を、台無しにするつもりはありません」

そうだ。僕はあの時間の中に、安らぎを感じていた。

何も考えずに座り、明るく美しい月を見上げ、短い言葉を交わして酒と肴《さかな》を楽しむ。

月見酒を台無しにすることはしたくないんですよ。

僕の顔と言葉から判断したらしいアユタ姫。

彼女は微笑《ほほえ》みながら顎から手を離す。

「ネギシにとって三日月の夜の月見酒は大切な時間だ。あれを邪魔する奴は、アユタもコ
フルイも許さない。もしシュリが不届きなことを言ったならアユタがこの場でお前の首を
折っていたけど、その心配もなさそうだ」

「ひュっ」

今度はわかる。アユタ姫の言葉は本気だ。殺意はないけどマジでやる。

本気さと優しさの正反対の波動に気圧《けお》され、思わず僕の口から変な悲鳴が出てしまいました。怖いよ、優しい殺害宣言って。目の前でされると情緒が粉砕される。

「聞かなくてもいいし、気にしなくてもいい。三日月の夜の月見酒をネギシがしてたら、邪魔しちゃいけない。それだけ覚えてて」

「はい。ちなみに、以前それを邪魔した人って」

「いないよ」

いないのか。まぁ、そんなプライベートを邪魔する人なんて、

「もう生きてこの国にいないよ」

いたけどもう土の下にいるらしい。僕は下手したら、いや九割がた殺されるところだったのだろう。

だから、生きてこの場にいて五体満足で仕事に行こうとしている僕を、アユタ姫は信じられなかったってことなんでしょう。

危なかった、本当に危なかった。人が何をやってるか懲りずに覗《のぞ》いて死にかけること三回。二度とやらないと心に誓う。強く強く誓う。二度としねぇ。

僕は天井を見上げて胸に誓った。

「で？　ネギシと月見酒をした感想は？」

「自然に心と体が落ち着いて安らいだと思います」

「ネギシもそう言ってもらえて良かったろうな」

アユタ姫は真顔となり、僕の目を真っ直ぐに見つめた。

「シュリ。ネギシにとって三日月の夜の月見酒の大切さはわかったと思う。その場にいることを許されたとはいえ、もう邪魔をすることはやめてやってほしい」

アユタ姫の真摯《しんし》な頼み事。目は笑っておらず、殺気があるわけでもなく、ただただ純粋な懇願です。姿勢を正し、僕に対して誠意ある姿で頼む。

相手が誠意を示すのなら、僕も誠意と敬意で返すべきだ。

「わかりました。僕はもう、ネギシさんと一緒に月見酒をしません。邪魔をすることはありません」

「ああ、ありがとうな、シュリ」

アユタ姫は軽く首だけでお辞儀をしてから、自分の部屋へと向かって行った。

アユタ姫がネギシさんに対して何を思っているのかわからない。あれは恋心や愛情ではなく、友情や一蓮托生《いちれんたくしょう》の仲間への情のようなものだと思う。

恋人にはならないけど、一生親友であり続けるような空気感。

気のせいかもしれないけど、アユタ姫はネギシさんの姉のような振る舞いをしてるつもりなのか？　ダメだな、変な考えがどんどん浮かんできてしまいますね。

「……そういえば」

僕はふと、思う。

「アユタ姫はグランエンドの姫。コフルイさんは姫の側用人で剣術指南役。二人は経歴がハッキリしてるけど……ネギシさんだけ知らないな」

あの人、何者だ？

疑問が浮かんだものの、気にしたって答えなど見つかるはずもなし。多分、アユタ姫が「聞かなくていいのか？」と言った中にネギシさんの過去の話も含まれる。

が、気にしないと決めた以上は気にしちゃいけないことだし、聞かないと決めた以上はそれを貫くだけだ。ネギシさんへの誠意と敬意を忘れちゃいけない。

「で、朝からなんですって？」

なのに、だ。

朝の仕事を開始し、食堂にてアユタ姫専用の料理や他の人たちへの料理の配膳を終わらせ、厨房《ちゅうぼう》に戻ろうとしたときのこと。

ネギシさんが僕を呼び止め、突然言ったのです。

「俺専用の料理はいつ出してくれんの？」

困った。僕は本当に困ってしまった。僕が注意していたことを、あっさりとネギシさんが崩してしまった。リクエストが通ってしまうような特別待遇にならないように、気を付けようとしてたのに。

しかもアユタ姫の隣でそれを言うんだ。

アユタ姫は驚いてネギシさんを見て固まっている。

コフルイさんなんか、目を閉じて仰向《あおむ》いていた。

そして、僕とアユタ姫とコフルイさんは同時に溜め息をついた。呆《あき》れたって感じで。

「な、なんだよ。シュリ、約束してくれただろ？」

「ええ、ええ、そうなんですけどね、そうしないとアユタ姫と延々と殴り合うので、そうしようと決めましたよ、ええ」

僕も一応承諾したし、その準備もしていたので頷《うなず》きました。肯定するしかない。

次にアユタ姫がジト目でネギシさんを見る。

「お前。アユタに殴られて反省しなかったのか」

「逆にお前をぶちのめしたが、反省はしてない」

「外に出ろ、今度はもっとぶちのめす」

二人して立ち上がろうとした瞬間、コフルイさんがネギシさんへ向けて手のひらを向けました。待て、ということでしょう。

二人とも落ち着いて椅子に座りました。コフルイさんはそれを確認してから静かに口を開く。

「ネギシ。お前はシュリの顔に泥を塗ったのをわかっておるな？」

静かに、冷静に、穏やかにネギシさんに問いかける声。

その声の主であるコフルイさんの語り口に、静かだけど沸騰《ふっとう》するほどの怒りを感じる。

さすがにその怒りを感じ取ったらしく、ネギシさんは少し慌てながら言いました。

「い、いや、別に顔に泥は」

「シュリが姫様に専用の料理を作るのは、あくまでも姫様に食育を施すという任務を姫様自身が了承したからだ。他の者は、食堂で作られる同じものを食べておる」

静かに、言い聞かせるような口調。

「なぜかわかるか？　誰だって、故郷の料理を食べたいと思うのは当然のこと。自分の好きな食べ物を口にしたいと思うのは当然のこと。郷愁の念や好物への欲望は、人が本来持っておるものだ。皆、ここに詰めている間はそれを我慢して、いずれ適応する」

「なら……」

「だが、一人でも食事に対するわがままを言い、それが通ってしまうようなことになれば、他の者に示しがつかぬ。お前だけが特別に、儂《わし》だけが特別に、なんてことはできぬ。姫様については、ご自身の立場と、これまで食事に関して不安に思う者が多かったことや癇癪《かんしゃく》で被害を受けた者がいたこと、そして国主様であるギィブ様がシュリをここに送ったことなど、一応の大義名分が揃《そろ》っておるからこそ、皆は我慢できる」

ネギシさんの反論を一刀両断する。コフルイさんは、これで全てを語り終えたと言わんばかりに腕を組む。口を閉じ、ネギシさんの目をジッと見つめる。

感情がない。何も思うところはない。お前に向ける怒りも悲しみもない。ただお前がどう反応するかを見せてみろ。コフルイさんの静かな叱責だった。

同時に周りを見れば、誰もかれもがこちらを見たまま黙っている。ネギシさんの言葉から、もしかしたら自分もあれを食べることができるか……という期待と、あいつだけズルいという嫉妬の視線を向けてくる。

ネギシさんはコフルイさんに言い返そうとして腰を浮かす。が、周りの視線に気づき、動きが止まった。ようやく気づいたらしい、自分がとてもマズい状況にいるってことが。

だけど、コフルイさんが助け船を出すことはない。アユタ姫も成り行きをただ静かに見ているだけだ。

僕も同様です。何も言うことはありません。ここでいたずらにネギシさんを庇《かば》えば、今度はみんなの前でネギシさんを咎《とが》めてくれたコフルイさんの顔に、泥を塗ることになる。

僕を庇ってくれたコフルイさんを裏切ることはできない。

シーン……という静寂の音のようなものが、耳に響いてくる。その間にも、ネギシさんは言葉を選んでいるように固まっていました。

ようやく口を開いたのは、コフルイさんが言葉を終えて三十秒も経《た》った頃でしょうか。

自分の全てのプライドを投げ捨てたように、苦虫を噛《か》み潰したような顔で自身の非を認め
……僕に向けて、

「すまん」

とだけ口にする。

ネギシさんはいたたまれなくなったのか、立ち上がって食堂から出て行ってしまった。

苦々しい顔のまま、涙は流さないまでも泣きそうな目をしていて。

「シュリ」

「わかっています」

僕はネギシさんの後ろ姿を見ていた。

「ここは、追いません」

アユタ姫の言葉に返答する。

ネギシさんは三日月の夜、僕がその場にいることを許してくれた。

どういう心境の変化なのだろうか。

わからないけども、一人でいたかった時が三日月の夜だったのかもしれない。今は何も
情報がないけども、昨晩はそれを邪魔してしまった。

なので、ここは邪魔をしない。一人で整理する時間がネギシさんにあってもいい。

「僕は……いえ、言葉を濁すのはやめます。余計なことをしたのでしょうね」

「全くだ」

僕の口から独り言が漏れた。誰かに言うつもりはなかったのだけどアユタ姫が口を開く。

「シュリも本当は気づいてたんだろ。専用料理を、ただの好意で作るのはダメなことを」

「はい」

「ならダメだ。わかっているのに単なる優しさで秩序を乱しちゃダメだ。ここは軍の施設、規律を無視してしまっては、いざという時に統制が取れない。アユタはこういう性格で立場があって権限があるからわがままをしても誰も何も言わないけど、誰かを特別扱いすれば必ず不満は出る。理由も大義名分もない贔屓《ひいき》は、いずれ組織内に不穏分子を生む」

アユタ姫の口から出るのは、淡々とした注意事項。感情を荒立てるようなことはない。まるで部下に言い聞かせるような声色。粛々《しゅくしゅく》と、失態を演じた者への警告。

だからなのでしょうか。僕は思わず背筋を伸ばしてアユタ姫に体を真っ直ぐ向けて、話に聞き入っていました。

言ってることは間違ってない、と思ったから。僕に反論する余地はない、とわかってたから。だから何も言わず、アユタ姫の話に耳を傾ける。

「……発想が飛躍してしまった。アユタとしても、みんなに満足できるものを食べてほしい。だけど、ここはあくまでも軍の施設で砦《とりで》。食料を手に入れる方法として買ったり栽培したりといろいろ工夫してるけど、みんなが欲しいと思う料理の食材を都合良く、何度も何度も手に入れることはできない。資金の問題もある。金がなければ戦《いくさ》のときに、何もできなくなることもある。食べたいもののために遠方にしかない高価な食材を仕入れてばかりだと、金なんていくらあっても足りない。安く、できるだけ美味《おい》しく、それを大量に安定して供給できる環境作りも必要。ここまではいい？」

「はい」

「では、これまでの話を統合して最後に言おう」

アユタ姫は立ち上がると、僕の目の前に立つ。腕を組んで僕の前に立つ姿は、どこか学生だった頃の先生を思い浮かべる。僕が突拍子《とっぴょうし》もない行動に出たとき、それを注意してきた先生もこんな感じだった。

この人は、アユタ姫は僕に教えているのでしょうね。組織というものがどういうものなのか、上に立つ人がどういう視線をしているのか。

料理人、厨房《ちゅうぼう》という立場と職場以外の、組織運営というものを。

「ある個人だけが望む料理を、頼まれたからといって作って食べさせるような贔屓はできない。また、全員が食べるからと、高価すぎる食材を備蓄することもできない。

アユタの場合は立場と権力を使ったわがままで、これも本来は許されない。けど、周囲の理解があってギリギリ見逃されてるだけ。アユタの食育というか好き嫌いが治れば、これも終わること。以上。仕事に戻れ」

アユタ姫は淡々と説明を終えたあと、ふぅーっと大きく息を吐く。

腕組みを解いてから椅子に座り直し、再び食事をし始めました。

「という感じの今の説明、コフルイ的にはどう思ったかな～？」

「完璧でございましたよ姫様。ただし、最後のこの会話がなければでしたが」

「全くだよ」

途中まで尊敬できる上司かと思うほどの威風堂々な態度を見せてたくせに、途端に緩むのなんなんだ。食事をしながら気が抜けた笑みを浮かべてる姿、やっぱり猫っぽい。

さて……僕も仕事に戻ろう。

「コフルイさん、僕は仕事に戻ります」

「それがよい」

「あと、確認したいんですが」

僕はコフルイさんに質問する。

「ただの贔屓《ひいき》はダメだけど、『仕事』でならいいですか」

僕の一言。少しだけ意味を考えたコフルイさんは、すぐに察したようで微笑を浮かべました。アユタ姫も気づいた様子でしたが、何も言ってこない。

「いいだろう。ただ、大義名分ができるまで待て。それまで準備しておけ」

「わかりました」

コフルイさんからちゃんと〝大義名分〟という言葉をいただいたので、僕は厨房《ちゅうぼう》に戻ることにしました。アユタ姫から小さく、頑張れ、という言葉が聞こえた気がする。

厨房に戻った僕は、それからはおとなしく仕事を続けることとなりました。


それが数日ほど続いた。

この期間、ネギシさんは僕にすまなそうな顔をしたままでどこかよそよそしく、話しかけてくることはありませんでした。逆に僕が話しかけてみても曖昧な返事で去られる。

よっぽどコフルイさんの説教が効いたのか、おとなしい。ネギシさんっぽくない。

コフルイさんに相談しても「もう少し待て」としか言われない。

アユタ姫に相談しても「ほっとけ」としか言われないままです。

何か考えがあるんだろうな、と思いながらもネギシさんとの関係に悩み続けました。

それでもコフルイさんの言葉、「大義名分ができるまで待て」。

準備は怠《おこた》らないようにしておく。きっとそのときは来る。

ネギシさんへの説教から一週間と三日後。唐突に砦《とりで》の中が騒がしくなりました。

いつも通りの時間に目を覚ました瞬間、聞こえてくるのは砦内における怒号と喧噪《けんそう》。

びっくりして完全覚醒した僕は、身なりを整える間もなく部屋を飛び出す。何がどうなったのか、何が起こってるのか理解できないまま。

すると、目に飛び込んできたのは完全武装した兵士さんたち。

いつも砦で見かけるような雰囲気はそこになく、殺伐として殺気が満ちていて、みんな闘気を全身に漲《みなぎ》らせて走り回っていました。

この光景、僕は見覚えがある。

そう、ガングレイブさんたちと一緒に各地の戦《いくさ》に雇われていた時期。

あのときも戦の前は、こんなふうに慌ただしく準備が進められていた。思い出してしまえば、この砦で何が起こっているのかなんて一発でわかる。

戦だ。戦が始まろうとしている。

「なんで？　前日までなんともなかった」

思わず呟《つぶや》く僕でしたが、すぐに頭を切り替えて食堂がある方向を見た。

もし本当に戦が始まるのなら、それに準じた戦時行動がとられているのならば、食堂は今、どうなってるんだ？

僕はその場から走り出して、食堂へと向かう。途中途中で兵士さんたちとすれ違うが、誰も僕のことを気に留めない。僕だって気に留める余裕はない。今の砦の喧噪の中で、慌ただしく走って移動することなんて珍しいことじゃない。

「矢の備蓄はどうだ!! 揃《そろ》ってるか！」

「こっちは陣地構築の資材の準備が滞《とどこお》ってる！　誰か手伝ってくれ！」

「急げ、行動開始はもうすぐだぞ！　ぐずぐずしてる暇なんてない！」

連絡事項が津波のように、耳に飛び込んできた。懐かしいという思いと一緒に、恐怖が蘇《よみがえ》ってくる。敵と命の取り合いをする本当の殺し合いが始まる瞬間が、目の前に迫ってきてる。

この、心臓と腹が冷えて頭だけが恐怖で熱を持つ感覚は、何度経験しても慣れない。

僕が食堂に着くと、そこはまさに戦場。

早く腹を満たして軍事行動に移るために、兵士たちは運ばれた料理を味わう暇もなく口に運び、あっという間に飲み込んで食事を終わらせていく。終わった兵士から立ち上がって走り出し、僕の横を通り過ぎていく。

僕のことなんか目に入っていない。ともかく急いで行動し、急いで準備を終わらせ、敵との戦いで生き残るためのものを全て揃えようとしている。

みんなが鬼気迫る顔つき。傭兵団《ようへいだん》の頃やっていた、ガングレイブさんたちの料理番としての仕事の空気を、そこから感じた。

一気に目が覚めた。

僕は頭を仕事モードに切り替え、厨房《ちゅうぼう》へ足を踏み入れる。

「遅れましたすみません！」

「遅《おせ》ぇ!! 合図の鐘は鳴ってたはずだろ！ 何をモタモタしてる!!」

いきなりなんのこっちゃかわからないことを叫んでいるのは、昨日まで穏やかに一緒に仕事をしていたオブシナさん。そこにおとなしそうな顔つきはない。怒り顔だ。

他のみんなも同様に急いで仕事をしている。こっちを見る余裕すらない。今は兵士さんたちのための食事を、味を度外視して作り続けている。

マズいというわけではなく、とにかく動けるように、普段なら作らない味が濃いめで塩が強めの料理だ。動き続けるのだから、絶対にこれくらいの味付けは必要になる。

てか鐘ってなんのこと？ と聞きそうになったがやめる。今はそういう時じゃない。僕は頭を下げて言った。

「ごめんなさい！ 次から気を付けます！ 仕事は!?」

「料理を作れ！ 適当にスープとパンを大量に！ あとはわかるな!!」

「はい！」

僕は返事をしてから、両頬を叩《たた》いて気合いを入れ直す。

全体の仕事の状況を見てから、手が足りないところへ入る。包丁で食材を切り分ける係の方だ。いつもは火の通りや食べやすさなどを考えるが、そんなものは度外視。

調理できればいい。食べられればいい。必要量が揃《そろ》えられれば何でもいい。

今は、そういう緊急事態なんだ。

「オブシナさん、これが終わったら次は⁉」

「オレたちも戦場へ同行する！　お前もだ！　備蓄食料の確認と荷車の数を揃えろ！　理解したか、理解したら返事をしろ！」

「了解！」

場の空気は灼熱《しゃくねつ》の如く。どんどん熱気が増しているような気がする。いや、気がするじゃない、間違いなく増してる。

他の料理人さんたちも鬼気迫る顔で、それぞれの仕事を全《まっと》うしていた。目だけで周囲の状況を、視野角を全部使って把握しつつ動く。

急げ。

急げ。

とにかく急げ！　と頭が体を急《せ》かしてくる。

だが、心の中の自分が囁《ささや》く。優しく言い聞かせる、いや、僕の心を落ち着かせるように。

落ち着け。

落ち着け。

急ぎの仕事こそ、落ち着いて最善を目指せ、と。急ぎだからと手を抜いた適当な仕事など許されないんだぞ、と。

料理人としての理性、人間としての本能。これから再び生き死にの場所に向かう自分の内面にある二つの貌《かお》。この世界に来てから身についた、身につけてしまった二面性。

「余計なことを考えるな、今は仕事をしろ、最高の仕事を最速で……」

ブツブツと呟《つぶや》く。

呟く。

熱気と緊張で半分意識が飛んだようなフワフワとした感覚の中で、僕は仕事を続けた。

ぼやーっとしたまま仕事を続けて、オブシナさんから任された備蓄関係の確認が終わった。のは、わかる。そこからの記憶が曖昧になっていました。

気づいたときには、砦《とりで》の訓練場で兵士と料理人、他にも砦にいる人たちと並んでいる。

僕は最後列に並んでいました。

「あ、あ？」

思わず呆《ほう》けた声が出た。集中しすぎて、いつの間にかこんな感じになってしまってる。

隣の人が僕を見るが、何でもないと手を振っておく。変な人だと思われましたかね。

「話が始まるぞ」

隣の人が一言だけ告げる。ありがたい、状況が一発で理解できた。

要するに、今は出陣式みたいなことをするってことだ。ああ、本当に戦場に出るのか。

とはいえ、僕は料理人だ。戦わされるなんてことは、ない。はずなんだが。どこか不安もある。

ガングレイブさんは、僕が全く剣を振るえないってことを知っていたから、戦場に出ても実際に前線に放り出すなんてことはしませんでした。

でも、アユタ姫もそうだ、とは限らない。

「みんな、集まったな」

最前列のさらに向こう、コフルイさんとネギシさんの真ん中にアユタ姫が立つ。

いつもの服装に手甲《てっこう》とすね当て、胸当てを着けている。黒い皮と黒い鉄で作られた鎧《よろい》。

……ん？　まさか、アユタ姫も？

「さて、これから戦《いくさ》だ！」

よく通る声でアユタ姫は叫ぶ。

「待ちに待った戦だ！」

なんかとんでもねぇことを言い出した。

アユタ姫の目は爛々《らんらん》と輝き、今まで見てきた気まぐれでわがままな猫っぽい姫様はそこにいない。国主様のお姫様の顔はどこにもない。

完全に戦《いくさ》の熱気に頭をやられた、狂気の笑顔。殺し合いを望む戦士の顔つき。

「全員、平和ボケしてないな!?」

瞬間、鬨《とき》の声が上がる。驚いてその場で固まる。

兵士だけじゃない、料理人までも声を上げて興奮しているんです。え？　あなたたちも？

そんな疑問が全身を支配して硬直。声も上げられない、動けない。

「今回の戦はお得意様からの雇われ仕事だ！　豊かな土地を狙った侵略者の連合軍が相手だ！　喜べ、獲物は大量だ!!」

「おお!!」

「いいか、アユタたちの武威を示せ！　逃げるな、殺される前に殺せ！　背中の傷は恥だと思え！　死ぬなら真正面から刃《やいば》を受けて死ね！」

アユタ姫は大きく息を吸って、

「我らダイダラ砦《とりで》の兵士の精強さで、相手の心をへし折り殺す！　全軍、出撃だ!!」

「おおぉぉぉぉ!!」

狂奔《きょうほん》。煽動《せんどう》。洗脳。

アユタ姫の声の涼やかさと聞き心地のよさ、外見の可憐さ、共に鍛錬をし続けて戦場に出てくれる支配者、やんごとなき姫、国主に連なる尊き血筋。

これら全てを使った、見事な演説。思わず僕の心も熱くなる。

危険だ。あれは、危険すぎる。

僕の頭の中にけたたましく警鐘が鳴る。僕自身が戦場に連れ出されて命の危機に遭うことよりも、はるかに大きな警鐘です。

アユタ姫は、とんでもないカリスマを持っている。

言葉で、身振りで、外見で、声色で、あっという間に人を戦場へ行く兵士に変貌させてしまう。

「やべぇな……」

僕の心が熱くなり、興奮し、足取りが軽くなる感覚がある。僕でさえこうだ、長年一緒にいるだろう他の人たちは、もっと酷《ひど》い。目がイってる。

ずっとアユタ姫と過ごしてきたせいで、もう戻ることのできない目つきを。

「出発だ!!　遅れてきた奴は、アユタがその場で殴り殺す！　そんなマヌケはいない、そうだな！」

「おう！」

「行くぞ！」

アユタ姫を先頭に、徐々に徐々に列が行軍を開始していく。全員が自分のやることを理解していて、動きに全く淀みがない。

僕の頭の中の警鐘は鳴り続ける。

アユタ姫は、危険だ。

その後ろ姿を見て、思う。

あれは……人々を死に場所へ向かわせる残酷で可憐《かれん》な妖精。

と、重々しく考えていたのですが。

「お腹《なか》減ったからさっさと食事を用意して！」

アユタ姫はもう、狂ったような顔つきをしていない。僕にさらっとそう言いました。

行軍はほぼ一日、休まずに続けられた。普通は昼食とか休憩とかを入れ、良さそうな場所を見つけたらそこを拠点にして装備の整理や軍議を行うと思ってました。

だけどどうだ。休まない、止まらない、それどころか軍議なんて歩きながらしてる。

頭の中にこの辺の地図が完璧に入ってるってことでしょう。そして、相手の情報もすでに頭の中にある。コフルイさんとネギシさんと短く交わされる会話が、前列から後列へと伝わる。

都度、訂正を加えながら伝わってくる情報は短く、理解しやすい。

凄《すご》いことだ、話し合いを行軍中に終わらせて、すぐに後列へと内容を伝える独特の連絡手段。普通は凄《すさ》まじいペースで歩くから、体力温存のために黙ってるもんです。

もしくは気を紛らわすために小さい声で雑談する、とか。ガングレイブ傭兵団《ようへいだん》がそんな感じなので、それが普通だと思ってましたが全然違う。

予定していた野営地らしき場所に辿《たど》り着いたようで、全員が特に号令もなしに動き出す。テントを張り、周辺の偵察に出て、警備の人間は装備を整えて立ち、陣地構築を始める。

あっという間のことで、僕はその流れになんとなくついていくことしかできません。

とてつもなく練度の高い軍団。それがアユタ姫麾下《きか》のダイダラ砦《とりで》の兵士たちなのでしょう。てかあの砦がダイダラ砦という名前なのを、今朝知ったばかりですわ。

ようやく落ち着いたところで、アユタ姫に言われたわけです。

「わかりました。すぐに調理に取り掛かります」

「よろしく！」

アユタ姫はスキップしながら去って行く。途中で兵士に話しかけては笑ってる。

ああやって兵士たちと交流して、気遣ってるんだなぁ。素《す》でやってるんだな、あれ。

「シュリよ」

アユタ姫の姿を微笑《ほほえ》ましく見ていた僕に、コフルイさんが話しかけてくる。

「はい」

「機会は来た。これは『仕事』だ。理解しているな？」

「もちろんです。全員分用意します」

「うむ、良い。儂《わし》も楽しみにしておこう」

コフルイさんは満足そうに背を向けて歩き出す。アユタ姫の傍《そば》に侍《はべ》り、本来の役割に戻りました。

ここに来てようやく、僕は安堵《あんど》の息をつく。周囲を見回して肩を回し、落ち着いていく。

時刻はそろそろ夕方。野営地は林の近くで湖がある。休憩するにはちょうど良い場所。

地平線の彼方に沈んでいく夕焼けの太陽が眩《まぶ》しい。まもなく夜の帳《とばり》が下りるだろう。

砦にいた兵士、後詰めの人たちを除いたほぼ全員がここにいる。テントがいくつも並び、物資集積所のような大きな天幕まで用意されていた。

篝火《かがりび》の準備も終わり、あとは暗さに合わせて火を灯《とも》すだけ。あといくつかの魔工ランプも見えた。どうやら光源は二種類用意しているってことでしょう。ガングレイブさんのときも、金が入るようになったらこの形式になっていた。

兵士さんたちは自分の役割が終わると、おのおのが自由時間の娯楽に興じていく。賭け事、馬鹿話、武器の手入れ、素振《すぶ》りとさまざまです。もちろん警備や偵察の人たちは、遊んでいない。

恐ろしく規律が守られた軍隊だ。もはや傭兵団《ようへいだん》のレベルじゃない、国の正規軍と変わりません。本国であるグランエンドから遠く離れた軍にしては精強すぎる。

何が彼らをここまで駆り立てるのでしょうか？　賑《にぎ》やかに、明日から始まる戦いを笑顔で語る彼らを改めて不思議に思う。

「凄《すご》いとこだよな、ここ」

「凄いとこだろ、ここ」

呟《つぶや》いた僕に、返答が来る。まさか誰かが返答するとは思ってなかったので、バッとそちらを向く。オブシナさんが食材の入った木箱を抱えて通りがかっていたのです。

オブシナさんは僕の顔を見てから、申し訳なさそうな表情を浮かべました。

「シュリ、すまんかったな」

「何がです？」

「朝のことさ」

朝のこと？　と考えて気づく。

鐘のことだ。非常時には鐘が鳴るとのことだが、僕は聞いてないし聞こえなかった。

本当に何のことだったんだろ、と疑問でしたよ。なのでこれを機に聞いてみる。

「鐘、とはなんのことだったんです？」

「そうだな、簡単に説明するかな」

オブシナさんは木箱を置いて話し始めました。

「今回のように、突然戦《いくさ》が始まることがあるんさ。前触れとかもなく、さ」

「事前に連絡とかは？」

「あるときもある。けど、ないときもあるさ。戦をこの日にやります、準備します、今から始まりますなんて、行儀の良い流れなんてほぼないさね」

「それは、まぁ。宣戦布告くらいですか？」

「大義名分のために使うならな。だけど、本当に侵略してくる国ってのは突然やってくるし、宣戦布告は後からするし、大義名分も後付けでそれっぽいのが出てくるさ」

オブシナさんは淡々と語る。まぁ、正直わからんでもないので僕は黙って聞くことにしました。

「だから、アユタ姫と懇意にしてる雇用主が、突然依頼をしてくることだってあるさ。そんなとき、鐘が鳴るんだ。急いで準備しろって」

「その鐘ってのはなんですか？」

僕は再度、同じことを聞く。鐘が鳴る理由はわかった。突如始まる戦の報《しら》せに使われる何かってことでしょう。僕はそれを聞き逃したということだ。

しかし……僕が起きたときには、兵士さんたちも料理人さんたちも全員が準備してる最中で、どう考えたって僕が起きる三十分近く前には鳴り響いてるはず。

そうじゃないとみんなの動きや作業が、すでにあそこまで進んでいるわけがないんです。あと、三十分近く前にみんながそんなに動いていたら、さすがの僕でも気づいて起きてる。

なのに気づかず、あのタイミングでようやく起きた。

「鐘っていうのは何かの符牒《ふちょう》で、もっと別の何かで？」

「いや、鐘は鐘さね。ただ、聞き慣れてないと気づかないんさ」

オブシナさんの説明を聞き、僕は過去のことを思い出す。

アサギさんたちと協力して勝った、ガマグチさんとの賭け事。あのとき、ガマグチさんは何かの音波を使って、イカサマをしていた。

これと同じ原理で、聞き慣れた者にしか気づけない音。

「……どういう原理の鐘ですか⁉」

ダメだ、想像ができない。僕は思わず難しい顔をして首を傾げる。

普段から聞いていない人が突然聞いたとしても認識できない音、なんて話は耳にしたことがありません。地球にいた頃だってそうだ。

というか、意味がわからない。モスキート音みたいな、加齢とともに聞こえなくなる高音ではないみたいですし。

「特殊な魔工道具さ。六天将の一人のローケィ様が作ったらしく、何度か聞いておかないと頭が音を認識しないんだそうだぞ。詳しいことはわからんが」

特殊な魔工道具。普段から聞き慣れていないと聞こえない音が鳴る鐘。

戦場や砦《とりで》における非常用連絡手段としては、とても有用なのはわかる。なんせダイダラ砦の人たち全員にはよく聞こえるのだから、音に符牒を仕込んでおけばいい。また、相対する相手にはそもそも音が聞こえないんだから盗聴することなんてできない。

仮に聞こえたとしても、普段から聞いてないのだから仕込まれた符牒も鐘の音も、重要な何かと気づかれることはない。気づかれても、その頃には殺されてるからこそ情報が漏れていないのでしょう。

と、思うのですが実際はどうだろう？　絶対に間諜《かんちょう》とか偵察要員として戦《いくさ》を見に来てる人とかからバレてる可能性があるけど……。

「ちなみに、この情報が漏れてる可能性は？　連絡手段を解析されたら大変ですけど」

「姫様が気分だけで決めた符牒というか暗号表があるが、それだけで50通り以上あるし全部把握してるのはネギシ様とコフルイ様の二人だけ。他の分隊長はおのおのが別々の3通りずつくらいしか知らん。状況に応じて使い分けてるそうだ」

「いや、それで使い分けてるって言えます？」

頭がおかしい。どう考えても運用できるはずがない。どうやってできてるんだそれ。

もう僕では理解できない領域で、頭を抱えるハメになりました。それでこの軍を回せるアユタ姫たちは一体何者なんだ。

というかオブシナさんが知ってる情報だってほんの一部でしかないのでしょう。オブシナさんが新参者の僕にあっけらかんと語れるのは、話してくれた情報が大したことがないからか、嘘《うそ》かのどちらか。

いや、もう考えるのはやめよう。

「えっと、その鐘、とやらはいつか僕も聞き取れるようになります？」

「なるさ。まぁ、いつの間にか聞こえてるって感じだからさ、慌てなくていいさ」

「はぁ」

「じゃ、そろそろかかるか。コフルイ様から聞いてるぞ。なんでも戦意高揚のための食事を用意するんだって？」

おっと、そうだった。僕は思い出して、背筋を反らして体を解《ほぐ》す。

今から、以前ネギシさんにお出ししようと思っていた料理を作るつもりです。

とはいえ、今回はネギシさん個人へ出す料理ではなく、全員へ出します。

「ええ。これから始まる戦《いくさ》を前に、美味《おい》しいものを食べて気合いを入れてもらわないといけませんから。コフルイさんの粋な気遣いですね」

コフルイさんが言ってた。「大義名分」ができるまで待て、と。ネギシさんへの料理、皆さんの戦意高揚のための料理。

ということで、ネギシさんへお出しする料理を用意する機会が訪れたので、作ろうと思います。

「では、僕はさっそく料理を開始しますね」

「わかった。コフルイ様から手伝うように言われてるから、オレもやるさね」

「はい、数が多いため補助が必要になりますので、よろしくお願いします」

オブシナさんの申し出を受ける。今回の料理は大鍋で大量に作る料理ではなく、たくさんの個数を作る料理。

ネギシさんの話を聞いて作ろうと思った品。

「では、ロールキャベツを作ります。これから作り方を見せるので、それに倣《なら》ってどんどんお願いします」

「よしきた」

僕はオブシナさんと一緒に、調理場に足を踏み入れる。簡単な竈《かまど》を作り、調理台を用意し、水瓶《みずがめ》を置いた仮設調理場。

そこには朝の時点で働き詰めだった、他の料理人さんたちもいる。全員が僕の方を見ていた。

僕はみんなの前に立ち、調理台の上に食材と道具を並べて口を開く。

ちょうどみんなに調理過程がよく見えるような配置だ。なんだか調理学校の先生になったような気分になりますが、それは頭から退《の》けておく。

「では、これから作るのでよく見ててください」

さて、作るのはさきほども言ったロールキャベツ。ネギシさんが焼いた肉をキャベツで包んで食べるのが好き、と言うのを聞いて一番に思い浮かんだ料理。

材料はキャベツ、タマネギ、シイタケ、挽《ひ》き肉、卵、片栗粉、塩、コショウ、水、ブイヨンとなります。

最初にキャベツの葉をはがして、お湯でサッと茹《ゆ》でましょう。そしてタマネギ、シイタケをみじん切りにしておきます。あと今回は歯応えを出すためにキャベツの芯もみじん切りにして加えるか。

ボウルに挽き肉、タマネギ、シイタケ、キャベツの芯を入れ、塩、コショウと卵と片栗粉も加え、よく捏《こ》ねて混ぜてタネを作りましょうね。

キャベツにタネをのせて巻きます。巻き終わりのところに爪楊枝《つまようじ》を刺せば形を簡単に保てるのですが、今回は省く。爪楊枝がないし。

形を整えたら鍋に並べて水を加える。水量は……浸るくらいかな。ヒタヒタと言えばわかりやすいかもしれない。

ここにブイヨンを入れ、火にかけて蓋をして煮ましょう。ブイヨンはどこから持ってきたかって？　前に作ってたものをここでも用意してたのだよ。

あとは完成したロールキャベツを皿に盛り、これにて調理終了です。

皿にロールキャベツを二つ入れて、見本としてみんなに見せる。

「以上です。何か質問は」

「ない。大丈夫だな、みんな」

オブシナさんの呼びかけに、料理人さんたちも頷《うなず》く。

おのおのが調理作業を開始していきます。さすがに理解力が高い。あっという間にロールキャベツとブイヨンが鍋に入れられ、煮られていく。

その様子を見てから、僕はオブシナさんに言った。

「ではオブシナさん、僕は最初にできあがったこのロールキャベツを、アユタ姫に」

「それには及ばんよ」

話を遮って、こちらに来るのはコフルイさん。ネギシさんを伴っている。

ネギシさんはバツの悪そうな顔でした。どうもまだ、僕とまともに話すことができないままのようです。なんというか、まだ心の準備ができてないって感じ。

「コフルイ様が！　おい、みんな」

「そのままでよい」

コフルイさんは手をかざして、挨拶しようとするオブシナさんたちを制止する。

作業を止めて膝を突こうとしたオブシナさんたちは、中途半端な体勢のままで戸惑っていました。

「もう一度言う。そのままでよい、作業を止める必要はない。おのおの持ち場に戻れ」

「は、はい。おい、みんな」

オブシナさんの呼びかけで、料理人さんたちは作業に戻る。が、気になるのかこちらをチラチラと観察してきます。

「全く、たかだか一人の老人が来ただけだろうに」

「いや、それは無理ですよ。コフルイさんはアユタ姫様の側用人ですし」

「まあの。だが、こんな時くらいはシュリみたいにさん付けでよいのだが」

「あっ」

まずい、なーんにも考えてなかった。よく考えたら自分で言ったとおり、コフルイさんはアユタ姫の側用人。ダイダラ砦《とりで》で二番目に偉い人だ。

なのに親しくさん付けする僕は、下手したら無礼打ちされてもおかしくない、と自分の迂《う》闊《かつ》さとバカさ加減に身を震わせる。

だが、そんな僕にコフルイさんは噴き出して笑いました。

「クフフ……！　今さら恐れいるとは、筋金入りの鈍感か大物か、どちらかな」

「バカだと思います」

「自分で言えるなら、大物で間違いあるまいっ。クハハ、フフフフ……！」

コフルイさんが笑ってる。ツボにはまったように笑ってる。

こんなふうに笑う人なんだな、コフルイさんって。初めて見た。新鮮だ。

ところが僕よりも驚いた顔をして見ているのが、ネギシさんだ。

「この笑い方、俺と姫様が出会って一問着《ひともんちゃく》あった時以来、見たことなかったのに……」

どうやらネギシさんは、コフルイさんのツボにはまった笑いというのは久方ぶりに見たらしい。本当に驚いています。

「いや、すまぬ、クフフ、ハハハハ……ハハ、すまん、もう少し待ってくれ……クハハハ……！」

「いやいつまで笑ってるんですか？」

意外としつこい笑い方をするな、コフルイさんは。ずーっとツボにはまっているらしく、笑いが終わる様子がない。というか本人は笑いすぎて腹筋が痛いらしい。

こんなコフルイさんの様子を見て、溜め息をついたのがネギシさん。

「あー、シュリ。俺もこれを見たのは一度きりだが、コフルイの笑いって長引くんだ」

「長いんですか」

「なにしてる……コフルイが笑ってる⁉」

アユタ姫がこっちへ来ていたらしい。気づかなかった。

僕とネギシさんはアユタ姫の方を見る。兵士たちへの声掛けが終わったのだろうか。

だがアユタ姫はコフルイさんの笑いを見て、ただただ驚いていました。ネギシさんよりも驚いてる。

「アユタ姫様、それが」

「わかってる、わかってる。コフルイの笑いがツボにはまっちゃったんだろ？　アユタも片手の指で足りる程度だけど見たことがある……ある、けど、その……。そんなに見ることってないから珍しい」

「そんなに珍しいんですか」

「普段笑わないから。それと、なんかしつこく笑う」

アユタ姫は呆《あき》れた顔でコフルイさんを見ていました。コフルイさんの笑いって本当に呆れるくらい長い、うん、長い。

こうしてネギシさんとアユタ姫と話している間にもコフルイさんは笑ってる。長い、本当に、長い。いつまで笑ってるんですか？

ようやく落ち着いたときには、もう僕もアユタ姫もネギシさんもちょっと疲れたところ。

「いやー……久しぶりに笑ったわ。いや、ありがたい」

「えっと、話を戻していいですか？」

「そうだな、そうであるな。話を戻そう、試作品はそれか？　シュリ」

コフルイさんは僕が最初に作った、少し冷めたロールキャベツを指さす。

僕は目を落とした。このロールキャベツのことなのだとわかるけど、少し悩む。

「まぁ、そうですが。これは少し冷めたものでして」

「なら味見役として、ネギシが一番に食べてもいいだろう」

コフルイさんの言葉に、ネギシさんはコフルイさんの顔を見る。

……ああ、そういうことか、と僕は納得した。

「そうですね。味見で、『毒見』という意味で先に食べていただきましょうか。……自分で毒見と言うのは業腹《ごうはら》だし、毒物を入れるとかそんなこと絶対にしてませんがね……!!」

「いや、建前とはいえ歯を食いしばるほど言いたくない言葉なら、言わなくていいよ？」

僕は奥歯を食いしばり、なんとか言い切ります。自分で言っといてなんだけど、マジでこんなこと言いたくねぇ。あまりの屈辱に憤死しそう。

こんな僕の様子を見て、アユタ姫は心配してくれてる。肩に手を置き、優しく目を閉じて首を振ってくれた。無理をするな、と言ってくれた。

今はただただ、その慈悲が優しくて温かいよぉ……。

「ということで、アユタは本当は最初に食べたいんだけど先にネギシ、食べていいよ？」

「……いや、俺は」

ネギシさんは遠慮している。躊躇《ちゅうちょ》している。が、こういうときに僕はどうするべきなのか知ってる。あぁ、思い切りの良さは大事なんだなぁと再確認。

僕はアユタ姫の手をそっと退《ど》けて、ネギシさんの前に立つ。

これからやることはとっとと終わらせるべきことだぞ、僕。

「なんだよ、俺は」

「はいどーん！」

「ぶほっ⁉」

油断したネギシさんの口の中に、大きなロールキャベツをまるごと一個突っ込む。フォークを使ったけど、相手を傷つけるなんてことはしないぜ。当たり前だぜ。

ネギシさんは何が起きたのか理解できていない顔でしたが、ゆっくりと口を動かしていく。

二度、三度と噛《か》んでようやく、口の動きが咀嚼《そしゃく》のそれに変わっていた。

そのままゴクン、と飲み込んで一息ついたネギシさん。

「……わかったよ！　食べるよ！　それをくれ！」

「フフ、どうぞ」

僕は思わず笑いを零《こぼ》してしまう。なんだかんだで、ネギシさんも食べたかったってことだ。ただ、きっかけがなかっただけで。

おとなしく皿を渡すと、僕の前でネギシさんがもう一つのロールキャベツを食べる。ネギシさんは丁寧な所作でロールキャベツを半分に割ってから食べている。ところどころ、こういう謎があるんだよな、この人。立ち振る舞いに上品さがちらりと。

本当に謎が多いな、この人。

「うん、美味《うま》い！　美味いよ、ああ美味いさ！」

ネギシさんはヤケクソになりながらも、笑顔でロールキャベツの残りを一気に口へと運ぶ。さっきまでの上品さはどこへやら、あっという間にいつもの目が血走ったやべぇ雰囲気を持つネギシさんへと逆戻り。

これで皿のロールキャベツはなくなった。

「柔らかく煮込まれたキャベツは口の中でとろりと崩れるクセに、中にはスープとかの旨《うま》みをぎっしり詰め込んで逃がしてねぇ。キャベツそのものにも味が染みこみ、キャベツの旨みと甘さが凄《すご》い。

中に詰まった肉も美味い。十分火が通っていながら柔らけぇ。肉の中にもいろいろと混ぜてあるな、これ。それらが肉をさらに美味《おい》しくしてる。柔らかいんだが、ちゃんと歯応えが感じられるな。何を混ぜたんだ、これ。

で、このスープだ。旨み十分なスープ。

これだけ旨さと旨さを足し続けた料理なんて、どこかでちぐはぐになるようなもんなんだが、シンプルに美味《おい》しいって感じる。だからだろうな、全体で一つの料理として成立して破綻してる様子が一切ない。

シュリ、お前……俺がキャベツと肉が好きだって言ったから、これを？」

ネギシさんは最後のロールキャベツも味わって食べてくれながら言いました。

まぁ、すぐに察するよな。わかるはず。

僕は頷《うなず》いて答えた。

「そうですね。あなたに相応《ふさわ》しい料理とか言われてもわからないけど、あなたの話から、好物はあれども料理としての種類は少ないと感じました。なので、これを……」

「そうか」

ネギシさんは満足そうにする。

「そうか」

それだけ呟《つぶや》いてから、ネギシさんは頭を下げた。

「すまなかった。お前の顔に泥を塗ったこと、本当に」

ようやく、ネギシさんは僕と正面から向かい合ってくれたと思えました。

この謝罪を断る、なんて選択肢は僕にはない。言うべき言葉は一つ。

「はい。その謝罪を受け入れます。これでわだかまりは終わりにしましょう」

僕はネギシさんの肩に手を置き、優しく答えました。

これで、今回の騒動は終わりだ。

で、もちろんですがロールキャベツは全員分用意されて、全員に配られました。

一人残らずロールキャベツが渡ったところで、アユタ姫が声を張り上げる。

「さて！　明日からの戦《いくさ》に備えて今日だけ悔いのないように美味《うま》い食事を用意した！　これで未練を残さないようにしろ！」

「「「おう！」」」

「とはいえ、このアユタの軍団だ。今更未練だの残すような弱腰は一人もいないと思っている。頼んだぞ。では、全員食べてよし！」

アユタ姫の号令とともに、兵士さんたちはロールキャベツに齧《かじ》りつく。

先ほどのネギシさんみたいに丁寧に食べる人は、一人もいない。さっさとロールキャベツを口に運んで、ガツガツと食べています。

「おお！　美味いな！」

「キャベツと挽《ひ》き肉の塊《かたまり》？　塊の中に……キノコか。俺、キノコ好きなんだよ」

「これは嬉《うれ》しいな。明日からの活力が湧いてくる。スープも肉もキャベツも美味い。脂をとことん中に閉じ込めてるから、すげぇくらい口の中で脂が溢《あふ》れてくるな。美味いわ」

一人一人が美味《おい》しそうにロールキャベツを食べてくれている。

僕は少し離れたところでその様子を見ながら、調理器具を洗う。今日の仕事はこれで終わりだ、明日からは本格的な戦が始まるから早めに休むように厳命されてる。

まるで傭兵団《ようへいだん》みたいだな、と僕は思う。

この空気感はガングレイブ傭兵団の頃に感じたものだ。形は変われど人は変われど、規模は違えど傭兵団っぽい何かの集団と、とことん縁があるらしい。

いや、スーニティに落ち着いたアレを傭兵団と呼んでいいのかどうかわからないし、リユウファさんのアレも傭兵団とは呼べないだろうけど。

アユタ姫のこの軍団は、ガングレイブ傭兵団のそれと似通ってるからこんなことを思うんだろうな。

……似てるか？　いや、似てるとは言わないだろ。なんか目が覚めた。

アユタ姫の演説と煽動《せんどう》の才能だったりとか、妄信的で狂信的な兵士たちの様子とか、似てないよどう考えても。

雇われたらどこでも戦に行くところは傭兵団っぽいが、ガングレイブさんたちとは違うでしょ、僕。

「ダメだな……僕がここをガングレイブ傭兵団と似てる、と思うのは……寂しさか、ストックホルム症候群か、それとも……帰れないからと諦めて妥協してるから、か……？」

呟《つぶや》いた瞬間、どうしようもない吐き気が僕の胃の底からこみ上げてくる。思わず口元を押さえ、堪《こら》えようとしました。

でも無理だ。もう喉を通って出ようとしてる。

「ごめんなさい、ちょっと失礼っ」

「シュリ?」

オブシナさんが不思議そうな顔をしますが、僕は無視する。反応している暇はない。時間もない。僕はすぐにみんなから離れて山の方に走り、木の後ろに回る。ちょうどみんなから見えない位置にだ。見られたくないから、食事中に見せるものでは決してないからだ。

堪えて堪えて、不快感と吐き気と戦い、みんなから見えないように隠れることができたのを確認して安心感を覚えた直後。

吐いた。

吐き出した。

今日一日で食べたものを、口から全部吐き出す。喉の奥に覚える酸味と、胃の底からどんどんせり上がってくる異物に対しての嫌悪感。

額からは脂汗が流れ、体全体を襲う倦怠感《けんたいかん》と疲労感。目からは涙が流れ、自身に対する情けなさまで自覚する。

「おえぇぇぇぇぇぇ……」

どれくらい吐いたでしょうか？　時間にして一分もなかった気がする。だけど、この一分がとことん長かった。まるで一時間ぐらい吐いていたんじゃないかと思う。

落ち着いた僕は、別の木に背中を預けて空を見上げる。

木に遮られて月は見えないが、星が見える。もう夜になっていた。

「情けない」

僕は呟《つぶや》く。涙を流し、無表情のままに呟く。

「僕は、情けない」

さらに口から零《こぼ》れる。吐瀉物《としゃぶつ》と一緒に、我慢していた思いがポロポロと。

「帰れないから。地球にも、日本にも、家族のところにも帰れないから、ガングレイブさんたちのところにも帰れないから」

涙がとめどなく溢《あふ》れて、止まらない。けど、不思議と嗚咽《おえつ》はなかった。

「だから、行く先々で妥協してたのか？　そこで生きるしかないから無理やり理由を作って納得したような姿を気取ってただけ？　僕はそんな奴なのか？　そんな奴だったのか」

スーッと流れる涙と一緒に、出てしまった言葉。

あまりの自分の意地汚さに死にたくなってくる。

あまりの自分の醜《みにく》い本性に死にたくなってくる。

自分の本性は、そこにいるための綺麗《きれい》な理由を作って居座ろうとする、図太くて図々しくてどうしようもないバカだった。

ボーッとしたまま、今まで見てこなかった自分の汚い部分と向き合う。向き合おうとする。無理やりにでも、見なければいけない。

今、このとき。この瞬間に目を逸《そ》らしてしまったら、二度と向き合えない。

「……僕は」

再び、時間が流れてから呟《つぶや》く。頭の中を整理して、心が軋《きし》む音が耳に届くようなつらさを覚えて。

結論を、出す。

「僕を待ってくれてる人のところに、帰れるところに、帰ることを、諦めない」

頭痛が、する。途切れなく、頭が痛い。

これでいいのかと自問自答を繰り返す。

本当にそうと決めるのかと再考してる。

「帰ろう。帰れる場所に帰れるなら、帰ろう」

しかし、僕にはもうこれ以上の結論は出せなかった。涙を流し、虚《うつ》ろな目をして、半笑いを浮かべ、心がひび割れそうな音が聞こえてる現状で出せる、結論。

ガングレイブさんたちのところに帰れるなら、帰る。

もし地球に帰れるのなら、そちらへ帰る。

消極的で卑怯者《ひきょうもの》、優柔不断で八方美人。

ふらっふらで信念のない男が、ようやく自分の本性、本質と向き合って出した答えが、これだったのです。

「笑いたきゃ、笑えよ」

誰に向けるでもなく、吐いた言葉。だけど、知ってる。誰か聞いてるって、気づいてる。

事実、僕の目の前に現れたのは。

ネギシさんとアユタ姫だった。

九十九話　槍《やり》を向ける先とロールキャベツ ～ネギシ～

数日前、ミコトがニュービストに向けて出発した。それを俺は砦《とりで》の屋上から見ていた。あぐらをかいて太股《ふともも》の上に肘をつき、楽な姿勢になる。

「やーっと、ここから出て行ったか」

俺は溜め息をついて呟《つぶや》く。安堵《あんど》してる、という部分が大きい。あいつが砦からいなくなるだけで、安心できるんだよ。

俺ことネギシとミコトはとことん合わない。人間性の部分で噛《か》み合うことがない。一応会話と意思疎通はできるが、長く話せばあっという間に殴り合いの殺し合いだ。

「……あいつは怪物だ。だから気に食わない。仲の良いフリはできるが、最後には殺し合いになる。だが勝てない。結局殺されるだけだ。出発したから殺されなくて安心だ」

俺はミコトの後ろ姿を見続けた。荷物をほとんど持たず、ニュービストへと向かう。問題は何もないけどな。あいつの肉体は常軌《じょうき》を逸《いっ》してる。体力はバケモノ並みだ、ここからニュービストまでなんて、特に問題も疲労もなく辿《たど》り着くだろう。

路銀や食料が必要になっても、そこら辺で調達してしまう。野盗を探して路銀を奪い、獣を見つけて腹を満たし、どこだろうが寝ることができる。

うらやましいことだ。本当にうらやましい。

俺と同じようなケモノのくせに、俺よりも強い。

ケモノ同士。だから、俺とミコトは合わない。


俺の名前はネギシだ。

というか、俺が俺について知ってる情報ってのはとても少なく、過去の自分として自信を持って言えるのが、名前だけなんだ。

物心ついたとき、俺は山の中にいた。獣を狩り、川で魚を捕り、野草を採り、山の中で自由に生きていた。

言葉も知らず、人の社会のことなんぞ何も知らない。時々山から下りて人の街に行き、悪童どもを叩《たた》きのめしていたら子分が増えたが……。

何もない。苦しくもあったが苦しさを知らない。つらさはあったがつらさを知らない。

ただ、生きてることに感謝してる、という曖昧な感情だけがあった。

一日を生き残れたことに感謝し、食べることができることに感謝し、気ままに生きることができていることに感謝する。

何もないからこそ、俺は何にも縛られずに、何にもこだわらず、何も悩まずに生きることができたんだ。

そんな幼い頃から山で、俺がどうやって一人で生きてきたのか？

一言で言うと、俺は不思議な体質をしている。

俺は物心ついたときから持っている、ある特異体質を活用していた。

それは腕や足の長さや形を変えられる、というもの。

腕の長さを伸ばして遠くの物を掴《つか》む、足を伸ばして普通だったら行けない場所へ移動する。

筋力そのものはそのままで体重も変わらない。だが、腕や足を伸ばせるってことは間合いを伸ばせるってことで、獣を狩るのにも活用できていた。

つっても限度はある。伸ばせてもせいぜいが腕は指先から肘の長さの分だけ、足もつま先から膝までの長さ程度だ。

元の長さに、その二分の一の長さを加算した程度伸ばせるって言えばいいのか？

これは体が成長しても同じで、最後に使ったときよりも長さは伸びていたが、伸ばせる限度は変わっていない。体が大きくなったから、必然的に腕もそれだけ伸ばせていたってだけだ。

数字で言うと、元が4だから半分の2ほど増やして6にできていたが、体が大きくなったから元の数字が6になり半分の3増やせて9になった、という感じだ。

体が大きくなると、さらに伸び縮みだけでなく形も変えられるようになっていた。太くしたり細くしたり、指は関節の向きや筋肉を完全に無視した方向に曲げられる。肘も膝も同様にだ。狭いところに手を伸ばして物を掴むときには大いに役に立ったぞ。と、こんな特異体質ではあるが、もちろん制約もある。

それは元の筋力や骨、血管などの強さは変わらないってことだ。

伸ばして無理をすれば筋肉を痛めるし骨も折れやすい。また伸ばしたままにするとフラフラしたり、貧血みたいになったりする。コフルイはこれを「元の体に見合わない長さにするから、心臓の強さが追いつかなくて血液が十分に送れなくなる。だからそんなことが起きるのかもしれん」と推測してたな。

あと、胴体や首、顔といったものは伸ばせない。あくまで四肢のみ。なぜかはわからないが、そういうものなのだろうと納得している。

まぁ、俺はそういう体質で、ケモノなのだ。人間ではないのだろう。のちに、髪と瞳の色を自在に変えられる女の話を聞き、さらに俺以上のバケモノ筋肉を持つ女にも出会うので、意外に俺のような不思議な体質を持つ人間というのは、表に出てないだけで結構いるのだろう。

街で見かけた姫様を襲撃したのが、俺と姫様との出会い。それを十回くらいした。

あの日あの時、俺は『ケモノ』から『人間』になった。

あの日のことを詳しく語るつもりは、ない。俺だけの、俺たちだけの秘事。誓いを交わした宴《うたげ》の、神聖で尊く、その後の人生全てを捧げてもいいと思えるほどの眩《まぶ》しくかけがえのない一分間。俺を俺たらしめる、大事な時間。

満天の星が輝き、綺麗《きれい》な三日月が浮かんでいたんだ。

改めて山を下りて生活拠点を移した俺は、訓練と称されながらコフルイにぶちのめされ、姫様の側用人というか護衛、いざというときの肉壁となるべく教育を受けた。体を鍛え、知識を蓄える。

年月が過ぎ、俺は戦場を駆け、身の丈に合わない巨大な槍《やり》を振り回す兵士となっていた。戦場で暴虐を振りまくことから『天災槍《てんさいやり》』と称されたな。

別に名誉欲はねぇ。姫様とコフルイと一緒にいられりゃいいかって感じ。

さらに数年が過ぎ、姫様はあまりの傍若無人《ぼうじゃくぶじん》っぷりから御屋形《おやかた》様で国主様、そして父親であるギィブ様からダイダラ砦《とりで》を与えられて、そこで過ごすことになる。

送られてくる兵士を自らの手駒として鍛え、自分自身も鍛錬を続けた結果、ダイダラ砦はアユタ姫率いる軍団の拠点となった。周辺の揉《も》め事《ごと》の解決……戦《いくさ》への参加とか野盗の討伐だとかも引き受け始めちまって、もはや傭兵団紛《ようへいだんまが》いのことをやってる。

で、それほど勇猛な兵士ができちまって、軍として練度を高く積んだ状態の集団が、国から離れたところで好き勝手やってる。

ギィブ様はそれを知り、姫様に手紙を届けさせた。

「で？　父上は今までアユタに、こう、なんというのかな……」

手紙が届いた日、姫様は自身の部屋に使いを呼んだ。あの日も、三日月の夜だったな。

魔工ランプで部屋が明るく照らされていても、実は部屋が暗いんじゃないかと錯覚しちまうほど、怒りの炎が燃えたつ。姫様から出る怒りは尋常じゃない。

で、手紙を持って来たのがミコトだった。前々から存在は知っていたし見たこともあった。それどころか、戦う姿を見たこともある。

俺と同じケモノを、こいつの中に見た。

「放置気味？　といえばいいのか？　そんな感じだろ？」

「放置とは違います。ギィブ様はアユタ姫様のことを気に掛けておられる、心配することは何も」

「アユタの心配はそこじゃねぇよなぁ」

姫様は手紙を握りつぶしてミコトの前に放り投げた。俺は何も言わない、コフルイも何も言わなかった。

ミコトはこの反応を予想していたのか、全く動じる様子はない。表情に変化がない、あくまでも予想の範囲内ってことだろうな。

その様子がさらに俺たちを苛立《いらだ》たせる。俺も、姫様も、コフルイも、三人揃《そろ》って手紙の内容には憤慨《ふんがい》してるから。

「アユタの心配はただ一つ。丹念に鍛えたアユタの兵士を使って、ニュービストに攻め込めなんていう話が冗談じゃなかったらどうしようかな、ってところ」

姫様は椅子に座ったまま、尊大に足を組む。太股《ふともも》に肘杖《ひじづえ》ついて手の甲に顎を乗せ、見下すような格好でミコトを睨《にら》んだ。

姫様の怒りはわかる。今まで本国は、こっちに関して全く反応してくることなんてなかったもんなぁ。何しようがどうしようが返答なし、金銭の援助も物資の援助も最低限。軍を維持するにゃあ厳しい。

だから畑を作った。近辺の村から家畜を買った。要請があれば兵士を派遣して傭兵《ようへい》業をこなして金銭を稼いだ。

あちこちに繋《つな》がりを作り、実績を積んで、やっとだ。

「やっとニュービストと、テビス姫と繋がりを持てた、ていうのに攻め込めって正気？」

姫様がようやく、他国の姫との繋がりを持った。しかも、だ。グランエンドの姫としてではなく、ダイダラ砦《とりで》の軍団長として、だ。向こうは傭兵団の団長と思ってるらしい。出会いは滅茶苦茶だったが、テビス姫は意外そうで驚いていた。まさかダイダラ砦の長《おさ》が女の子で、しかも兵士たちは精強で士気が高い。極めつけは商売などの金稼ぎをして、自前の傭兵団を維持管理できるだけの能力を持ってることだ。

テビス姫はいたく感激し、アユタ姫と個人で友誼《ゆうぎ》を結んだのだと、姫様から聞いた。

姫様最大の功績と言えるだろう。

なのにグランエンドが、国主様が、実の父親が。

功績をまるっと無視してニュービストを攻めろと言い出したわけだからキレた。

キレるわ。俺でもキレる。コフルイもキレる。

三対一の状況で、キレて昂《たか》ぶる武人を相手にしてもなお。

ミコトというケモノは、冷静だった。

「正気です」

冷静に言い切った。

「アユタ姫様。グランエンドはいずれ大陸の覇者《はしゃ》となります。その際、一番の障害となるのは間違いなく、ニュービストでしょう」

「……あそこには頭の良い姫様がいて、肥沃《ひよく》な大地と豊富な食料がある。欲しいのはわかるけど、逆に言えばあそこに優れた武人や将軍はいない。アユタが一番よくわかってる」

「そうでしょうね。不思議な話ですが、あれだけ恵まれているのに、優れた戦士は存在しません。……いや、恵まれているからこそ、戦士を必要としなくなったかも、か」

吐き捨てるようなミコトの物言い。

「ですが、戦士はいなくとも、武人はいなくとも。あの国にいる『耳』は無視できません」

「……」

姫様は言葉を詰まらせて黙った。『耳』となれば姫様だって無視できないのはわかってるだろうな。あの国の軍は平均的だが、諜報員《ちょうほういん》の質は高い。

このダイダラ砦《とりで》にも『耳』の手が伸びている可能性だってある。

「『耳』の脅威は知ってる」

「でしょう？」

「知っててなお、アユタはそれでも構わないと思っている。脅威であれど、利用はできる。テビス姫とはそういう関係を築くべく努力をしている」

姫様は少し考えた末に答える。

考えた結論として、脅威を利用するという形に落ち着く。理想論であろうとも、甘っちょろい話であろうとも姫様が決めたことだ。俺とコフルイは、それに従うだけ。

ミコトは俺たちの顔を見て、溜め息をついた。

「……テビス姫と会ったことがあるのでしたね」

「ああ。だからこそ、この手紙に憤慨《ふんがい》してる」

「では聞きますが、アユタ姫様。テビス姫と友好な関係を築ける能力がありますか？」

「ある。アユタにはある。……ミコト、何が言いたい？」

「無理ですね」

ハッキリと、ミコトは言い切った。

姫様の目を見て、断言。一言でバッサリと斬り捨てる。

「テビス姫に比べ、姫様は政《まつりごと》における『汚さ』の面で圧倒的に負けています。このまま友人付き合いしていても、のらりくらりとこちらの情報を抜き取られるだけでしょう」

「……あぁっ？」

姫様の口から、明らかに女性としても姫としても漏れてはいけない、苛立《いらだ》ちを隠しきれないようなダミ声が出てくる。怒りが抑えきれなくなってる証《あかし》だ。

でもミコトは至極《しごく》冷静に、淡々と続きを話す。

「テビス姫が姫様と友好的な関係を築くのは、ただ単に自国・ニュービストの近くにあるグランエンドの軍事拠点から、突然本国と連携を取った進攻が行われないようにするための政治的思惑からです。というか本来、テビス姫としては自国の近くに他国の、それも情報がないため内情がよくわからない他国の軍の拠点が建設されているなど業腹《ごうはら》ものでしょうし、グランエンドを警戒する立場なのは間違いありません」

「そうでしょうな」

ミコトの指摘に対して返答したのはコフルイだった。というか、コフルイもわかっていたような口ぶり。知ってて今まで黙っていたのかもしれねぇ。

コフルイも冷静に、顎を撫《な》でながら視線を上げる。

「テビス姫としては、いきなり近辺に現れた謎の軍勢の内情を知りたいというのは当然でしょう。しかも、会ってみれば傭兵団《ようへいだん》ではなく、傭兵団を気取ってはいるものの実際は他国の姫が自ら率いる軍勢ときた。急いで情報を集め、どこの軍隊かを把握し、対策を立てながら本国へ抗議や撤退を促す書簡を送る、というのがまぁ……普通の流れでしょう」

「コフルイの言うとおりです。ただ、我が国は先ほども言いましたが情報封鎖をしており、しかも鎖国政策をとってよその国との交流を絞っております。窓口は極端に少ない、それを悟らせないように情報操作も行っている。テビス姫であろうと、我が国の情報が少なすぎることへの違和感に気づくのは、まだまだ当分先のはず」

「そこにアユタ姫様が、現れた……姫様と話して我が国のことを探ろうとするのは当然でしょう。儂《わし》も、あの姫に会ってその意図がよくわかりました。意図がよくわかるほどに露骨な話し方をしたのは、姫様がその意図を察してどう動くのかを見たいからでしょう。でも姫様は、気づかなかった。テビス姫の、姫様への評価は決まっています」

長い。ミコトとコフルイの話はとにかく長い。俺は途中で眠くなりそうだ。

姫様も同様で、二人の話を理解しようと必死に頭を巡らしてる感じ。床をジッと見て、思考を整理してるんだと思う。

姫様がようやく顔を上げてから、弱々しく言った。

「えと、アユタの理解で言っていい？」

「どうぞ」

ミコトが頷《うなず》くと、姫様はとりあえず、と言った感じで口を開いた。

「テビス姫の中では、アユタたちはよその国の軍隊。今までよく知らなかった国のことを知る良い機会だと思い、アユタに会ってくれた。テビス姫的にはさらに国防も兼ねてアユタと仲良くしようとしてる。で、そのもくろみをアユタが察することができるかどうか観察してた、と？」

「そうです。今まで知らなかった、知ろうとしなかった違和感に気づくのは当分先でしょうが」

最後にミコトが付け加えると、姫様は悔しそうに椅子の背もたれに寄りかかる。

姫様としては行儀が悪いのだが、この場にいる誰もが注意をしない。姫様の悔しさがわかるつもりでいるから、てな。

姫様はポツリと零《こぼ》した。

「全然わからなかった」

「テビス姫は間違いなく天才と呼ばれる類いの姫であり、王族であり、外交から内政まで全ての政治で才覚を発揮する怪物です。儂《わし》ですらわかるような態度で姫様と会話をした、と見ると……姫様の才覚を測る、そういう意図があったかと」

「ちっくしょう」

コフルイの言葉に、姫様は心底悔しそうだった。姫様自身では見抜くことのできなかったテビス姫の手練手管《てれんてくだ》にハメられ、裏の意図を察することができなかったことに。

王族として、国主一族として。為政者《いせいしゃ》の一族としての実力の方向性も違う。

姫様は戦《いくさ》の前線で武を振るう人、テビス姫は城の老獪《ろうかい》な貴族を相手に知を振るう人。

相手の戦場に見事に引き込まれてるからな。これは不利だろうな。

「わかりましたか？　姫様ではテビス姫の知略に勝てません。友人関係を築こうにも、姫様ではテビス姫と渡り合えない。なら、姫様から情報が抜き取られる前にニュービストを落とし、テビス姫を」

「やめろ」

唐突に姫様はミコトに向かって手のひらを向ける。

「それ以上はやめろ」

「姫様？」

ミコトが不思議そうにし、コフルイまでも姫様の顔を覗《のぞ》き込む。

どこか葛藤している様子の姫様は椅子に座り直して姿勢を正した。グランエンドの姫として見せる、堂々たる姿。凛《りん》として静かな声で、言った。

「アユタは、ニュービストに攻め込まない」

「姫様、あなたでは」

「負けっぱなしは性《しょう》に合わない」

姫様は言い切る。

「テビス姫の戦場でテビス姫を負かし、アユタは対等の友人であると示してみせる」

……なんとまぁ、呆《あき》れた負けず嫌いだ。同じ土俵に立って意地でも勝ってやるっていう気概が感じられる。

ミコトとコフルイは呆れたように溜め息を同時についた。もう、これ以上言えることなんてない、という感じだ。

「……わかりました。もう私は何も言わない」

「それでいい。ここはアユタの城、アユタの行動は誰にも縛れない」

「……理想の幼馴染《おさななじ》みでも……？」

?? ミコトが何かを呟《つぶや》く。と、同時に姫様が顔を真っ赤にして立ち上がった。

怒ってる、というよりも恥ずかしがってる、と言う方が正しいが……どうした？

「ミコト!!　ここでそれを言うのは決まりに反してるぞ！」

「これは、申し訳ありませんっ。思わず……!!」

「気を付けろ！」

うーん、やっぱり怒ってんるじゃねぇ。二人して何か迂闊《うかつ》なことを口にして羞恥で顔を真っ赤にしてる、というのがやっぱりしっくりするな。

コフルイと俺は顔を見合わせるが、コフルイにも聞こえなかったらしく、わからないという顔をして首を横に振る。俺も同様に、聞こえなかったと首を横に振った。

なんだ？　姫様とミコトの間に何かあったのか？　わからんな。

「あー、もう！　話は終わりか、ミコト！」

「はい。以上です。こちらとしては伝えるべき事を伝えたので、これで失礼します」

姫様のヤケクソな言葉に、ミコトはそそくさと部屋を出て行ってしまう。二人の間にだけ、なんか秘密があるらしい。何かな。

「姫様、ミコトと何を」

「それ以上追求するなら、一撃で殺す」

やれるもんならやってみろ、と言おうとしたら……姫様がものすごい殺気に満ちた顔と鋭すぎる目で睨《にら》んでくる。忠告の声すら怒りで震えて、ダミ声っぽくなってる。

ここまで秘密にしたいことって何だ……触れない方がいい気がする……。

なんだか背筋に寒気が走り、もう言うのをやめた俺。

「……姫様、実際のところはテビス姫に正体はバレてないけど、ミコトにそれを言わなくても？」

「言わなくていい。どちらにもバラす必要はない。黙ってるのが正解」

だろうな。それを話せばテビス姫からも本国からも、もっといろいろ言われる。

「それに、これはアユタの戦いだ。余計な口出しは絶対にさせない」

その後、姫様は何回かテビス姫に会うたびに頑張ってはいるが、あしらわれてる感じはどうにも拭えないってところだな。俺は何回か謁見《えっけん》に付き合ったがな。

まぁ、姫様はな、テビス姫と比べると言動一つ一つの使い方が拙《つたな》いとは思うぜ。なんせ、その方面の勉強は全くしてないからな。

いや、してないってのは語弊があるか。興味ないからほぼ覚えてなくて活かせてない、が正しいかもしれねぇ。

だけど姫様の頑張る姿ってのは、テビス姫には届いていたようで。

「あの姫、手強《てごわ》くなってきたのぉ」

と、俺たちが去るときにポツリと零《こぼ》れたのを、俺だけが聞いた。

さらに月日が経《た》ち、俺たちのいるダイダラ砦《とりで》に新しい料理番が配属された。シュリという男だ。なんか、不思議な奴だよ。ちゃんとここに存在しているのにいないような空気感があって、逆にここにいるはずのない奴がいるような違和感。

背格好、髪と目の色、顔立ちと、なんというか不自然さがそのまま人間になってる。

不思議人間のシュリだが、あっという間に姫様に認められ、ビカと仲良くなり、いつの間にかミコトと対話ができるほどの関係性まで築いている。

なんだろうな、こいつは不思議といつの間にか懐に入り込んでくるんだが、それに対して嫌な感じは一つもない。人懐っこい奴だと思う。

俺はそんなシュリを相手にして、一つの大きな失敗をやらかした。

シュリはとにかく、料理が上手い。

今までの料理人たちの作る飯も美味《うま》いのだが、シュリはすでに料理人としての腕を十二分に磨いていたらしく、仕事場に馴染《なじ》み、今となっては厨房《ちゅうぼう》に欠かせない人物になってる。腕の良い料理人が一人でも増えるのは、悪くねぇよ。

しかも、シュリは姫様を相手に引かなかったという武勇伝がある。

姫様はとにかく辛い料理が好きだ。だけど、自分が納得できる激辛料理ってものに出会えたことがない。国主様付きの料理人、ウィゲユですらあと一歩のところで諦めちまったほどに、だ。

シュリは、姫様に認められた。

今までも料理人たちが姫様付きとなり辞めていった中で、ただ一人残った豪傑。

たった一品の料理で、姫様に自分の意見まで押し通した、凄《すご》い男だ。

とにかく、出てくる飯が美味そうなのよ。

姫様だけが食べることを許された、シュリが作る姫様専用の飯というのが、また。

辛いのはわかってるが、食べたくなる。辛くないときはもっと食べたくなる。

だから俺はシュリに頼んだのよ。俺にもそういうのを作ってくれってな。

しつこく、しつこく頼んで聞き届けてもらったんだが、これがダメだった。

大問題だった。


「ふぅ……」

三日月が綺麗《きれい》な夜。俺はいつもどおり砦から抜け出して、月見酒を楽しんでいた。

三日月の夜はいい。肌寒さも、夜の寂しさも、昏《くら》い孤独も全て三日月の明るさと星々の輝きがかき消してくれる。

あの日、姫様と俺とコフルイの三人で交わした誓い。

『アユタはいつか本当に大切な……』

『儂《わし》は……あの日の過ちをコフルイとして償い……』

『俺ことネギシは本当の……になる！』

胸を焦がす、黄金の時間。三日月の夜はそれを俺に思い出させてくれる。この日だけは、俺は俺でいられる。

酒瓶を持って行き、酒を飲む。持ってきた袋から干し肉を取り出して食べる。しょっぱくて歯応え十分な肉を噛《か》みしめながら飲む酒は最高だ。

三日月の輝きで目を癒やすとさらに最高だ。月はいい。俺の心を癒やしてくれる。俺の能力を伸ばしている感覚と一緒に、昂揚感《こうようかん》が湧いてくるんだよ。

ふと、シュリって奴について考えてみた。

あいつはみんなに馴染《なじ》んでいるものの、新参者には変わりねぇ。ダイダラ砦《とりで》はあくまでも軍事拠点、新参者は間諜《かんちょう》かもしれないと疑われることだってある。リュウファが連れてきたからそれはねぇ、と思うが。

他にも疑われる要素なんて、見つけようと思えばいくらでも見つけられるしな。

にしたって、みんなあいつに心を許すのが早いよな。俺も、なんかシュリがいるのが当たり前になりつつあるが。

「……」

ちょっと考えすぎちまった。

切り替えよう。今日は綺麗《きれい》な三日月の夜だ。

心を癒やして、明日からも頑張る。姫様のため、コフルイのため、俺のために。

酒を飲んで喉を潤し、酒瓶を地面に置いてから、口を開いた。

「で？　シュリはこっちに来ねぇのか？」

と、後ろに声を掛けた。

怒り。

たった二文字で表せる感情。せっかくの三日月の夜を邪魔されてる。

俺にとっては、侵されたくない大切な時間。怒りは当然だ。

「……お邪魔して申し訳ありませんでした」

後ろからの声で、やはりシュリかと考える。

さて、どうしたものか。

ここで怒るのもいい。三日月の夜は俺にとって大事な時間、邪魔されるのは大嫌い。

だが、なんだろうな。さっきまでシュリのことを考えていたからか、不思議と怒りはそこまで湧いてこない。

新人がやらかしたなら、容赦なく殴って砦に放り込んでいるのだけどな。

「ネギシさんの足取りがフラフラとしていたところで砦の外に出て行くのを見まして……あまりにも心配になってしまって、追いかけてきました」

シュリから本当に申し訳なさそうに謝罪をされる。後ろを見ていないから表情まではわからないが。

そうか……そういうことなら、たまには気まぐれを起こしてもいいだろうさ。

「そうか」

俺は怒りを抑えた。気まぐれも気まぐれ。これ以上怒る気も失せた。

「心配させたな」

それどころか、事情を知らないシュリにすまなく思い、言った。

「俺はぁ……大丈夫だ。ここで月見酒をさせてくれ。朝には戻るからよ」

「ごめんなさい。それでは」

シュリがその場から離れる足音が聞こえる。踵《きびす》を返し、地面に靴が擦《こす》れる音。

こちらを振り向こうとせず、真っ直ぐに帰ろうとしている。足音に躊躇《ちゅうちょ》がない。

俺を気遣ってくれてたのか、反省して真っ直ぐ帰ろうとしているのか。どちらにせよ、
一人にしてくれるのは助かる。

ここからは、一人で楽しむ月見酒に。

「……ミコトさんにも同じ失礼を働いてしまったよ」

戻ろうとしたのに、俺の耳に聞こえてきたのはとっても気になる話。

シュリの落ち込んだ声……ポソッと呟《つぶや》かれた中で聞き捨てならない情報だぞ。

ミコト？　ミコトにまでこんなことをしたのか？　個人の時間に入り込んだ、と？

ミコトの個人の時間ってなんだ？

気になってしまったら、もう確かめずにはいられなかった。

「待て」

俺はシュリを呼び止める。

「ミコトが、なんだって？」

ざ、と地べたに座ったままでシュリの方を振り返って見た。

すまんが好奇心を抑えられない。ミコトにゃ悪いが。

「えぇ。先日、ミコトさんの部屋が少し開いていて灯《あか》りが漏れていたので、思わずチラと見てしまって……大変失礼なことをしました」

内容はなんとも呆《あき》れるばかりのものだった。もう表情にも呆れたって感じが出てるんだろうな、隠すことができないくらいだぞ。

「お前……今と同じようなことをやっておいて、学習ってもんをしねぇのか？」

顔を真っ赤にして俯《うつむ》くシュリを見て、俺は悟る。

こいつ、俺とミコト以外にもやってやがるぞ、と。

「その……えぇ、僕はバカです」

認めてるも同然だな、と。

「認めちゃうほど？」

「認めちゃうほど」

「……反省は？」

「死ぬほどしてます」

「なら、俺はもう何も言わねぇ。哀れすぎらぁ」

　哀れむしかねぇや。

「それでは、僕はこれで」

　シュリはいたたまれない様子を見せ、去ろうとした。

　正直、このままほっといてもいいとは思う。一人の月見酒に戻れる。静かで聖なる時間に戻れる。その方がいい。

　が、今日はとことん気まぐれになってしまおうか、と決めた。

「待てや。まぁいいや、お前もこっちに来いや」

　俺は三日月を前に、自分の隣の地面をポンポンと叩《たた》く。

「今日は綺麗《きれい》な三日月だ。たまには……誰かと一緒に飲むのもいい」

「いいのですか？」

「ああ。俺にとって三日月の夜は特別だ。一人で酒を飲み、肴《さかな》をつまんで過去を思い返す。大切な月見酒の時間……だけど、たまには誰かに話を聞いてもらってもいいと、気まぐれが出てきちまってな」

俺は優しい声色でシュリを誘った。

シュリは迷っているようにも感じたが、

「わかりました」

俺の隣に座り、共に三日月を見上げる。地べたに腰を下ろし、三日月を見上げて余計な思考を消したシュリの横顔は、どこか風情が感じられる。

こいつも、三日月の下で癒やされる奴だったのか。

「お前も三日月に、なんか不思議と落ち着くような感覚があるのか？」

ふと、俺は聞いてみたくなって声を掛けた。どこか期待してたのかもしれないし、望んでいたのかもしれない。

シュリの言葉を待つ。

「ハッキリとはわかりませんが、落ち着く、と」

「そうか」

俺は目を閉じて微笑《ほほえ》む。

「そうか、それは良かった」

俺にとって、望んでいた答えで共感してくれる奴がいるのが嬉《うれ》しくて。

思わず出てしまう嬉しさを隠せないままに手に持っていた酒をあおり、一気に飲んでからさらに袋から干し肉を取り出して口に放り込む。

強い胡椒《こしょう》と香草の匂い。強い酒によく合う塩辛いつまみ。体に良くないって言われたが、美味《うま》いものほど体に悪いってのはもはや決まり事なんだよ。

俺が黙々と酒と肴《さかな》を楽しんでると、シュリもまた三日月を見上げていた。

「シュリ」

「はい」

「何も聞かねぇのか」

俺はポツリ、と言う。

「俺が月見酒をする理由」

シュリは月に顔を向けたまま答える。

「綺麗《きれい》な三日月を前に詮索《せんさく》は不粋《ぶすい》かな、と」

答えを聞いて、

「そうか」

俺は嬉《うれ》しくて、小さな声で返す。

短い言葉で会話して、月見して穏やかな夜風に吹かれながら体を休める。

昏《くら》くて冷たくてどこか優しい、この場の心地よい空気。こいつは月見酒の風情《ふぜい》と楽しみ方をよくわかっている、一緒にいて不快にならない初めての奴。

姫様も、コフルイも、月見酒を共にできてもどこか落ち着かなかった。いや、コフルイはまだ平気だが、姫様はちとダメだ。落ち着きがない。

その点、シュリは完璧だ。こういう時間、こういう場所での過ごし方が堂《どう》に入《い》ってる。だけど、それを指摘しない。下手に褒めることも、月見酒の楽しみ方をどこで知ったのかも聞かない。

こいつが俺の事情に深く踏み込まず、ちょうど良い距離感を保ってくれるなら。

俺はその優しさに、甘えさせてもらうだけだ。

そのまま俺とシュリは何も言わず、ただボーッと月見をする。

ときどき俺がシュリに酒とつまみの干し肉を渡すと、少しだけ口にして礼を言ってくる。

重要な話なんかしねぇ。短く「最近どうだ？」「まぁまぁですかね」程度の会話をするだけ。

いつもと違う時間が流れるこの居心地のよさに、忙しくて熱を持っていた頭が冷えていく感覚が気持ちいい。

シュリも癒やされているらしいのがわかるから嬉しいと思っちまう。

今回だけだが、月見酒の仲間がここにいるのはそれはそれで、悪くねぇ。

最後に……どちらからともなく立ち上がり、何も言わないまま二人して砦《とりで》に戻る。

まぁ、仲間ができたのが嬉《うれ》しすぎたんだろうな。仲間ができたことに浮かれちまってたんだろうな。

だから、俺は。

みんながいる前でシュリに自分だけの料理を頼んでしまい。

シュリの立場が危うくなることに、その場で指摘されてようやく気づき。

いたたまれなくなって、逃げちまったんだ。


「はぁ……」

訓練場の隅っこ。俺は立てかけた愛用の槍《やり》の傍《そば》に座り、溜め息をついていた。

落ち込む気持ちが次々と出てきて、止まらねぇ。なんで俺はあんなことをしちまったのか。迂闊《うかつ》にもほどがある。

シュリに、俺だけの料理を作ってほしい。

他の奴らの気持ちを無視したような、無神経な言葉だった。

「……シュリにちゃんと謝りてぇが、気まずくてやりづれぇ」

頭を抱えて悩み続ける。あんなおざなりの形じゃなくてちゃんと謝罪すりゃいいんだが、怖いんだよな。あれで終わる話じゃねぇだろうから。

戦場じゃあ魔法に魔工、矢とか槍とか剣とか投石とか、殺意に塗《まみ》れたもんが次から次へと襲いかかってくる。そんなもんを前にしても心臓はいつも通り鼓動を刻み、平気な顔をしてかい潜《くぐ》って、敵を蹂躙《じゅうりん》してきたもんだ。

なのに、一人の人間を前にして謝罪することが怖くて仕方がねぇ。

「なんだこれぇ……シュリに謝るのが怖《こえ》ぇ。わけわかんねぇ」

「そら、お前が全てにおいて悪いんだって自覚しているからだ」

頭を抱えている俺の隣に、誰かが座った。

隣を見ればコフルイがいる。俺の方は見ておらず、訓練場で鍛錬に励む兵士と姫様の方だけを見ている。

俺には目もくれねぇ。

「今回の料理の件は、どう考えてもお前が悪い。シュリに非がないわけではない……が、お前が話を無理やり通してしまったから起こった。儂《わし》と姫様が指摘した通り、お前の非の方が遥《はる》かに大きい、お前の話を聞き入れたシュリの非が見えなくなるほど」

コフルイの、ゆっくりとした口調。師匠として、先生として、先達《せんだつ》として、俺の悪いところをしっかりと自覚させるために、だ。

この指摘は、俺にとってすげぇつらい。俺自身も悪いことがわかってるからさらに。

コフルイは話の間も俺の方は全く見ない。見る価値もない、と言わんばかりだ。

……違う。俺は説教を聞いてる今、顔がこれ以上なく屈辱と反省と恥辱で歪《ゆが》んでる。そんな俺の顔を見ないようにするための配慮か。

「あぁ……そうだな」

俺は素直に肯定する。

「俺が、悪い」

「口だけの反省」

ずく、と俺の心臓が不快な感覚に包まれる。

「……あ」

「態度だけの反省」

さらに、俺の全身を寒気が包む。

「……」

「何も言えなくなったら黙って、その場をやり過ごそうとする」

最後の一言に、俺の脳髄《のうずい》が沸騰《ふっとう》したかのような熱を帯びる。怒りの表情を浮かべ、座っていた体勢から瞬時にコフルイ目掛けて拳を振るう構えを取る。片膝突いた状態で、腰を回転。

が、拳を振り上げた時点で俺は動きを止める。ここで拳を振るえば、俺の中の大切なものが全て朽ちるというのがわかってるからだ。

「……っ」

「都合が悪くなれば、指摘した相手に腹を立てて暴力に訴える」

すぅ、とコフルイは目を細めた。

「だから儂《わし》はお前を弟子と認めておらんのだ」

とどめの一言。俺は唸《うな》るように口から出てくる罵詈雑言《ばりぞうごん》を抑えるのに、必死だった。

「うぅ……ぬぅ……！」

全力で口から出てくるだろう汚い言葉を抑え、拳を振るわないように堪《こら》え、不快な怒りを呑《の》み込むようにして耐えて。

「ふん！」

俺は再び地べたに座ってあぐらをかいた。

コフルイの指摘したことは全て正しいさ。口だけの反省だったし、反省してる態度を出してるだけだったし、都合が悪くなったら黙ってたし、それを言われたら頭ん中怒りで真っ赤っかになって拳を振るおうとしたさ。

「……反省した。今度は、本当だ。さっきも本当のつもりだったが、今は本当の本当だ」

けど、今回は俺が悪い。全面的に悪い。ここで俺が本気でコフルイを殴れば、俺はクズに成り果てちまう。俺はクズになりたいわけじゃねぇんだ。

俺がなりたいのは、別にある。

「そうだな。儂から見ても、ようやくお前は心と頭と体で、ちゃんと反省してるのがわかる」

「……じゃあさっきは？」

「『シュリも俺の無理な頼みを聞かなきゃよかったんだ』という、責任転嫁の心があったから、頭と体の反省が繋《つな》がってない。ちぐはぐだった」

俺はそれを聞いて「はぁ……」と溜め息をついた。コフルイの言葉で、俺自身にもまだ納得できてないというか、俺が全て悪いのか？　と思う情けない思いがあったと自覚。

俺は頭を掻《か》く。

「……シュリにどうやって謝ればいいと思う？」

「儂《わし》に聞くのか？」

「もう、俺じゃどうすりゃいいのかわかんねぇ。頼む」

俺はコフルイに向かって頭を下げて、教えを請う。一人でこれ以上考えても、グルグルと考えが巡り巡ってしまい、結論がいつまでも出てこねぇ。

俺の態度を、コフルイは今度こそじっと見て観察している。そして、一言。

「儂に向かって頭を下げたように、シュリにも頭を下げて謝罪すれば終わる」

「本当に終わるのか？」

俺はコフルイに疑問を投げかける。

コフルイは不思議そうな顔をして言った。

「そもそも謝罪がなければシュリからの許しも何もないし、話そのものが始まらんだろ。お前がシュリに対して気まずい気持ちがあるのはわかるが、逃げるのはないだろう。見ていて情けなかったぞ」

ぐ。何も言えない。コフルイの指摘はどこまでも正しい。正論すぎて何も反論ができない。俺の非も含めて、全て正論。

俺は言葉を詰まらせてしまった。俺を見て、さらにコフルイは溜め息をつく。

「ネギシ、いいか？　今回の件、お前が、早めに、全員の前で、大きな声で、謝罪をしていれば、終わっていたはずだった。もう一度言う。お前が早めに全員の前で大きな声で謝罪をしていれば終わっていた。わかるか？」

「二度も言わなくてもわかる……わかって、いて……いや、わかった」

凄《すご》くゆっくりと、言い聞かせるような口調。コフルイの言葉は幼い子供にできるだけわかるように説明しているようなものだった。

思わず怒ってしまったが、すぐに意気消沈する。俺がわかってなかったから、コフルイ自身もこんな情けない説教をしなければいけなくなったんだよ。

「それで？　どうすればいい」

「全員に謝る機会と、お前が頼んでいた料理を食べる機会を同時に与えてやる」

コフルイは鋭い声で言う。

「覚悟はいいな?」

「そこまで覚悟がいるのか?」

「いる。これから話すこと、今回のように皆の前で言うようなマヌケはするなよ」

「そんなことするっ……! ……いや、すまん……してたわ。それで?」

再び沸騰《ふっとう》しかけたが、すぐに消沈する。俺自身の責任とちゃんと向き合う……と思うんだが、かなりつれぇな。背筋に嫌な冷たい汗が流れてる。

俺の態度を見て安心したのが、コフルイは微笑を浮かべながら告げた。

「よし。……姫様に、『仕事』の依頼が来た」

「ぁっ……!?」

驚きのあまり大きな声が出そうになったが、俺は寸前で口を両手で押さえる。声が漏れないように、パァンと音が鳴るほどに。

その音で兵士数人が、訓練中でもこっちを見てくる。だろうよ変な音だからなそりゃ見るだろうよ俺はバカか!!

自分自身のアホさ加減を心の中で責めるが、コフルイは冷静さを失っていない。

「ひゅまん、ふぉれで?」

「よし、罰としてそのマヌケづらのままでいろ。崩したら儂《わし》の鉄拳がお前の鼻を右に折る」

俺は黙って頷《うなず》いた。

「……姫様が受けた依頼は、テビス姫からだ。なんでもニュービストの土地を武力で切り取ろうとした奴らがいるらしい」

「……？」

「そう、連合軍だ。ニュービストに攻め入り、切り取った肥沃《ひよく》な土地を分け合うつもりらしい。なんともなんとも、実に計算高いことをすると思うだろ」

コフルイは笑みを浮かべた。

「そういう連中を叩《たた》き潰すことをうちの姫様は好んでいらっしゃる。今回も実に素晴らしい戦績を、武功を立てることであろう。側用人として、これほど嬉《うれ》しいことはない」

「……コフルイは姫様にグランエンドの国主になってもら」

俺が手の間から漏らした言葉に、コフルイは自分の唇に縦に指を当てた。静かに、という手振りだ。

「口に出してはならぬ。それに、これはお前のためでもある」

「……？」

余計なことを言わないように黙るが、コフルイが何を言ってるのかわからない。俺は訝《いぶか》しげに目を細めた。言葉に出せない以上、態度で示すしかない。

「戦《いくさ》の前の戦勝祈願、そして戦で功績を挙げれば……お前のやったことは……完全には許されないが、一応静まるだろう。十分な戦果があればもう誰も文句は言わん」

コフルイの言葉に、俺は手の下の口を歪《ゆが》める。三日月のように口の端を上げ、凶暴な笑みを浮かべていた。

手で押さえることも、理性で抑えることももうできない。俺は手を退《ど》けて言った。

「武功を挙げれば、いいんだな？」

「そうだ」

「誰にも文句を言わせない戦果を出せば、いいんだな？」

「その通りだ。そして」

コフルイは再び兵士たちが訓練している方へ目を向けた。もう、その顔に笑みは浮かんでいない。これからの戦《いくさ》に備えた、一人の戦士の顔をしていた。

「お前がシュリに謝る場としては、十分すぎるだろう。今の気まずい状況はなくなり、謝罪しやすい場はできる。少なくとも怒りは鎮められるだろうさ」

コフルイの言葉に、俺は獰猛《どうもう》な笑みを消した。目を下へ向ける。

「……世話を焼かせてすまん」

「ならば相応の活躍を見せろ。儂《わし》と姫様の配慮を無駄にするな」

それを最後に、コフルイは立ち上がる。兵士たちの方へ向かい、大声を張り上げて指導を開始した。あの後ろ姿を見て俺はここまで来たんだよ。強い男の背中を。

「やってやるよ」

強い男が俺のために場を整えてくれたんだ。

「やってやろうじゃねぇか」

なら、その期待に応えるのみだ。


数日後。コフルイの言うとおり戦は始まりを告げた。

その日の朝、俺は早く起きて姫様の部屋へ向かう。なんとなく、なんとなくだが予感があった。そして、このなんとなくの予感はいつも当たる。

「入るぞ、姫様」

俺が部屋に入ると、そこにはコフルイと姫様がいた。机の上に広げられた書類を、穴が開くほどに凝視して、作戦を練っている。

朝、と言ったものの窓の外はまだ暗い。日の光すらまだ届かず、空気が夜から朝へと変わっていく感触だけが、それを教えてくれる。なので机の上には三個の魔工ランプを置き、手元を明るく照らしてる。

「お、起きたか。ネギシ」

姫様はこちらを見ることなく、書類に目を落としたままだ。

「お前はいつも、知らせてないのに起きてくるな。しかも確実に、一度も遅くなったことがない。儂《わし》とて姫様から直前に知らされてここにおるが、お前はどうやって知るのだ？」

「知らねぇ。わからねぇが……なんとなく、今日なんだなってのがわかるんだよ」

「実に、便利」

そして、姫様は書類から顔を上げ、こちらを向く。気づけば二人とも、すでに戦《いくさ》の装備を身に着けている。鎧《よろい》に武器と、武装は万全の状態。

とは言っても、俺自身もあとは槍《やり》を持ち出すだけなんだがな。

「ネギシの勘はよく当たる。そのおかげで助かったことも多い」

「褒めても何も出ねぇぞ」

「照れるなよ。……さて、コフルイ。ネギシ」

姫様の声色が変わった。

今まで見せていたわがまま姫様のものではない。圧倒的とすら思える人心掌握力を持った、堂々として人を引き付ける声。

アユタ姫様の声が俺とコフルイ、二人の耳を打つ。

「「はっ」」

俺とコフルイは同時に姿勢を正し、部下としての態度を取った。姫様がこの声で俺たちに命じるときは、戦をはじめとする本当に大事なときだけだ。

「アユタ・グランエンドの名において、これよりダイダラ砦《とりで》に『第一種戦闘配備』の鐘を鳴らすことをネギシに命ずる。コフルイは起きた者たちをすぐに統率、指示を下して準備を開始せよ」

「「了解っ」」

　俺とコフルイは同時に走り出す。コフルイは廊下を曲がった先にある階段を下りて、俺は廊下の窓から外に出る。

　実はダイダラ砦には、普通に階段を上ったり砦内の隠し通路を通っていては、決してたどり着けない場所がある。それが屋上だ。

　屋上に続く階段、裏口、通路というものは一切ない。姫様の部屋がある階の、とある窓から外に出てよじ登る必要がある。よく見れば登るための突起物があるんだな。

　突起に手をかけ、どんどん屋上に向かって登っていく。

登っていくうちに、空が白《しら》んでいくのがわかった。もうすぐ朝が来る。太陽が顔を覗《のぞ》かせる。その前にやるべきことがある。

　戦が始まるんだ。戦いが、殺し合いが始まる。一秒でも時間が惜しい。一秒でも時間があれば、人間って奴は極限状態でも何かができる。

　屋上の縁《へり》に手を掛けて上った。そこにあるのは三つの鐘。それぞれに屋根が付けられた、立派なものだ。

　全部同じ形をしていて、鐘の中の紐《ひも》を勢いよく揺らすことで、中に括《くく》られている鉄球が鐘の内側にぶつかり、音が鳴る。そして鐘の表面にはそれぞれ番号が振られているんだ。今回は第一種の鐘を鳴らす。第一種の鐘の意味は『戦《いくさ》に出るから準備をしろ』になる。第二種、第三種にも意味があるが、それはまた今度だ。今は一の鐘を鳴らす必要があるからな。

紐《ひも》に手をかけ、勢いよく振ると鉄球が鐘の内側にぶつかる。

が、特に音が鳴ることはない。

正確に言うと、この鐘の音を普段聞き慣れていない人間には聞こえない、特別な音色を奏でる鐘なのだそうだぞ。なんか六天将の工天《こうてん》、ローケィが自信満々に言ってた。

人間の耳には、とかなんとか言ってたけど詳しいことは知らねぇ。

知らねぇ、のだが。その鐘を四種類作って三つをここに設置して、使った感想を聞かせろと押しつけて去って行ったあいつの真意なんぞ知らねぇ。

とにもかくにもこの鐘、凄《すご》く役に立つんだよな。周辺に騒音で迷惑をかけることもないし、行動開始の合図を周辺に潜《ひそ》む間諜《かんちょう》に悟られにくい。連絡手段としては完璧に近い。

あとはこれが、戦場にも持って行きやすい大きさならなぁ、と思わなくもねぇ。

実際のところ戦場に持って行ってる四つ目の鐘でさえ、なんとか持っていける程度で、まだまだ大きい。運搬に不便なのは変わりない。

俺が何度も何度も鐘を鳴らすと、次第に屋上の下……砦内《とりでない》が騒がしくなっていく。

この砦にいる奴は、定期的に行動開始の鐘の音を聞いて耳を慣らしている。訓練と称して鳴らして準備させ、遅ければ罰として全員で筋力訓練だ。もちろん、料理人も事務官も誰も彼も関係なし、全員だ。

俺はここでさらに、鐘の音を調整した。鳴らす間隔に変化を付ける。訓練の場合はさっきまでで終わるんだが、本当の戦の場合はこの特別な間隔で鐘が鳴る。

三回ほど繰り返すと、足の下の騒ぎがさらに大きくなった。マジもんの戦闘配備だとわかった奴らが、本当の本気で準備を始めたってことだ。

俺も急いで戻らないといけないんだ。

「行くか」

俺は屋上から飛び降りる。

途中の窓に戻らず、本当に地面に向けて飛び降りた。もちろん、普通なら死ぬ。それくらいの高さから降りた。

俺はビカとは違う。この高さから飛び降りて無傷で済むような体術の心得とか技術なんてものはない。何もしなければ死ぬ。

だが、俺は普通の人間とは違う。特異体質の体を利用して、高所からの着地さえも可能にする。足の裏が地面に接触する前に股関節《こかんせつ》、膝、足首、足の指の形を変える。

外見上では全く変化を見分けることはできないが、体の中で骨、関節、筋肉の伸縮性や耐久力、柔軟性などの全てを高所からの着地に適応させる。

……だが、変化させるときに体の中でゴキゴキ、と音が鳴ってしまうのは、まだ俺の技術が未熟だからだろうな。

心の中で自分の未熟さを笑っていたが、数秒後には着地寸前。

足の裏が地面と接触した瞬間に体を変化させて、膝を曲げつつ衝撃を逃がす。とんでもない着地音が周囲に響く中で、俺は無傷のまま普通に立った。

「さて、準備するかぁ」

俺は首を曲げ、ゴキゴキと関節を鳴らして砦内《とりでない》へ走るがすでに砦の中は大騒ぎだ。準備でてんやわんやなんだろう。本当の戦《いくさ》の合図が出たから、緊張感が漂っている。

急がないとな。時間はない。あっという間にみんなの準備が整うからな。


そして、夕方。準備が整い、姫様から飛ばされた檄《げき》で士気が上がった俺たちは、野営予定地に到着。すぐに野営のための天幕を用意し、運んできた荷物を置いていく。人が寝るための天幕もだ。

俺は地べたに座り、愛用の槍《やり》の穂先を専用の道具で整備しながら、遠目でシュリの姿を確認する。

あいつは、簡易調理場で仕事をしていた。隣にいる料理人から何か教えてもらっている最中らしい。これからのことの説明か？　それとも。

「これ、集中力が欠けておるぞ」

「いて」

そんな俺の頭に軽くゲンコツが落とされる。痛くはないが、思わず痛いと言ってしまう。

後ろを向いて見上げれば、そこにはコフルイが。

「これから戦が始まるというのに、自分の武器の整備を疎《おろそ》かにしてどうする。戦場では何が起こるかわからんのだぞ」

「いや、まぁ、わかってるよ。それは大丈夫」

俺はコフルイの注意を聞きながら槍の穂先を再び磨き、研《と》ぐ。刃こぼれ、歪《ゆが》みを細かく確認し、柄《え》の曲がりや罅《ひび》もないかと目を細めて見る。

柄の端から端まで、穂先の刃の部分に気を付けながら撫《な》でる。

自分の愛用の武器にほんの少しでも違和感があれば、戦場でどんなことになるかわからねぇ。

だから気を付ける。少しでも異変がないかと。おかしなところがないかと。

なのだがやはり横目で、視界の端で、耳でシュリのことを探ってしまう自分がいた。

ダメだ、集中できねぇ。俺は槍が傷つかないように置いてから背筋を伸ばす。

「ダメだこりゃ」

「そうか」

コフルイは呆《あき》れたように笑った。

「じゃあ、そろそろシュリのところに行こうか」

「……わかった」

コフルイの言葉に、俺は気まずい思いを抱きながら立ち上がる。状況と場を整えてくれる、という話だったな。俺がシュリに謝りやすいようにというかなんというか。

「シュリには、戦《いくさ》前の兵士たちの士気を高めるために、豪勢な料理を作るように言ってある」

「おう」

「お前が食べたいと思った料理だ」

「おう」

「……ちゃんとシュリに礼を言え。そしてみんなに謝罪して、それで終わりにする」

黙って俺は頷《うなず》く。

何も、言わない。

反論は何もない。

反省はとうの昔。

　俺はシュリの所に向かう。あいつは淡々と調理を続けて試作品を作り上げているところだ。かなり早い。

　シュリは俺が近づくのに気づいていないようだ。

　仮設調理場に着けば、シュリが手に持っていた皿……料理を他の奴らに見せてる。

「ではオブシナさん、僕は最初にできあがったこのロールキャベツを、アユタ姫に」

「それには及ばんよ」

　どうやら試作品を姫様に渡そうとしていたシュリ。

　だが話を遮ってコフルイが声を掛けた。ちょっと待ってほしい、俺の心の準備ができていないと頭の中で絶叫する。

　俺はきっと、バツの悪そうな表情を浮かべているだろう。シュリも俺の顔を見て察したのか、苦笑いを浮かべていた。それがさらに、気まずくさせる。

「コフルイ様が！　おい、みんな」

「そのままでよい」

　コフルイは手をかざして料理人たちを制止する。作業の手を止めて膝を突こうとした料理人たちは中途半端な体勢のまま戸惑い、どうしていいかわからず混乱していた。

「もう一度言う。そのままでよい、作業を止める必要はない。おのおの持ち場に戻れ」

「は、はい。おい、みんな」

コフルイは改めて、丁寧に指示を出した。戦場でもそうだが、中途半端な指示を出して混乱させる奴はいる。この野営地には姫様もいることだから、料理人たちは本当に挨拶しようとした姿勢を崩していいかと悩んでいる。

なのでコフルイはもう一度、念を押すように指示を出す。すると料理人の一人の呼びかけで、他の奴らは作業に戻っていった。

気になるのかこちらをチラチラと観察してるがな。

「全く、たかだか一人の老人が来ただけだろうに」

「いや、それは無理ですよ。コフルイさんはアユタ姫様の側用人ですし」

「まあの。だが、こんな時くらいはシュリみたいにさん付けでよいのだが」

「あっ」

今気づいた、とシュリは顔を青くする。本当に今更だ。

自然と、なんの躊躇《ちゅうちょ》もなく、まるで昔からの知り合いのような振る舞い。

コフルイは噴き出して笑った。

「クフフ……！　今さら恐れいるとは、筋金入りの鈍感か大物か、どちらかな」

「バカだと思います」

「自分で言えるなら、大物で間違いあるまいっ。クハハ、フフフフ……！」

コフルイが笑った。ツボにはまってるんだ。

「この笑い方、俺と姫様が出会って一問着《ひともんちゃく》あった時以来、見たことなかったのに……」

驚愕《きょうがく》。俺がコフルイが大笑いする姿を見たのは、後にも先にも一回だけ。

初めて姫様とコフルイと出会い、三日月の夜に交わした誓いの日。初めて出会ったとき
に一問着を起こし、俺のことを知ったコフルイが笑ったんだ。こんな感じで。

あれ以来、コフルイがこんなふうに笑うことなんて、なかったのに。

もう一度見たいと思った笑顔を、笑いを、こんな形で他人が叶《かな》えるとは。

「いや、すまぬ、クフフ、ハハハハ……ハハ、すまん、もう少し待ってくれ……クハハハ
……！」

「いやいつまで笑ってるんですか？」

コフルイはしつこい笑い方をするんだ。本当に面白いことはツボにはまり続けて笑う。

腹筋が痛くなるほど笑うんだが、普段は全く笑わない。笑みは浮かべるが、声を出して
笑うことはない。

俺は溜め息をついた。

「あー、シュリ。俺もこれを見たのは一度きりだが、コフルイの笑いって長引くんだ」

「長いんですか」

「なにしてる……コフルイが笑ってる!?」

姫様がこっちへ来ていた。コフルイの笑いを見てビックリしてる。

俺とシュリは姫様を見る。さっきまであちこちで兵に声を掛けていたんだが、終わったんだろうな。

すぐに姫様は状況を理解して、呆《あき》れた表情を浮かべる。

「アユタ姫様、それが」

「わかってる、わかってる。コフルイの笑いがツボにはまっちゃったんだろ？　アユタも片手の指で足りる程度だけど見たことがある……ある、けど、その……。そんなに見ることってないから珍しい」

「そんなに珍しいんですか」

「普段笑わないから。それと、なんかしつこく笑う」

姫様は呆れた顔でコフルイの笑う様子を目で追う。

俺と姫様とシュリが話している間もコフルイの笑いは止まらない。長い、本当に、長い。

しつこすぎるんだよな、あのときもそうだったように。

ようやく落ち着いたときには、もう俺も姫様もシュリも疲れちまってた。

「いやー……久しぶりに笑ったわ。いや、ありがたい」

「えっと、話を戻していいですか？」

「そうだな、そうであるな。話を戻そう、試作品はそれか？　シュリ」

コフルイはシュリが持っている料理を指さす。

時間が少し経《た》ってしまっているが、なんとも芳《かんば》しい匂いが鼻を突き抜ける。見た目はキャベツで肉……か何かを巻いて、スープに浸した料理だ。黄金《こがね》色のスープもまた、なんと美味《うま》そうじゃねぇか。

シュリが目を落とし、少し悩む様子を見せる。

「まぁ、そうですが。これは少し冷めたものでして」

なんだそんなことか、と俺が思っていると、

「なら味見役として、ネギシが一番に食べてもいいだろう」

俺はコフルイの顔を見た。いきなり何を言い出しやがるんだ、と
だが、俺にはわからないままに話が進んでいく。

「そうですね。味見で、『毒見』という意味で先に食べていただきましょうか。……自分で毒見と言うのは業腹《ごうはら》だし、毒物を入れるとかそんなこと絶対にしてませんがね……!!」

「いや、建前とはいえ歯を食いしばるほど言いたくない言葉なら、言わなくていいよ？」

シュリは奥歯を食いしばって言い切ったが、その奥歯からギチギチと異音が響く。

自分で言ったくせに、あまりの屈辱に憤死しそうって顔をしてる。言うなよ。

姫様まで心配して肩に手を置き、優しく目を閉じて首を振る。無理をすんな、と。

「ということで、アユタは本当は最初に食べたいんだけど先にネギシ、食べていいよ？」

「……いや、俺は」

なんか演技くせぇなこいつら。内心冷めつつ、俺は遠慮する。まだ謝罪が済んでない。姫様から勧められるが、筋は通さないとダメだ。俺がそれを食べていいのは、ちゃんとシュリに謝ってからだぞ。

食堂でやっちまった、シュリの立場を危うくする発言。何も考えずにやっちまった過ちを、俺の口から謝罪しなきゃ、その料理を口にする資格がねぇ。

シュリは姫様の手をそっと退《ど》けて、俺の前に立った。

遠慮する俺に、料理を押しつけるつもりだろうか。シュリの考えがわからねぇ。

わからねぇが出されても断る。俺なりの誠意だ。

「なんだよ、俺は」

「はいどーん！」

「ぶほっ!?」

油断した俺の口の中に、大きなキャベツ巻き料理をまるごと一個突っ込んできやがった。

俺は何が起きたのかわからなかった。気づいたときには、口の中に食いもんを突っ込まれてたんだ。

……考えるのをやめて、ゆっくりと口を動かす。とりあえずデカい。ゆっくりと動かす。

ていうかすげぇ器用だな。口の中を全く傷つけず、変に飲み込まないように、反射で吐き出すようなことにならないように、食べ物を口の中に突っ込むなんてよ。

二度、三度と噛《か》んでようやく、口の中に余裕が出てくる。少しずつ飲み込み、咀嚼《そしゃく》できるようになってきた。

ここでようやく、料理の味がわかってくる。

噛めば噛むほど溢《あふ》れてくる肉汁。もし熱いままだったら口の中を火傷《やけど》してただろうな。

シュリもそれがわかってるから、少し冷めてるときに俺の口へ料理を突っ込んだんだろうな。

味の感想に戻るか。噛めば噛むほど肉汁がどんどんキャベツの内側から溢れてくる。濃厚な肉の脂とスープを吸い込んだキャベツの甘さと旨《うま》み、この二つが口の中で一気に暴れてるみてぇだ。

同時に、中に混ぜられた別の食材の味もわかるような気がする。肉を潰して丸めたものを、キャベツで包んだ……というのは噛んでるとわかる。なんせ噛んでいるとホロホロと肉の線維が崩れるのがわかるんだ。そこから脂が出てくる。

だけどそれだけじゃない。それだけなら、ただ脂がキツいだけの料理だからな。

何かはわからないんだが、そのままなら胸焼けする脂が嫌にならない、別の美味《おい》しさがあるんだ。このおかげですげぇ美味《おい》しいんだわ。本当に何だ、これ？　スープそのものも美味《うま》い。これこそ何が使われてるのか全くわからない。よくわからないが、美味い。香りも、味も、複雑で深い。もうスープだけ飲んでても十分なほどだ。ていうか、このスープだけでメインの料理じゃねぇのか。これ、どこから用意したんだ？　絶対にたくさんの食材を使って作ってるはずだが、開戦直前の状況でよくこんな贅《ぜい》沢《たく》なスープを作る許可が出たな。

コフルイが許したのか？　確かにコフルイは状況を整える、みたいなことは言ってたけどまさかここまでの料理を作ることを許可していた、とかか？　考えにくい。

あぁ、ダメだ。戦《いくさ》のために備蓄した食材。その食材をあまりに使いすぎるだろう料理を前にしても、美味しさと匂いの前に理性が溶ける。もっと食べたい、と脳に刺激が来る。

そのままゴクン、と飲み込んで一息吐く。

まいった、降参だ。もう考えるのはやめてやる！

「……わかったよ！　食べるよ！　それをくれ！」

「フフ、どうぞ」

シュリが笑いながら皿を渡してくれた。

俺はもう一つのキャベツ巻きを食べる。キャベツ巻き、という名前が正しいかどうかわかんねぇが、名前は後で聞くか。この料理に名前があるなら、だがな。

皿の中のキャベツ巻きがなくなる。名残惜しいが、食べたらなくなるのは当たり前だ。食後の余韻《よいん》に少し浸る。

「うん、美味い！　美味いよ、ああ美味いさ！　柔らかく煮込まれたキャベツは口の中でとろりと崩れるクセに、中にはスープとかの旨《うま》みをぎっしり詰め込んで逃がしてねぇ。キャベツそのものにも味が染みこみ、キャベツの旨みと甘さが凄《すご》い。

中に詰まった肉も美味い。十分火が通っていながら柔らけぇ。肉の中にもいろいろと混ぜてあるな、これ。それらが肉をさらに美味しくしてる。柔らかいんだが、ちゃんと歯応えが感じられるな。何を混ぜたんだ、これ。

で、このスープだ。旨み十分なスープ。

これだけ旨さと旨さを足し続けた料理なんて、どこかでちぐはぐになるようなもんなんだが、シンプルに美味しいって感じる。だからだろうな、全体で一つの料理として成立して、破綻してる様子が一切ない」

思わず姿勢を正し、結構な昔にコフルイから習った食事作法が出てきちまったほどだ。

俺が早口で感想を全て述べてから……気づく。

肉と、キャベツ。

俺がシュリに語った、好きな食べ物。

この二つを使った新しい料理、俺のためにと考えて用意してくれたもの。

「シュリ、お前……俺がキャベツと肉が好きだって言ったから、これを？」

俺の好物を聞いて、俺のことを考えて料理を用意してくれた。

「そうですね。あなたに相応《ふさわ》しい料理とか言われてもわからないけど、あなたの話から、好物はあれども料理としての種類は少ないと感じました。なので、これを……」

シュリが照れくさそうに語るその内容は、俺の心に強く強く響いてくる。

俺は、何も考えちゃいなかったんだ。こいつの気遣いも何もかも、立場もなんもかも、気持ちも手間暇も全てにおいて、シュリについて考えてなかった。

俺はシュリのことを考えてなかったが、シュリは俺のことを考えてくれた。

三日月の夜に俺の事情を聞かなかった。俺の内面に踏み入らず穏やかに過ごせるように。

俺の無茶ぶりに辟易《へきえき》しつつも好物を覚えてくれた。俺が美味《おい》しく食べられるように。

なのに、俺は。

俺は満足だ。満足させてもらった。

「そうか」

それだけ呟《つぶや》く。

ここまでシュリに筋を通されてるのなら、俺も頭を下げなければ筋が通らんだろう。

「すまなかった。お前の顔に泥を塗ったこと、本当に」

ようやく、俺はシュリと正面から向き合うことができた。

謝罪を受け入れてもらえるかどうかわからない。

「はい。その謝罪を受け入れます。これでわだかまりは終わりにしましょう」

なのにシュリは俺の肩に手を置き、優しく答える。

これで、今回の騒動は終わりにしてくれたってことだろう。

シュリにも、姫様にも、コフルイにも見えない角度で俺の目から一筋の涙が流れる。

涙の理由は、わからない。


姫様の号令で、俺たちはご馳走《ちそう》にありつく。毒見の口実で俺は先に食べていたが、今度は熱い料理を出してくれた。俺だけ二皿分食べてるわけだが、あえて周りに言う必要もねえだろう。だが、

「ネギシ。お前は先に一皿食べた。一個くらいはアユタに寄越せ」

「ダメだ。これは俺んだ」

俺が先に味見していたのに気づき、俺のキャベツ巻き……シュリに言わせるとロールキャベツと呼ばれる料理を一個奪い取ろうとする姫様を制しつつ食べる。

やっぱ美味《うま》いわ、これ。美味い。

がっつりと口の中いっぱいになるし、満足感も凄《すげ》ぇんだ。腹が満腹になっちまうよ。

「コフルイ、助かった」

「そもそもお前がさっさと謝れば、儂《わし》が変に気を回さずに済んだんだ。反省しろ」

「反省したぞ、さすがに」

コフルイのブスッとした顔。

なんだか俺はおかしくなって笑ってしまっていた。

「……気を回す、か。すまんかったな」

「うむ。……行軍が始まるまでの数日。儂はシュリに言っておった。『ネギシのための料理に大量の食材が必要なら、事前に十分に用意して備蓄しておけ』とな。するとどうだ、この……ロールキャベツではなく」

コフルイはロールキャベツの、スープを匙《さじ》で掬《すく》って口に運んだ。

「このスープの方に、膨大で贅沢《ぜいたく》な食材が必要ってことで……ものすごく金と手間がかかってしまった。これは、儂の失敗だ」

「そんなにか？」

「そんなにだ。金だけでこれだ」

コフルイは俺に向けて指を立てて示してくる。……俺にしか見えない角度で見せてくるが、嫌な予感がして小声で聞いた。

「……本当のところを聞きたい。誤魔化さずに言ってくれ。これの、10倍か？」

「さすがに気づかれるか……お前の言葉を否定できん。とだけ」

目眩《めまい》がした。そりゃそんだけ金をかけりゃ、この料理も美味《うま》いわけだ。

「このためだけに？」

「いや……一応、実のところはな……数日間の間に少しずつ出てたんだ……。行軍の日が近づくにつれて、やたらと料理が美味くなってたの、気づいたか？」

「……そういやそうだったな……」

朧《おぼろ》げに思い出してみる。シュリに対して気まずい思いを抱いていたから近づかないように、気にしないようにしていた。凄《すご》く情けないことだけどな。

だから料理のことも自然と気にしないようにしてたんだよ。これはシュリが関わった料理なのか、給仕に来たシュリの顔を見ないでだんまりをきめこんでたがどんな顔をしてるのか……料理を通じてシュリの顔を思い出してしまうからな。本当に気まずくて、な。

料理の味を気にかける余裕なんかもなかったんだが……余裕がなくても、美味いなこれ、と思うくらいに美味かった。

そういうこと。

「お前は本当に、情けないというかなんというか。あんなに美味《おい》しいスープが数日間出ていて好評であったのに、周りが見えなすぎる」

「んだところ……いや、すまん」

反論しようとしたが、すぐにやめた。これ以上グダグダ言ってしまっては、本当にダメなクズになっちまう。そもそも、俺の不用意な言動が全ての原因だしな。

俺が落ち込みながら食べていると、コフルイがバンと俺の背中を叩《たた》く。

「一応、落とし所としては問題はない。明日からの戦《いくさ》に備えること。いいな」

「わかった」

コフルイの言葉で、俺は気持ちを切り替える。とりあえず、俺自身の問題は終わったんだ。これ以上グダグダ考えてもしようがない。

変に気にしても、明日からの戦で雑念が交じれば死に直結する。だから、なんだ。

「もしも俺とシュリのことでグダグダ言う奴がいたら、シュリを庇《かば》って俺はそいつをぶん殴ることにする」

「後始末として泥を被《かぶ》るつもりなら、そうしておけ。これ以上シュリに泥を被せるな」

コフルイはそれだけ言うと、食べ尽くした皿を前にして目を閉じた。

さらに恭《うやうや》しく頭を下げる。

「さて、ごちそうさま、と……儂《わし》は天幕に戻り、書類の整理をする。お前は」

「姫様の護衛をするさ」

「うむ」

コフルイは立ち上がり、俺の傍《そば》から離れていく。後ろ姿を見ている時間はない、俺はすぐに姫様の姿を探す。姫様は普段、兵士たちの集まりとは少し離れた場所で、一人で食事を取る。

本当は一人で食事をするのが好きだということもある。好きなものが食べられないことによる癇癪《かんしゃく》を、兵士たちにぶつけないようにする気遣いも、あるにはある。

本当のところは、姫様は兵士たち全員を見ておくためにそうしてるんだ。

戦が始まり、誰かが死ぬ。全員が必ず生きて帰る、なんて夢物語は存在しない。いつか誰かが死ぬし、誰かがいなくなっている。

その命令を、責任を、姫様が背負っている。一人で、背負おうと必死。

だから自分の命令で死ぬかもしれない兵士たちの顔を見ておくためにしているんだ。

姫様が自分自身に課した誓いということだ。

兵士たちから離れたところへ視線を向けると……いた。姫様がいる。料理を食べながらこっちを見てる。いつも通りだ。

なのだが……すぐに視線があさっての方向へと向けられる。

「？　シュリ……？」

不思議に思い、視線の方向を探る。姫様が何を見てるのか、と。

シュリが、何やら口を押さえて走っているところだった。俺たちが集まっているところとは真逆の方向、山の方へと走っている。

……まさか、間諜《かんちょう》？　本当にそうだったのか？　この食事どきを見計らい、情報を誰かに渡そうと？

先ほどまでシュリに対して抱いていた信頼感が崩れる。あそこまで露骨に、誰もいないだろう場所に向かって走って逃げる姿を見て、俺は手と足の先が燃え上がるように熱くなるのを感じた。

「シュ――」
リ、どこに行く！　と叫ぼうとして、やめた。
シュリの行動はどう考えてもおかしい。怪しい。疑えば疑えるところなんていくらでもある。

だが、俺の軽率な言動のせいで今まで苦労した。シュリには申し訳ないことをした。

……本当に間諜であったとしても、そうでなかったとしても。ここは静かに事実確認をするべきではないか？　俺は冷静になって考え直す。だいたい、本当に間諜だったらこの場にいる全員が食べている料理に毒を混ぜれば、それで終わる。

「……そんなわけねぇな」

だが、料理を食べて体調を崩した奴なんていない。そもそも毒が混ざっているのならば、俺かコフルイがすぐに気づく。先に味見というか毒味したんだから、最悪の場合に犠牲になるのは俺だけだ。

遅効性の毒の味、匂い、感触、体の変化はないからな。その線はない。

俺は自分の体を変化させられる。誰にも気づかれないように腕を、足を伸ばせる。

だからなのか知らねぇが、俺の意思以外で俺の体に異変が起こったら、すぐにわかるんだ。前にも毒を食べた瞬間に気づいて吐き出し、やらかした奴を秘密裏に殺したことだってある。俺すら気づくことのできない毒なんぞない。

ていうか、食べて力が出てくる普通の料理だった。

「……確かめるか」

俺はすぐに走り出す。周りから不思議な目で見られるが、俺はすまん、と苦笑してみせながら走る。ついでに腹を押さえる。これで森に用足しに行こうとするくらいにしか思わんだろ。

姫様も同様に走り出し、俺と合流する。山の麓《ふもと》、森を前にして止まった。

「……静かに」

「おう」

俺たちは気配を消し、静かに足音を消しながら進む。罠《わな》が仕掛けられてる様子はねぇ。

怪しい気配も匂いも、雰囲気もない。勘を働かせても危険は感じねぇ。

姫様は俺の後ろから同じように、足音を消してついてくる。周りを観察し、俺と同じように何もないし何も感じられないのを不思議に思っている。

「情けない」

シュリの呟《つぶや》きが聞こえた。

声のした方へゆっくりと近づくと、そこには涙を流し、無表情のままに呟くシュリの姿があった。空を見上げ、月を見てる。

「僕は、情けない」

さらに何かを呟いている。シュリの口の周りには吐瀉《としゃ》した跡があり、傍《そば》にそれがある。

「帰れないから。チキュウにも、ニホンにも、家族のところにも帰れないから、ガングレイブさんたちのところにも帰れないから」

シュリの目から涙がとめどなく溢《あふ》れて、止まる様子がない。嗚咽《おえつ》はなく静かに泣いている。

「だから、行く先々で妥協してたのか？　そこで生きるしかないから無理やり理由を作って納得したような姿を気取ってただけ？　僕はそんな奴なのか？　そんな奴だったのか」

スーッと流れる涙と一緒に出た、シュリの言葉。

俺と姫様は互いに視線を合わせる。同時に首を横に振った。

シュリの言ってることが理解できないんだ。あいつは、帰れないことに絶望してる、というのはわかる。

しかし、しかしだ。

「チキュウって、なんだ？」

「……知らない」

姫様は厳しい顔で返答する。

もしかして、あいつは自分の故郷の話をしてるんじゃねぇのか？　俺はシュリから視線を外さずに小声で話す。

「……姫様。もしかしてあいつの故郷って」

「チキュウの、ニホンってところ……でも、どこのこと？」

俺が勉強したサブラユ大陸の国やら地名やらの中に、該当するもんはねぇ。

俺は顎に手を沿えて考える。シュリから視線を離さずに考えて、考えて。考えても無駄。

情報が、知識が不足してると俺自身が理解したから、無駄だと。

歯ぎしりして呟く。

「いったい、どこのどんな国だっつーの。帰れないってなんなんだ」

思わず怒りが湧いてくる。なにも話してくれないから、なにも理解してやれねぇ。

あっちはこっちをわかろうとして行動してくれてる。俺だってそうしたい、迷惑をかけた分だけなんとかしてやりてぇのはある。

俺は拳を握り、ワナワナと震えていた。シュリは自分のことを語らない。なんとかしてやりたくても何もできねぇ。あいつの事情がわからない。

何もできねぇ分、悔しいって気持ちがあるんだよ。

「……まさか」

ふと、隣の姫様が呟《つぶや》いた。

「本当に……？　あれはミコトの妄想では、なかった、と……？」

姫様は視線を前に向けたまま、口元を手で押さえている。声が聞こえないようにするためのものか。

……いや、この顔はどちらかというと防諜《ぼうちょう》対策とかじゃねぇ。

恐怖だ。言い知れぬ恐怖に体を震わせている。姫様は何に怯《おび》えている……？

「なんのことだ姫様？　ミコトがなんだって？　シュリの過去にわからないことがあるって話じゃなかったのか？」

ミコトとの話では、シュリの過去はあまりにも不明瞭な部分が多すぎて、このまま砦《とりで》で料理人として仕事をさせ続けるには問題がありすぎる、だからニュービストの、料理人の情報をかき集めているテビス姫のところに行くというものじゃねぇのか。

シュリという料理人のことを知ってる可能性が高いから、だと。

「……ネギシとコフルイには言ってなかったことがある」

姫様は口にすることを迷っていたが、意を決して話し始める。

「ミコトは、シュリについて一つの仮設を、アユタに話してた」

「へぇ、何か思いつくことでもあったのかよ。言ってくれればいいのに」

「……それが『神座《かむくら》の里《さと》』の話でも、か？」

瞬間、俺は周りを見る。周囲を警戒し、この場に俺と姫様とシュリ以外の誰かがいて、聞き耳を立てていないかを確認する。

入念に執拗《しつよう》に確認し……俺は厳しい目を姫様に向けた。

「……言っていいことと悪いことがあるって、姫様は知らねぇのか？　こんなところで『神殿』の奴らが聞いたら怒り狂って襲いかかってきそうな言葉を吐くんじゃねぇ」

『神殿』。この大陸において、最大の勢力と最多の信者数を誇る宗教組織だ。

サブラユ大陸は素晴らしいもの。大陸の外は唾棄《だき》すべき汚れたもの。故に、大陸の外から来たであろう何かに対して、そして大陸の外に存在するあらゆるものを排除しようとする。

一言で言っちまうなら、故郷が一番で外はクソ！　と断言していて、外の話をしようとすると襲いかかってくる頭のおかしい奴らの集まりなわけだ。

だから、なんというのかな。あいつらの影響がありそうなところでは、外の世界に関する逸話《いつわ》や噂話《うわさ》なんかは絶対にしないようにする。どこで聞かれてるかわからねぇから警戒をする。

なのに姫様は躊躇《ちゅうちょ》なく、神座《かむくら》の里《さと》の話をしたわけだ。

……神座の里、か。大陸の外にあると言われるところだが、詳しいことは知らねぇ。

「俺はその……それ、に関して詳しくねぇが、ここで言っていいことじゃねぇよ」

「……でも、アユタにはそれ以外の可能性が見つからない」

姫様は立ち上がる。

「……僕は。僕を待ってくれてる人のところに、帰れるところに、帰ることを、諦めない。帰ろう。帰れる場所に帰れるなら、帰ろう」

シュリの独白、血を吐くかのような苦しさの中で出た言葉。

「笑いたきゃ、笑えよ」

こっちを見ている。

……気づかれてた？　いや、姫様が立ち上がったからな。シュリでなくても気づくか。

姫様はもう、誰に気づかれても構わないって顔をしていた。

「……シュリ。お前は、ガングレイブたちのところに帰りたいか？」

「帰りたいです」

姫様の疑問に、シュリは虚《うつ》ろな目から涙を流して答える。

「お前は、シュリは。自分が弱いからその場その場の空気に従って、誰かに縋《すが》らないと生きていけなくて、そんな自分を嫌悪してるのか？」

「してます」

再びシュリが答える。迷いはないし時間差はない。

「……シュリ。お前は、自分が弱いと思ってるのか？」

「弱いでしょう？　命を懸けて脱出する勇気もない。叩《たた》きのめされ殺されることを覚悟して戦うこともできない。弱い以外の何があると？」

もう、シュリは、目を背けられなくなったのかもしれねぇ。

「シュリ。お前は……今まで見ないようにしてた、自分の都合の良い立ち回り方を直視してしまったんだな？」

「しました。僕は汚いし弱い。醜《みにく》いし酷《ひど》い。そうでしょう？」

姫様はシュリを見る。自分の弱さ、醜さ、汚さ、酷さから逃げられなくなったシュリを、見続ける。

「……なぁシュリ。アユタは、お前が弱いとは思わない」

「は？　何を、誘拐された先で居場所を作ろうと、自分の中で適当に耳障りの良い理由を作って、勝手に納得して綺麗《きれい》でいようとしてる僕の、どこが弱くないと？」

「少なくとも、お前は死んでない」

ピタリ、とシュリが黙る。

「本当に弱い奴は、最後には死ぬんだ」

ポカン、とシュリの口が開いた。

「少なくともアユタは、お前がお前の言うところの醜《みにく》さ、汚さ、酷《ひど》さと……弱さを見せていたのなら、その場で殺してる」

「何を、なら、それなら、見せた今なら僕を殺せるじゃないですか」

「さっきも言ったが本当に弱い奴って、最後は死んでるぞ」

姫様はシュリを指さす。

「何でかわかるか?」

「わかりません」

「弱い奴は見た人間の悪性に気づかずに、最後はその誰かの逆鱗《げきりん》に触れて死ぬもんだ。お前だって見たことあるだろ。弱いくせに悪い人間が、誰かを激怒させて滅茶苦茶にされるところ」

姫様の言葉に、シュリは何かを思い出したような顔をした。

「……シャムナザ、と、レンハ……」

「え? お前、シャムナザのこと知ってるの?」

意外すぎる名前が出て、姫様の真面目な素の顔が出てしまってるじゃねぇか。

「え、まぁ。うん、アルトゥーリアで」

「あいつ、どうしてんの？」

「逃げ出してから行方は知りません」

「……あいつ、失敗したから刺客《しかく》に殺されてると思うけど、見つかってないんだよな……いや、それはいい、今は、いいんだ。そういう話じゃない」

姫様は頭《かぶり》を振ってから、再び真面目な顔をした。

「お前にも心当たりがあるんだろ？　自分のいやらしさ、人間の悪性をちゃんと自覚しない奴は、他人の触れてはいけないものにも触れてしまうんだ」

姫様は膝を突き、シュリと目の高さを合わせる。

「わかる？　言っちゃうなら、頭は回るけど自分の言動がどれだけ人の気持ちに影響を与えるか、どの言葉でどういう気持ちになるか、最終的に自分がめちゃくちゃにされる危険があるかってのを考えないんだ。なんせ、自分の悪性を自覚しない人間は、自身の言葉はどこで何を言っても許される……いや、『問題がない』と思い込んでる」

「問題が、ない？」

いつの間にかシュリの目に光が灯《とも》る。涙を拭ってから、姿勢を正して座り直している。

いわゆる正座ってやつだ。

「そうだ。でもシュリは違う。自分のダメなところ、嫌なところをちゃんと見て落ち込むことができた。逆に言うと、自分の言動に問題があるってのを学び、自省ができる。次からはやらない。不用意な言動で衝動的に殺される危険が減る」

「その話と、僕が誘拐された先で適当な理由を作って都合の良い立場を得て、ガングレイブさんたちの所に帰れないことを誤魔化していたことと何の関係が？」

「お前が真剣にアユタに向かってそれを言ってたら、最初の時点でアユタはお前を殺してるってことだぞ」

シュリは驚き、目を見開いている。

いや、何を驚くことがあるんだよ。俺も呆《あき》れた顔をしてから言った。

「そらそうだろ。俺だってそうする。未《いま》だ自国への忠誠心が厚いところを、敵国の姫様相手に語るって、手元に置いてちゃ危険以外の何者でもねぇだろうよ。そんないつ敵になるかもわからん厄介な奴、さっさと殺してた方が安心するぞ」

「じゃあ、それを言っちゃった僕はここで殺されますね」

シュリは自嘲《じちょう》する。

……こいつ、なんもわかってねぇや。

「いつものアユタなら、そうする」

「ではそうすれば？」

「それをやったら、アユタたちが戦《いくさ》をする前にやった宴《うたげ》の意味が消えるし、高まってた士気が落ちる。それはいただけない」

「ならないでしょう。内部にいた敵を殺したんですよ？」

「もう……シュリを敵だと思ってる奴はいない」

姫様は溜め息をついてから言った。

「シュリを敵として殺しても、部下たちの心に引っかかるもんができちゃってる。アユタもシュリを殺したくない」

「なぜ？」

「……まぁ、なんだ。その……まぁ、言ってもいいか。シュリ、お前は自分がアユタたちの敵だと思ってるだろうけど、本当に敵だったらガングレイブたちへの連絡手段を作ってるし、料理に遅効性の毒だの即効性の即死してしまう劇物を入れるとか、なんでもできたのにやらなかったし」

「料理人としてそんなのできるわけないでしょ!!」

「そういうところなんだよなぁ……」

姫様は右手で頭を押さえながら言う。

「シュリとしては味方に義理を果たしたい。誘拐をするような敵陣営に肩入れしたくない。でも生き残るために適当な理由をでっち上げて敵陣営におもねる自分が許せない。そういう自分の許せないところをちゃんと見ている点で、アユタは上等だと思ってる」

「……それで？」

「シュリは人間的に誠実であろうとしてるし、料理人としてそもそも誠実に仕事をできるし、諜報《ちょうほう》活動とかできないし、武力はないし。こっちとしては元々は敵側の人間だってのはわかってるけど、なんか変なことをするならいつでも制圧できるし、こっちも見せちゃいけないいような秘密は見せてないし……要するに、うん……。

シュリがやってるのはただ単に、前提として仕事はちゃんとしてて敵の陣営の中で生き残るために心とか態度とかで怪しまれないように、不快感や危険性を感じさせて殺されないようにしてるだけっていうか……」

あぁ、わかる、わかるぞ姫様。ちゃんと言葉にするにしたって説明が難しい。

なので、俺が引き継ぐ。俺は姫様の肩を後ろから叩《たた》いて、説明を引き受けるように口を開いた。

「姫様が言いたいのは、シュリは自分を否定して死にたくなるほどの嫌な奴じゃねぇってことだ。そもそも嫌な奴なら姫様が殺してる。俺も殺してる。コフルイも殺してる。それで納得しろ、いいな?」

なんかシュリはいまいち納得してない様子だけど、姫様が言いたいことも俺が言いたいことも、全てこの一言に詰まってる。

『殺したくなるほど嫌な奴じゃない』

俺たちは、嫌な奴だったら殺すんだよ。そういう生き方をしてきた。そういう人間として存在してる。だから、もしシュリが本当に敵であり脅威であり、いては困るような嫌な奴だったら、もう手に掛けてる。

殺してないし、嫌な奴とも思ってないし、それどころかなんだかんだで悪い奴じゃないとも思ってんだよ。

まぁ、確かに……。

「殺しておけば面倒はないかもしれない。けど、殺してしまった方が面倒が大きいと思っちまったら、思わせられたら、この話は終わってるってことだ」

「はぁ……」

「だから、もう気に病むな。お前はいい奴だから気にしちまって悩んじまったんだろうが、この時代に優しすぎるせいであれこれ気に病んでたら、心が壊れっちまうぞ」

俺が言葉を締めると、シュリはちょっとだけ泣きそうな顔をしてから言った。

「慰め、ありがとうございます」

「ありがたく思え。お前が本当に帰るまでは、殺さないでいてやる」

「それはそれで怖いなぁ……」

「お前が帰らなければいいだけ。さて、シュリ」

姫様がずい、とシュリに近づいた。

「お前はなんだ？　チキュウってどこでニホンってどこ？」

「あ……」

質問されて、シュリは気まずそうにしていた。答えにくそうである。

「シュリはチキュウって国のニホンって部隊の輜重兵《しちょうへい》か何かだったとか？　料理の技術はそこで得たと？」

「そんなわけないでしょ、僕はそもそもこの大陸の人間じゃ」

瞬間、シュリは口を閉ざして顔を青くしていた。どうやら言ってはいけないことを衝動的に言っちまった、その自覚はあるらしい。

同時に、俺と姫様の顔も苦々しいものになった。俺は舌打ちして、姫様は呻《うめ》く。

この大陸の人間じゃない。

ハッキリとシュリの口から発せられそうになった言葉。まさか予想が当たるとは思ってなかったよ。

「シュリ。神座《かむくら》の里《さと》の人間なのか？」

「……」

「ここで黙秘するなら、アユタたちに明確な危害を加える〝嫌な奴〟と判断する」

姫様は脅迫する。シュリの眼前に自分の右手を差し出し、握りしめる。ミキミキミキっ、と凄《すご》い力で拳が握りしめられていく音が聞こえた。

さすがのシュリも、姫様の本気の態度と拳の圧力に息を呑《の》む。

「どうする」

姫様のドスの効いた声。

とうとうシュリは諦めたように溜め息をついた。

「わかりました。僕が何者で、どこから来たのかをお話しします」

「それだけじゃ足りない」

「え」

姫様はシュリの鳩尾《みぞおち》に、握りしめた拳を押し当てた。最初は優しく押してただけだが、徐々に力が加えられていく。シュリは恐怖の表情を浮かべた。

「お前は知ってるはずだ。お前自身がなんで、アユタのところに送られてきたのか」

「それはっ」

「知ってるんだな？　父上に何を聞いた？　何を言われた？　そのことを知ってるのは誰だ？　ミコトは今、お前のことを知ってる可能性が高いということでテビス姫のところに行ってる。ここで黙っていてもあとでミコトから聞くし、ミコトの力も借りて聞くぞ」

姫様からの脅し。シュリの胸元にある拳がどんどんめりこんでいく。姫様の力ならシュリの胸骨をあの状態から砕くなんてのも簡単だろう。

シュリはもう一度溜め息をついた。

「わかり、ました。全部、話します。なので」

「よし。全部、と言ったな？　文字通り全部話せ。お前がこの大陸に来る前のところから、この大陸に来てからの全てを話せ。隠し事をしてると判断したら、アユタがこの手でお前の首をねじり折って殺す。ネギシ」

「なんだ姫様」

「コフルイを呼んでこい。全員で話を聞く」

姫様の命令に、俺は野営地に向かって走る。コフルイを連れてさっさと戻ってこないといかん。

この話、おそらく俺たちにとってとてつもなく大事な内容だからな。

コフルイと一緒に戻ってきた俺は、姫様と俺とコフルイの三人でシュリの話に耳を傾ける。俺もコフルイも武器を手に持っている。

姫様からの命令だ。命じた瞬間、シュリを殺せと。

完全に観念したらしいシュリは、知っていることを全て話し出した。

内容は……嘘《うそ》としか思えなかったので、俺は思わず槍《やり》を振り上げちまったよ。コフルイに止められたが。

「待て、待つんだ、ネギシ、気持ちはわかるがやめろ」

「だってあの流れからこんな嘘をつくんだぜ？　ぶっ殺してもいいだろ？」

「……嘘《うそ》ではないのだろう。黙って最後まで聞いてみよう」

コフルイは神妙な顔をして俺を止める。俺は立ち上がって槍《やり》を振り上げていたが、それでも正座している状態のコフルイを相手に、不用意に攻撃行動はできない。こいつはこんな姿勢からでもわけのわからない強力な斬撃を繰り出してくる。

本当に俺が槍を振り下ろしてシュリを殺そうとすれば、その瞬間コフルイは腰の剣を抜いて俺に切りつけるだろうさ。なのでやめた。

俺はあぐらをかいて座り直して、憮然《ぶぜん》として口を開く。

「だってよぉ。そもそもこいつがこの……世界？　大陸とかそんなもんよりも外から来たとか言うんだぜ？　わけわからん、外の世界ってなんだよ。外の世界って大陸の外ってことじゃないのかよ？」

俺の疑問に、同じように膝を抱えて座る姫様も目を細めていた。

「アユタにとってもよくわからない。大陸の外よりも遥《はる》か外って言われても……なんのこと？　海の向こうよりも遥か向こう？　それって大陸の外ってことじゃないの？」

「えーっと……なんと言えばいいのか……」

シュリは空を指さした。すでに夜遅く、雲が少しかかっているが星が見えた。

「簡単に言うと、海の向こうじゃなくて空の向こう……みたいな感じかと」

「何それ？　月にあるとでも？」

「もっと向こう……？　そもそも向こうにあるのかな……？　説明が難しいなぁ……」

シュリはなんとか俺たちに説明をしようとしてくれるが、いまいちシュリの説明の意味がわからない。この世界とか、海の向こうじゃなくて空の向こうから来たとか、正確に言うと見えないけど隣にある別のところから来てるとか。

本当にこいつ、何言ってんの状態でしかない。俺も姫様も、腕を組んで唸《うな》る。理解しようと唸って頭を働かせてみる。

「……シュリよ、お前はチキュウから来たと言ったな？」

「そうです」

「なら、」

と、いきなりコフルイが喋《しゃべ》り出した。

『×××××××？』

シュリはハッキリと驚いた顔をしている。俺たちに至っては、いきなりコフルイが聞いたこともない言語を話し出したことに驚く。

何を言えばいいかわからない様子のシュリだったが、なんとか息を落ち着かせている。

「コフルイさんは、ニホン語がわかる、人？　ウィゲユと、篠目《しのめ》と同じですか？」

「篠目って誰？」

姫様が聞くが、俺にもわからないしシュリも答えてくれない。

「いや、儂《わし》はあいつとは違う。ただ、なんとなくそういう記憶があるだけだ」

「……前世の記憶、ですか？」

「そういうものだろう。儂は前世のそいつとは全く違う人間だが、そいつの人生で得てきた経験、体験、知識や感情だけが頭の中にある。なんというか……儂は儂の人生を歩んでいるし、ここにいる儂は儂だというのは間違いない。だが頭の中ではもう一人、誰か別の人間の人生の全てを思い返せてしまう」

何を言ってるのかさっぱり理解ができない。俺も姫様も、この話に置いてけぼりにされてるのがわかった。

というか、コフルイがそんな秘密を抱えてるなんて知らなかった。

「姫様、知ってたか？」

「知らなかった。そんな話をされたことない。というか前世ってなに？」

「姫様、ネギシ、すまなんだ。こんな話をしても信じてもらえんどころか、儂が狂っておると思われるだろうから話せなかったのよ」

コフルイが俺たちに謝罪すると、再びシュリへと視線を戻す。

「シュリよ。お前は『×××』という名前を知っておるか？」

「……まさか、あなたは……!!　いや、コフルイさんはもう、あいつじゃないか……」

「まぁ、知っておるとは思っていた。朧《おぼろ》げにシュリらしき人物も記憶の中にいたからな。

だが、朧げでしかなかったし気のせいかと思っていたが……さすがの儂とて、あんなドクズではないわ。……あんなことを、あんな下らない理由でするもんか」

「そろそろアユタたちにもわかる説明が欲しい!!」

とうとうしびれを切らした姫様が、大声で場の流れを変える。

俺も、シュリも、コフルイも全員が姫様を見た。拗《す》ねてるような顔つきでシュリを睨《にら》む。いい加減、ついて行けない話にうんざりしてるんだろう。

「俺も同感だ。そろそろ、わかるように説明してくれ。まず……何から聞く？　姫様？」

「決まってる」

姫様は腕組みをしてから言った。

「シュリは……別世界？　から来た『流離《さすら》い人《びと》』？　というもので、神座《かむくら》の里《さと》の人間ではない。いきなりこの世界……？　に来て、ガングレイブたちと一緒にいた。まではわかった。そこから、アユタたちの元に来るまでの流れを全て話せ。詳《つまび》らかにしろ」

「長くなりますよ？」

「構わない。この際だから、全部聞いておかないとダメだと思う」

姫様の要望を聞いて、シュリは少し考えてから語り出す。

ニュービスト、アズマ連邦、オリトル、アルトゥーリアでの出来事。

フルムベルクで聖人アスデルシアと会って話したこと。

長い話だ、本当に長い。しかも内容が凄《すご》く突飛《とっぴ》なもので、正直嘘《うそ》だろと思ってシュリを殺そうと思ったのは片手の指じゃ足りねぇよ。

「……アスデルシアが、流離《さすら》い人《びと》とか大陸の外の話を？」

「はい。詳しいことは彼女に聞きました」

「……『神殿』が信仰対象を決めていない、ただの人口調整機関……戦争を焚《た》きつけたりして、人を間引くことをしていたとは……」

コフルイが口元を押さえて吐き気を堪《こら》えている。

「なんと、なんと残酷なことを実行しているのだ……!!」

「気持ちはわかるぜコフルイ……正直、俺も気持ちわりぃ話だと思う。自分を神様か何かと勘違いしてねぇか」

俺は拳を握りしめて怒りを無理やり抑える。そうでもしないと、怒りのままに槍《やり》を振り回していてもおかしくねぇ。正気のままでできる話じゃねぇ。狂ってる。

いや……サブラユ大陸に人間が来たときから生きてるバケモノだ。常人のそれとはすでに思考形態が違うと思った方がいい。

「それで、とうとうグランエンドに来た話か」

「はい……その前に一つ」

シュリは姫様を見た。

「アユタ姫様にとって、衝撃的な話だと思います。どうか、耐えていただきたい」

「アユタにとって衝撃的？」

「はい……ギィブ様は、国主様で御屋形《おやかた》様は」

一呼吸を置いてから話すシュリの顔には。

「裏にいる支配者の部下です」

誰の目にもわかるような、敵を憎むような怒りがシュリの目に浮かぶ。

だが、シュリの顔を気にしてられねぇのが姫様だ。話を聞いた途端、目をまん丸にしていた。シュリを殴る、という気力すら湧いてこないほどに衝撃を受けている。

「……何を、言ってる？」

「ギィブ様の背後には、本当の御屋形様がいます」

「だから御屋形様とは、ギィブ様のことであろう」

「コフルイさん。国主様と御屋形様という二つの呼称でギィブ様を指すのがグランエンドの常識ですが、本当のところ、もしも御屋形様のことを知ってる者が国主様と御屋形様を呼び分けた場合、勘の良い者が聞いたら国主の後ろに御屋形という別の存在がいることに気づきます。そういうことがないように、あえて国主と御屋形という二つの呼称をごちゃ混ぜに使ってるんだと思います。国主様はギィブ様で、御屋形様はギィブ様よりも上の存在。この二つはそれぞれが別の誰かへの敬称なんです」

してる。

怒濤《どとう》の内容に、俺たちは全員固まる。特に姫様とコフルイは酷《ひど》く、言葉もなく顔を青くしてる。

衝撃的を通り越して絶望的な内容を聞かされているからな。まさか自分の父親が、忠義を尽くしている相手が、国の支配者ではなく誰かの部下でしかなかったとか……。

俺ですら気絶してしまいそうになるくらいの衝撃なんだ。二人は自分という存在を支えていた土台を崩されてるような感覚なんだろ。

二人して何も言えなくなっちまって、質問が止まってしまってた。

俺が、ここから先の話を聞くしかねぇ。

「それで、シュリ。ギィブ様は、国主様は誰の部下なんだ？　何者だ、その本当の御屋形《おやかた》様というのは」

「……御屋形様は、織田信長《おだのぶなが》と名乗る、僕と同じところから来た人です。三百年以上存在してるとか」

「三百年以上？　爺《じじい》か？」

「いえ、あの人は……年月による老化が全くありません。生きようと思えば永遠に生き続けることができるでしょう」

正真正銘のバケモノ。永遠に生きる人間ってなんだよ？　現実の話とは思えない。

「さすがに嘘《うそ》だろ、お前」

「本人に聞いてるので間違いありません」

「そいつはどこにいる？　ぶっ殺してやる」

「……謁見《えっけん》の間《ま》のギィブ様の背後の掛け軸の後ろに、隠し通路があります。そこから行けます」

「……無理だな、あそこにはギイブ様の側仕《そばづか》えのクアラがいる。儂《わし》でもその通路に入るためにクアラを制圧するなんて無理だ。その話が本当であるならば、儂はぜひとも織田信長なる人物を斬り捨て、ギィブ様を助けたいのだが……!!」

コフルイは悔しそうに顔を歪《ゆが》めているが、俺もクアラを倒せない。その織田信長という奴を殺してギィブ様を解放することはできない。

クアラは、それほど強い。

ギィブ様の側用人として仕えるのは並大抵の能力では無理だ、武力も知力も何もかもが突出していなければならない。

クアラは盲目だが、それでも城の中での戦いならコフルイでは勝つことは難しい。

あいつは、クアラは。その頭の良さから城の内部の造り全てを覚えてる。しかも、遥《はる》か昔に存在していたという盲目の剣士を目指して鍛錬を積んだ結果、目以外の全ての感覚が異常なまでに研ぎ澄まされているんだ。

城、という限定的な戦場で話をするならば。あいつは目の前にいる人間以上に〝目が良い〟と言えるほどの太刀さばきを見せる。どんなに不意を突こうが、背後から奇襲をしようが無駄だ。

全て、あいつの目以外のあらゆる感覚に捉えられ、盲人特有の剣術に斬り捨てられる。

クアラの警備をすり抜け、ギィブ様の後ろの掛け軸の隠し通路から侵入し、織田信長を殺すには……。

ここで姫様が口を開いた。

「クアラも、このことを知ってるの？　クアラなら、事情を話せば協力してくれる可能性がある」

「そうか、クアラだってギィブ様が織田信長という奴の下で使われるのは嫌なはずだ！」

「いえ、アユタ姫様」

震える声で発した姫様の提案を、シュリは冷たい声で返す。

「そもそも勘違いをなさってます。織田信長がギィブ様の弱みなり何かを握り、後ろから操っていると思っているからこその発言でしょうが、実際は違います。ギィブ様はそもそも操られていません、恐怖はしていますが自分から従っています」

「……え？」

ギィブ様が、国主様が自分から織田信長という人物に従っている？　では、グランエンドの本当の支配者は織田信長ということになる。

つまり、つまり姫様はグランエンドの国主一族の末の姫、という立場ではなくなる。ただのグランエンドの臣下の娘、という扱いをされてもおかしくないんだぞ、こんな話をよそでされてたまるかっ。

俺が立ち上がる前に、コフルイが動いた。腰の剣を抜き放ち、シュリの喉元に切っ先を押し当てる。

「発言を撤回しろ。ギィブ様がそのようなことをなさるはずがない。それでは、それでは姫様のお立場に、何の意味があるというのだっ」

コフルイは激情に任せて、聞いてはいけないことを、この場で、姫様の前で聞きやがった!! 俺も激情のままにコフルイの頬を殴り飛ばす。手加減なし、これで顎の骨が砕けて死んでしまっても問題はないという気合いと殺意のこもった一発。

いつものコフルイならこんな殺気がダダ漏れている攻撃なんて、さっさと避《よ》けて交差法で逆に俺を殴り砕いたはずだった。

しかし、俺の拳に感じたのは、コフルイの頬へ確実に攻撃が入ったというもの。

コフルイは横っ飛びになり、地面に横たわった。殴った俺自身も呆然《ぼうぜん》とするほどにあっさりと、コフルイへの攻撃が成功しちまったんだよ。

コフルイは動かない。殴られた瞬間、衝撃だけは逃そうと動いたのがわかったから、骨までは砕いてないはずだったが、痛みで動けないいんだろう。

呆然《ぼうぜん》としてた俺だったが、言わなきゃいけないことは言わせてもらうっ。

「お前、姫様の、アユタ姫様の前で何を聞いてやがんだ!?」

激昂《げきこう》した俺は、コフルイに言葉を投げつける。

「姫様が、姫の立場に何の意味があるだって!?　んなこと聞いてどうすんだ、本当は臣下の娘でしかなく、姫ではないとでも言いてぇのか!?」

多分、俺も言っちゃいけないことを言ってるだろうよ。姫様の顔は青色を通り越して白色になってしまってる。酸欠したように口をパクパクと開いていて、自分の土台が崩れる絶望感に襲われてるんだ。

ならば俺が言うことは決まってる。決まってるからこそ、言っちゃあいけないことでも先に言わないといけねぇんだよ！

「関係あるか！　俺たちにとって姫様は姫様だ、アユタ姫様なんだ！　立場がどうだの国がどうだの父親がどうだの関係ねぇ！　俺たちが忠義を尽くし、あの日誓いを交わした相手が姫様だからこそ、姫様なんだ！　俺たちにとっての姫様はアユタ姫様だけだ！　お前は違うのか、答えろ!!」

畳みかけるように、コフルイに問う。

「お前が忠義を尽くしたいと思ったのは。グランエンドか？　ギィブ様か？　それとも……ここにいる姫様か？」

「最初に言っておくが、儂《わし》は別に姫様のお立場がなくなることを心配したのでは、ないぞ……」

俺の質問に対して、コフルイは頬を押さえながら体を起こした。べっ、と血の塊《かたまり》を吐き出す。歯を折らずに済んだようだな。

ただ口の中は大きく切っちまったようで、コフルイはしきりに口の中に溜まる血を吐き出しながら呼吸を整えている。殴った頬は青痣《あおあざ》になっていて、後で腫れちまうだろうな。

「儂が聞きたかったのは、織田信長が姫様を、どういう扱いをするつもりでいるのか、ということだ……ギィブ様ですら手駒扱いならば、姫様はどういう目的で放置されているのか、という心配をした」

「どういう意味だ、そりゃ」

「簡単だ。姫様を、不老不死の材料にするために生かしているのか？　それとも別の目的で使う生贄《いけにえ》のために育てたのか？　姫様になんの役割を与えるつもりなのか？　という質問だ」

「コフルイ……」

姫様の震える声と肩。

そのときシュリが傍《そば》に寄り、姫様の両肩に優しく手を置いた。

「落ち着いてください。大丈夫、大丈夫です。少なくとも不老不死の材料とかにすることはない。生贄《いけにえ》というのもないでしょう……目的までは、わかりませんが」

「シュリ……」

「織田信長は、ギィブ様やアユタ姫様にとってはご先祖様に当たる存在です。グランエンドの祖、建国の王と言ってもいいでしょう。自分の子孫にグランエンドを支配させて、自分は裏側で目的を果たそうとしています。なので……次のグランエンドの国主となりうるアユタ姫様を信長自身が害することはない、と思います」

安心させるだろうシュリの声。とりあえず今すぐに殺される危険がなくなったこと、それがわかっただけでも安心だ。俺とコフルイ、姫様も安堵《あんど》の息をつく。

それにしても、とんでもない話だ。シュリの話を聞こうとしたら、まさかグランエンドの裏側の話……黒幕がいるというのを聞かされるとは思わなかった。

「そしてクアラ様もこのことを知っていて、協力をしています。だからクアラ様に協力を仰《あお》ぎ、信長を打倒することは現時点では不可能です」

「なんということだ……」

コフルイは絶望のあまり視線を落としてしまった。

現状、あの城に味方は、いない。俺たちが、俺たちだけがこのことを知っている。

シュリの真実から『神殿』の真実、神座《かむくら》の里《さと》の話と流離《さすら》い人《びと》の話、最後にグランエンドに潜《ひそ》む織田信長という男の存在。

普通に生きていれば知るはずがない、聞かなければ良かったと思える情報。

「……俺たちができるのは、姫様を守ることだけだな」

俺は姫様へ視線を向ける。

「信長が何をするつもりか知らねぇが、姫様の安全だけは守らねぇとダメだ。本当にグランエンドが信長に支配され、ギィブ様にもクアラにも協力を仰げないって状況なら……俺たちはとにもかくにも姫様の身の安全を確保した方がいい」

「そう、だな」

コフルイは座り直してから、姫様を見つめる。

「ダイダラ砦《とりで》の兵士たちは儂《わし》たちと同様に、姫様に忠誠を誓っている。本国からの間諜《かんちょう》がいる可能性も高いが……さすがに此度《こたび》の戦《いくさ》の最中に姫様を害そうなどとは思うまい。いざという時、もしもの時に……姫様を守り、信長を打倒するためにはダイダラ砦を維持する必要がある」

最後にシュリが姫様を見た。

「……僕は、僕は最終的にガングレイブさんたちの元に帰り、この情報を渡す必要があると思っています。というか、伝えないとダメです。リュウファさんのことも、信長のことも全部です」

「……わかってる。わかってる」

姫様は震える右手を、左手で無理やり押さえつけていた。

「父上を救えるのは、アユタだけだ。アユタがやるべきことだ。アユタがやらないと、父上を、グランエンドを、救えない」

「アユタ姫様」

「もう、大丈夫だ」

姫様はシュリの手を退《ど》かし、立ち上がる。まだ膝は震えてる。顔は青いまま。立ってる。こんな状況でも姫様は立ち上がってくれた。そうだ、それこそアユタ姫様だ。

「コフルイ。ネギシ」

「「はっ」」

「アユタは、雌伏《しふく》の時を過ごすこととなる。父上を救うため、グランエンドを取り戻すため、ご先祖様であり過去の亡霊である織田信長を必ず打倒する。協力してくれ。アユタは力を付けて必ず、事を為《な》す!!」

「「承知っ!」」

姫様はハッキリと明言された。

『グランエンドの支配者を打倒する』

……下剋上《げこくじょう》、革命、裏切りと呼ばれる類いの誓いのそれ。信長を殺して、その支配からグランエンドを解放するってことだ。

途方もなく困難な道になるのは間違いない。本当なら俺もコフルイも止めるべき話。姫様が俺たちに協力してくれ、と言わなければ止めただろうが。

協力してくれ、と言われたならば協力するしかねぇんだよ。俺たちは、そういう奴だ。

姫様は一回、両頬を叩《たた》く。パチン、と大きな音が鳴る。両頬を赤くして姫様はどかり、と座った。

「となればシュリ、信長とどんな話をしたのかもう少し詳しく聞かせろ」

「わかりました」

もう一度シュリは神妙な顔をして、信長と遭遇したことと話した内容を言葉にする。

大陸の外の敵、アスデルシアの嘘《うそ》、『呪いと祝福』、ウィゲユこと篠目の話。再び俺たちにとって縁がなさすぎる話だ。理解が追いつかない。

「……コフルイ」

「言いたいことはわかるぞ、ネギシ」

が、俺には聞かないといけないことがある。

俺がコフルイを睨《にら》みながら質問をする前に、コフルイが答えた。

「儂《わし》に、そのような『呪いと祝福』に該当するような特異なものはない」

「……どういうこった。お前、シュリと同じところから来てるんだろ？」

「正確には『同じところにいた記憶を持ってる』ということだ……が、ウィゲユと同様であろうさ。儂《わし》はシュリと同じところにいたときの『体』を持っておらん。ウィゲユは人格と記憶を引き継ぎ、儂は記憶だけを引き継いだ。『体』がなければ呪いと祝福の影響はないのだろう」

コフルイは慎重に手のひらを開いては閉じるという動作を繰り返している。

自分という存在があやふやにならないようにしてるのかもしれないし、いつどこで自分が呪いと祝福ってやつに体を冒されるのかわからない恐怖かもしれねぇな。

しかし、『体』か。

「なんで『体』なんだろうな？　結局、その、別のところから来たってのに変わりはないんだろう？」

「おそらく、僕の世界に魔法とか魔工ってものが存在しないからだと思います」

シュリは不安そうに答えた。

「僕の世界に魔晶石とか魔力ってものは存在しません。だから魔法も魔工も存在しないし、全ては空想の中の夢物語、使えたらいいなっていう感じのものです」

「魔法も魔工も存在しない？　どうやって魔工ランプとか灯《とも》してるの？」

「そりゃ、まぁ、電気とか、えっと……こう、科学技術？　みたいな？」

なんとも要領を得ない内容だ。これ以上聞いても仕方ない話だろう。俺は顎に手を添えてから言った。

「じゃあ、大陸の外の『敵』ってなんだ？　人類を戦争で負かして滅ぼすような勢いで殺した奴って一体何なんだ？」

「わかりません。アスデルシアさんも信長も、そこら辺はハッキリと答えてくれませんでした。ただ、アスデルシアさんが言うには、人類は決して『敵』に勝てない、だから人類がこの大陸の中だけで生活できるように、資源を消費しきって袋小路に陥らないように人口を調節する名目で戦争やらを起こしてるってのが『神殿』のやり方らしいので」

「人類って呼び方からすると、もしかしたら『敵』ってのは人類ではない……怪物？　どういうものなんだろう？　アユタには想像もできない」

アスデルシアと信長の話に出てくる『敵』という存在。大陸の外にいて、俺たち人類を滅ぼそうとした奴ら。

怪物でバケモノ。今のところそれ以上の想像ができない。

「……現状でわかるのはここまでであろうな」

コフルイが目を閉じ、腕を組んだ。

「『敵』というものに関しては置いといてよかろう。今は信長をどうするか。信長を打倒した後のグランエンドをどうするか。そして……一連の流れからして『神殿』が何かしら干渉してくることも考えるべきか……？　どう思う、シュリ」

「真実を知ってるアユタ姫様がグランエンドを統治することになれば、確実に『神殿』が口を出してくることは考えた方がいいですよ、コフルイさん。その場合なんと言ってくるか……？」

「そのことなんだけど」

コフルイとシュリの話に割り込む形で、姫様が手を上げて発言。

「シュリ、信長はアスデルシアの話は嘘《うそ》だと言って、呪いと祝福の話や、ほかの話をしたんだよね？」

「はい」

「……それってどこまで信じていいの？」

姫様の言葉に、俺たち三人は硬直。

それに構わず姫様は目を細め、額に人差し指を当ててトントン、と小さく叩《たた》き続けた。

「考えてもみてよ。信長はアスデルシアの話を嘘だと言い、自分の話は本当だと言った。シュリは前の情報の真偽を確かめる方法や時間がない状況でそう言われたうえに、下手に逆らえば殺される状況にあった。信じるに値する人が誰かもわからず、情報の真偽を確かめる術《すべ》を持たず、信長とアスデルシアの話から自分の置かれてる状況をだいたい説明できてしまうし説得力を感じてしまう。

……これって詐欺師の常套《じょうとう》手段で、他の誰かの話は嘘で自分の話は本当だなんて言い方は、いかにも詐欺師らしいでしょ」

シュリは絶句していた。今度はこいつが顔を青くして黙ってしまっている。

俺とコフルイも同様だ。姫様の指摘がなければ信長の言い分全てを信じていただろうな。

つっても俺とコフルイにとっての重要なことは、あくまでも信長がグランエンドを支配しているという一点だ。この前提だけ揺るがないのなら、そこまで衝撃的な事実じゃねえ。

シュリにとっては全く違うがな。自分の身に起きたことに関する話の前提が崩れた。

正確に言うなら自分を取り巻く現象の説明ができなくなっちまったってことだ。

「……じゃあ、なんで僕は、ここに？」

シュリは掠《かす》れた声で呟《つぶや》く。

「シュリ。この話には続きがある」

茫然自失《ぼうぜんじしつ》となっていたシュリに、姫様は鋭く指摘を続ける。

「いい？　普通だったら二人がグルで、シュリを騙《だま》そうとしてたで説明がつくけど、アユタはそうは思わない」

「その根拠は？」

「……勘としか、言いようがない。だけどアユタは思う。二人は何らかの理由で事情は知ってるけど、シュリには嘘《うそ》を言ってる。ここで一つ、気づくべきことがある。二人してシュリに嘘をつくにしても、内容は似通ってる」

　確かに姫様の言うとおりアスデルシアと信長、二人が嘘をついていると仮定しても内容は似通ってる。となれば、どちらかが嘘をついていると考えるべきか。

「姫様はどっちが嘘をついていると思ってる？」

「ネギシ、さっきも言ったが二人して嘘を言ってると思った方がいい。さらにここで大切なのはどちらかの嘘を見抜くことじゃない。二人して嘘をついているとしてもわかることがあるってこと」

「それは、なんですか」

　再びシュリの目に光が宿ってくる。どうやら姫様の話は、シュリにとって希望を見い出すのに十分な内容だったらしい。

　姫様は目を細めて言う。

「嘘っていうのは、全くの事実無根の話を真実と見せかけることは難しい。本当に上手い嘘っていうのは、ある程度の真実と嘘の部分を上手に混ぜること」

「嘘の中に本当のことを入れる、ですか？」

「そう。伝えても問題がない情報の中に嘘を紛れ込ませる。こうすると本当に伝えたくない情報は隠せる。だけど……今回は二人、というのが助かる。二人して嘘をついていたとしても、嘘を嘘として通すためには、さっきも言ったとおり伝えても問題がない情報、これが重要になる」

姫様はそこら辺の枝を拾って、地面に文字を書いていく。

「知らない人に話を通そうと思うなら、土台となる情報が必要になる。相手の思考の土台となる情報、これについては嘘はつけない」

「なぜですか？」

「前提や、土台となる話が嘘だったら、その後の話に齟齬《そご》が生まれる。確かに土台から全部嘘をついて騙《だま》そうとすることもあるだろうけど、これは短期間しか通用しない。すぐに露呈する嘘だから。土台や前提からの嘘は確かめようと思えばすぐに確かめられるし、あとで気づきやすいから」

姫様はさらに地面で相関図を書いていく。シュリ、信長、アスデルシア、俺たちやガングレイブと細かい。

姫様の言いたいことはわかる。姫様がテビスと交渉をするときや依頼主と交渉するときも、出すべき話や出すべきでない話題、逸《そ》らしておきたい情報をちゃんと把握している。

関係が薄い話、別の好奇心が湧くような話題、どうしても知られたくなくて誤魔化すとき、最大限の利益を得るための嘘と、人と人との『話し合い』ってのは必ずしも誠意だけで成り立つわけじゃないってのがよくわかるんだよな。

ここで俺も、姫様の言いたいことがわかった。

「姫様が言いたいのは二人の話は嘘《うそ》があろうとも、話の前提というか土台として嘘にできない共通点、本当のことが入ってるってことだな？」

「ネギシの言うとおり。二人の話には、絶対に欠かせない単語や情報がある。これを欠かすことはできない、この話の肝だから」

「この場合で言うと『神座《かむくら》の里《さと》』、『流離《さすら》い人《びと》』、『大陸の外の敵』……ですかね」

「そこら辺でいいと思う。他に何かあった？」

シュリは改めて考え込むような仕草をする。アスデルシアと信長、二人の言葉をゆっくりと、鮮明に思い出そうとしてるんだろう。

「……『外円海』」

最後に出たのが、『外円海』。俺はなんとなく胸の奥に苦いものを感じた。

「外円海、か。大陸の外に出ようとすると荒れ狂う天候に遭うって話だったな。正直、儂《わし》はそれを目にしたことはないのだが……」

「アユタもない」

「俺ももちろんない」

俺たちは互いの顔を見る。

「儂たちは、外円海なるものが実在すると、なぜ信じておった？」

俺たちの気持ちをコフルイが代弁してくれた。

少なくとも俺が知ってる限り、昔コフルイに歴史の授業を押しつけられたときですら、大陸の外に出ようとすると、外円海で大変な目に遭うと教えられた。

教えられているものの、実際に外円海に接触した人物の記録なんてものは見たことがない。なんとなく外円海というものがあって、そこに近づくと危険にさらされる。

ただ、そういう話を信じてただけだ。

「コフルイ。実際に大陸の外に出ようと思ったらどうする？」

「どうしようもありませぬ姫様。この大陸の造船技術では遠洋航海能力を持つ船を作ることなどできません。外円海は危険だとの『神殿』の言い伝えを信じているので、大陸の外、外円海の向こう側へ行こうとする者などいませんから。船のほとんどは大陸近辺を航海するか、少し遠くの海で漁をするためのもの。あとオリトルで作られる軍船が最新鋭で最高技術で、あれですら外円海の向こう側へ航海するのは無理でしょう」

「……加えて、海上で方角を確かめる技術と船上で健康を保つ知識、天候を読む能力はないでしょう？」

「シュリの指摘は正しい。もはやそういった経験はサブラユ大陸にはほとんど残っておるまい。残っているとしたらオリトルか、かつてのバイキル辺りか。それも怪しいものだ」

シュリとコフルイの会話に、俺も一言だけ付け加える。

「しかも海の向こう側、どれだけの距離を進めば別の大陸みたいなものがあるか、そんなこともわからねぇだろ。地図すらねぇ」

シュリとコフルイが二人とも頷《うなず》く。姫様も俺たちの会話を聞いて苦々しい顔になった。

俺たちの話で、この大陸では遠洋航海技術なんてものが風化してしまってるのが、明らかになっちまったからな。

森の中でも迷っちまったら、自分がどの方角を見てるか確かめる方法が限られる。太陽の位置、木に登って周囲を見る、夜になれば星を見るなどくらいしか思いつかねぇ。

それが海の上、ともなれば背筋に寒気が走る。森と違って高いところに上ろうが、周囲は全部海で目印なんてねぇ。星を見るにしても海の上でそれをする経験なんてねぇからどうすりゃいいか。同じなのか？　違うのか？　それすら想像できない。

しかも海の上ともなれば、食料をどうやって調達する？　魚を捕って食べろ、と？　いつも魚が捕れるのか？　水は？　海水なんて飲めたものじゃない。火を付けるための燃料だって調達はできない。魔晶石で代用できるか？　わからん。

わからんだらけだ。

「少なくとも、二人の話の真偽を確かめる手段の一つに外円海へ行くってのがある」

「外円海に、ですか？」

「本当にあるのか？　そこに何があるのか？　大陸の外に行かせたくない本当の理由って

何なのか？　てところかな」

結局、自分で確かめに行くしかないってことだな。

外円海が、アスデルシアが言うとおり危険な海域なのか？　信長が言うとおりの幻を交えた何かなのか？

一通り話し終えたってところか。姫様は大きく息を吐いて肩を落とした。

「まさか戦《いくさ》に来て落ち込むシュリを慰めようかと思ったところに、こんなトンデモ話に巻き込まれるとは思わなかった。信じられる話がなさすぎて頭がおかしくなりそう」

「俺も。コフルイの記憶に秘密があるとは思わなかったもんな」

「黙っていて済まぬ。最初に言ったが、そんな話をしても信じてもらえんだろう」

三人して苦笑した。あの誓いの夜にあった衝撃を超える話がここで起きちまったんだから、そら混乱するだろう。

俺の頭じゃあ、今日の話をちゃんと整理して理解することなんぞできないってのはわかる。結局考えるのは姫様とコフルイになるだろう。

「僕自身も、避けて通れない話が理解できた気分です」

シュリもポツリと呟《つぶや》いて拳を握り紋めている。こいつにとっては、元の世界に帰るという目的を考えたら避けちゃ通れない話なんだろう。詳しい事情までは察してやれねぇ。

「さて、今日はここまでだ」

姫様は立ち上がり、ズボンに付いていた砂を払って落とす。

「明日に備えよう。この話はまた後日、ミコトを交えてやる」

「グランエンド側で動くのが、ミコトを含めた儂《わし》ら四人だけで大丈夫ですか」

「そうだな。もう一人、巻き込んでおいた方がいい。誰がいいと思う？　コフルイ」

「でしたらビカかと。あいつはシュリに対して恩義がありますし、あれでいて頭は悪くありません。話をしても裏切られる可能性はないと断言します」

「他の六天将の奴は？」

「ダメでしょうな。儂の印象からして、ミコトとビカ以外の四人に今回の話をすれば、すぐに他の人間に話がいきましょう。そうなれば儂らの命はありませぬ。あの四人は現状のグランエンドを守るか立身出世のために動き、儂らを狙うでしょうから」

「そうか」

姫様とコフルイが小声で会話をする。シュリには聞こえないようにだ。当のシュリは立ち上がりながらズボンの汚れをはたき落として体を伸ばしている。

俺は聞き耳を立て、二人の考えに対して思考を巡らしてみた。

まず、俺たちのやることは戦《いくさ》に勝って帰ること。これは大前提。

本命の目的。ずばり信長を殺し、グランエンドの主導権を取り戻す。ギィブ様を自由にして、ご先祖様が延々と国の支配権を握るという歪《いびつ》な状況を打破するってところか。

そのためには、協力者がいる。ここにいる三人と、ダイダラ砦《とりで》の戦力じゃ足りない。まだ必要だ。理想は六天将のうち四人をこっち側に付かせることだろうな。

難しい話だ。

まずローケィだが、あいつは論外だ。自己承認欲求と上昇志向が強く、人間的にもダメすぎる。協力を求めたら、それこそ姫様たちの言うとおり密告されて終わる。

マルカセはどうだろう。頭は良いし、軍勢を率いる能力はピカイチだ。冷静に物事を判断できるが、合理的すぎるところがあるな。それでグランエンドが安定してるならそれに従う、と言い出すか。

ベンカクも話にならない。あいつが遵守《じゅんしゅ》するのはあくまでも法であり、決まり事だ。昔のことも関係してるのはわかるが、法そのものが間違っていても押し通す。

ミコトとビカについてはこっちに付いてくれるだろうな。ミコトはシュリについての調査の際、姫様の身が大事と言った。さらにギィブ様を解放するともなれば話に乗る。

ビカはシュリに恩義があるから話を信じてくれる。元々が武人気質なところもあって素直だ。ギィブ様への忠義も厚く、俺たちとも仲が良い。味方になる可能性は高い。

三人は敵になる可能性が高く、二人は味方になる可能性が高い。

残る一人、ミスエーが一番わからない。あいつは判断基準が常人のそれと異なる。

いつもボーッとしていて、何を見てるのかわからない。全身真っ白の様相で声を掛けても反応がない。何をしてるかわからない。

外見は白いのに『闇天《あんてん》』という、由来のわからない二つ名を持ってるのも不気味だ。というか、あいつの仕事はなんだ？　その段階から何をしてるかわからない。

ふらっと現れて、ふらっと消える。そしてギィブ様から仕事達成のお褒めの言葉をいただく、らしい。らしいというのはミコトの話だったな。

整理終了。俺は姫様たちに言う。

「ローケィ、ベンカク、マルカセはダメ。ミコトとビカはよし。となればミスエーについてはどうする」

俺の言葉に、姫様は短く答える。

「不確定要素は排除する。数に入れない」

「儂《わし》も同感だ。あれは何を考えてるのかわからない」

「了解」

俺は言葉の意味を理解し、四人で野営の陣地へと歩を進める。

シュリは俺たちの話が耳に入っておらず、何かを考え込んでいるようだった。

「明日から仕事だ」

「ああ、全力でやってやるよ」

「美味《おい》しい食事をいただきましたのでな。十二分な働きを、ご覧に入れましょう」

三人で言葉を交わし、明日からの戦《いくさ》に備える。

「俺の槍《やり》も、どこに向ければいいかわかったからな」

槍を向ける先、在《あ》り処《か》を見つけた俺は強いぞ。

だが、俺は言わなかったことがある。

一人でふと思い立ち、だけど否定されるだろうしバカみたいな考えだから、黙っていたこと。可能性から排除されていた、ただの疑問。

根拠はないけど、信長とアスデルシアの話に嘘《うそ》があるならもしかして？　という勘。

『神座《かむくら》の里《さと》』って本当はあるんじゃないか？

という、バカな考えが。

百話　幼馴染《おさななじ》みとビビンバチャーハン～シュリ～

「絶体絶命、か」

「絶体絶命、ですね」

僕とアユタ姫は、森の奥深くにいた。

時間帯は朝方。太陽が昇り、いつもだったら食事を取るために食堂へ向かってる時間でしょう。要するに普通の人が活動を始める辺りです。

その時間に、僕とアユタ姫は森の中で木に寄りかかり、周囲を警戒していました。

他の人は誰もいません。みんなとはぐれてしまっているってことだ。

アユタ姫は顔や体に傷を負っています。といっても殴られたり体を地面や木に擦《こす》ったりした痕《あと》で、傷痕が残ることはないのが救い。

でもアユタ姫は体力を消耗し、傷も痛む様子。

当然だ。この傷は、さっき陣営に奇襲を掛けてきた謎の勢力によって付けられたもの。

ほんの少し前に受けた傷だからだ。

「シュリ」

「はい」

「生きて陣営に戻る。少なくともネギシとコフルイの二人との合流を目的とする。あの二人なら、アユタがいなくても軍をまとめることができる。軍がダメでも二人が誰かに殺されてるってこともない。二人は強いから確実に生きてる。問題はアユタたちがそこまでたどり着けるかどうか。だから、生きて付いてこい」

「了解」

僕は短く返答する。ここが戦場となっているのなら、大声や長話は危険だ。ガングレイブさんたちと一緒にいた経験が生きてる。

アユタ姫も本来、戦場でここまで喋《しゃべ》る人ではないんだろう。ただ、僕への気遣いでそうせざるを得ないだけで。

アユタ姫が身を屈《かが》めながら移動を開始したため、僕もそれに倣《なら》って移動する。

慣れない姿勢のせいで腰と膝と首が痛いけど、わがままなんて言ってられない。下手な行動やヘマをしてしまえば、殺されるからね。

なんでこんなことになったたか。僕はほんの数時間前のことを思い出しながら、痛みを誤魔化すことにしました。

結構ショックな話が多かった昨晩から、一夜明けました。

アスデルシアさんと信長の話。二人して嘘《うそ》をついている可能性を考えた方がいい、というもっともな意見がアユタ姫から出てきたのが一番キツかったです。

僕が大陸の外、そして元の世界に帰れる可能性がある僅かな手がかりが、アスデルシアさんの話でした。役割、殺す方と殺される方、役目が終わると元の世界に帰る。異世界転移の元となる転移魔法は大陸の外から来た賢人のもの。ルーツは大陸の外にある、かもしれない、などなど。

しかし信長には、アスデルシアさんの話には嘘がある、と言われた。さらに、外の世界のこと、外円海というものの正体、この世界に来た異世界人には『呪いと祝福』が押しつけられるという話。

最後にアユタ姫から言われたこと。もう一方の話を嘘と断じて、確かめる時間のないまま押しつける話こそ嘘くさい、詐欺師の手段だ、と。

二人の話には客観的に見て信憑性《しんぴょうせい》など一つもない。この事実が、僕の考えを最初の位置に戻してしまったってことです。

僕の周りの状況、帰る方法のヒント、この世界に来た理由。

全部がわけわからん、何もわからん状態になりました。

本来、元の世界に帰るためには、大陸の外に行く必要も知る必要も、またこの大陸に隠されてるだろう秘密を解き明かす必要もないのですが。

でも、賢人魔法の一つである転移魔法のバグによって異世界人が召喚されるようになったという話なら、賢人がかつていたという大陸の外とやらに行く必要が出てくる。

そこでなら、もしかしたら、同じ魔法を使える人がいるかも……。

いるのか？　そんな人？　いないんじゃないか？

「やめよう……ここでこんな思考を巡らせても、堂々巡りで結論が出ない」

僕は朝ご飯の用意をしながら、呟《つぶや》きました。

これ以上考えても考えても結論など出ません。この目で見て、この耳で聞いて、この足で向かわないと結論にたどり着けることはないのです。

皿を用意して、一通りの作業状況を確認する。食材の準備はこれで終わり。ここからは調理をしなければいけません。僕は空を見上げて、腰に手を当てます。

「まだ暗いなぁ……」

朝日すら昇ってない時間。日の出までまだ一時間以上あるでしょう。

朝ご飯には辛めで力が出る料理をアユタ姫から所望されてるので、今から作るか。

さて、作ろうと思うのはビビンバチャーハンです。実は僕、これが大好き。好物料理の一つだったりします

材料は豚肉、卵、ほうれん草、モヤシ、ニンジン、ご飯、味噌《みそ》、醤油《しょうゆ》、生姜《しょうが》、ニンニク、ゴマ、コチュジャン、油、塩、と。これくらいか。では始めましょう。

まず味噌《みそ》を温め、これに醤油《しょうゆ》を入れておろした生姜《しょうが》とニンニクとコチュジャンを加えて、ゴマを炒《い》ったものを加えてタレを作ります。本当は砦《とりで》にいた頃に用意してたものをもっと持ってきたかったのですが、忙しかったので持ってこられたのは少ないです。コチュジャンはその一つ。

次にほうれん草、モヤシ、ニンジンを塩水で茹《ゆ》で、豚肉を食べやすく切っておき、鍋に油を引いて野菜と豚肉を炒《いた》めます。

火が通ればご飯を入れて炒め、さらに卵も炒めます。あとはこれらを混ぜてさっき作ったタレを加え、醤油で味を調《ととの》えて、皿に盛り付けて完成。

さて、さっそくアユタ姫の元に持って行くとしましょうか。僕はビビンバチャーハンを手にして、アユタ姫の天幕へ向かいます。

現在、兵士の皆さんは目を覚ましているところ。アユタ姫からの号令を待ち、おのおのが最後の休憩となるかもしれない自由時間を過ごしているところです。

ただし鎧《よろい》、武器はすでに身に着けてる状態。即応可能ってこと。

僕はアユタ姫の天幕の前に立つと、声を掛けました。

「アユタ姫様、入ってもいいですか？　シュリです」

「おう、入っていい」

なんか、違和感があった。

最初の声が裏返って高い声になってなかったかな？

まるで、慌てて何かをしようとしてる、ような。気のせいかな。

気のせいだな、と結論付けて僕は天幕の入り口の布に手を掛けました。

「入ります」

僕が天幕の中に入ると、アユタ姫が椅子に座っていました。なぜか足を組んでいる。堂々とした姿だ。

「よく来た。さっさと入れ」

「わかりました」

促されるままに天幕に入り、アユタ姫から三歩ほど離れた位置に立ちました。

おかしいな、アユタ姫の様子が変だ。まるで何かを隠してるような気がする。

でもここにあるのは椅子と机と簡易な寝床、あと荷物入れの箱だけだ。アユタ姫が座っている位置から箱と寝床は一歩ほど離れた位置にある。僕が入るまでの間に寝床と箱に何かを隠す余裕はなかったはず。

わからん。気にするのはやめよう。

「アユタ姫様の朝食を用意しました。どうぞ」

「いいだろう、持ってこい」

「わかりました」

僕はアユタ姫に近づき、皿と匙《さじ》を渡す。受け取るのを確認したら、再び三歩ほど離れた位置に下がって待ちます。

アユタ姫、本当になんか隠してる？　なんか身じろぎするというか、妙にソワソワしてるんだよな。不思議すぎて気になる。何をどこに隠してるんだ？

「うん、美味《うま》い！」

気になっていたことが頭から吹っ飛んでいき、アユタ姫の満面の笑みが目から離れなくなりました。僕は何を気にしてたんだっけ？　と思うくらい、頭の中がさっぱりしてしまいましてね。

「シュリがたまに作ってくれる、この、なんだっけ？　ビビンバチャーハン？　アユタはこれが好きだなぁ！　チャーハンってだけでも美味《おい》しいのに、辛さが加わったら最高ってのが証明されてる」

「ですよねぇ」

アユタ姫が嬉《うれ》しそうに食べ続ける姿を見て、僕は同意する。

「アユタが好きな辛さだ。強めの辛さの中にひと味加わった感じ。ただ辛いんじゃなくて、ピリッと引き締まった感じと甘めの味がある。これがチャーハンという料理の味をアユタ好みにしてくれてる！　ほうれん草とモヤシもいいね、辛さとニンジンと豚肉、卵も加わった味にこの二つは、よく合う。美味い」

バクバク、とアユタ姫がビビンバチャーハンを食べ続ける姿を見ながら、僕は彼女の様子を観察する。

これから戦が始まる、という気負いが全くない。自然体で、いつも通り。死に対する恐怖や戦いに対する変な興奮も見られません。その姿を見て、僕は悲しそうな表情を浮かべてしまう。

ガングレイブ傭兵団の頃には、新兵として戦場に出る人もいた。

ガングレイブ傭兵団の隆盛を見て、金を稼げるとか名を売れるとか思った若者たち。戦の前はこれで自分も金持ちだ、有名になってどこかに雇われるんだと意気込んでた。

でも、戦が近づくにつれて変に興奮していく。荒れていくし、食事に文句を言い始めるし、他の団員に絡んで喧嘩を始めようとする。ちなみに喧嘩はオルトロスさんが止めました。姿を見せるだけで止まるからね。凄いわ、オルトロスさん。

そして戦が数日後に始まる、となると若者は変わる。興奮状態から静かになっていく。目つきが鋭くなってはいるのですが、だんだんと目尻が下がって泣きそうになる。

前日になると天幕の中で布にくるまってジッとしていた。震えていたけど、見ないふりをすることも多い。

当日になればもう吹っ切って戦に出て、隊列や戦況を無視して何も考えずに突進した勇気ある……無謀な若者から死んでいく。

人として当たり前に持っている、死ぬ可能性がある戦いに赴く恐怖という感情が、このアユタ姫にはもうない。それだけ戦場の空気に慣れきってしまっている。

「どうした、シュリ」

アユタ姫は不思議そうな顔を見せましたが、僕は咄嗟《とっさ》に笑って誤魔化した。

「いえ、なんでもありませんよ」

「そう？　ならこれ、おかわりある？」

「え？　まぁ……少しは」

「なら持ってこいっ。これ、本当に美味《おい》しいんだ。アユタはこれが好き。口いっぱいに頬張るとな、食い物が口にある安心感と辛さと、美味しさで幸せを感じる」

幸せ、とアユタ姫に聞こえない声で僕は呟《つぶや》く。

「ご飯は食べられるときに食べておかないとな。いつ死ぬかわからないから。いつ死ぬかわからないなら、いつも好きなものを食べていたい。そうは思わない？」

「……」

アユタ姫はこっちをじっと見てくる。

この質問は、僕が行ってる食育に関する問いでもあるんでしょう。戦場に出るような人間に、食事のあれこれを指示するのはどうなの？　って。

僕の答えは決まっています。右手を胸に当て、堂々と答えてやる。

「いつ死ぬかわからないのと同じく、いつまで生きていられるかもわかりません。戦場で死なず、戦場に出ることがなくなったときに……それまでの不摂生《ふせっせい》が祟《たた》り、いきなり死ぬことだってあります。戦場で死なないようにするのと同じように、いつまでも私生活を健康で過ごせるように気を付けるのも、料理人としての僕の仕事です」

「あ、そ」

アユタ姫はつまらなそうな顔をして返答した。

「当たり前のことだし、杓子定規《しゃくしじょうぎ》で真面目でつまらない返答だ」

「当たり前のことで常識的で真面目なことは、得してしてつまらないものです」

「間違ってない。じゃ、さっさとおかわりを持ってきて」

アユタ姫は手を振って僕に部屋を出るように促してきました。

僕は踵《きびす》を返して天幕から出ようとする。

「あ、そうそう」

アユタ姫は僕の背中に言葉を投げかけた。

「これを食べたら、戦《いくさ》の話をするからそれとなく兵士に言っといて」

「わかりました」

「……三人くらいに言っておけば、全員にあっという間に連絡事項が伝わるように訓練してるから」

僕はそれを聞いて、すぐに天幕を出る。

いつ死ぬかわからないから、好きなものを食べていたい、か。わからなくもないけどなぁ。当たり前の回答をしたけど、アユタ姫には響かなかったな。

僕は思わず溜め息をついて、落ち込んだ。もっと気の利いた、洒落《しゃれ》の効いた返答をすべきだったかもしれません。

……そうか。もしかしたらアユタ姫はただ単純に、理屈を聞きたいんじゃなくて軽口をたたきたかったんだ。こういう状況で戦《いくさ》の前だからこそ、軽い口喧嘩《くちげんか》だの冗談の言い合いだのをしたかったのか？

……ダメだ、僕では結論が出せない。

「……次は、もっと上手くやろっか」

僕は呟《つぶや》きながら調理場の方へと向かう。アユタ姫への追加の食事と、残りの仕事をしないと。

食事が終わればアユタ姫から戦についての話がある、か。さて、今日はどうなるのでしょうかね。

そのときだった。鬨《とき》の声が聞こえたのは。

「んぅ!?」

僕は驚き、声の方を振り向く。他の兵士さんたちも一瞬だけ、声の方を見て固まってる。

一瞬だけ。さすがは歴戦の兵士さん、すぐに戦闘態勢に入っていました。

森の奥から鬨の声を上げて突っ込んでくるのは、粗末な革鎧《かわよろい》を身に着けた金のない傭兵《ようへい》のような人たちでした。顔も髪も、泥や汗やらで汚れてる。身なりは汚いのです。

なのに、なのにだ。剣や槍《やり》といった武装だけはやたらと綺麗《きれい》に見える。まるでつい数日前に買ったものを、無理やり汚したような……？

違和感を覚えたのは、一瞬だけ。

背筋に氷柱《つらら》を突っ込まれたかのような冷たさ。

あの人たちは、僕たちを、僕を殺そうとしているのが、血走った目でわかりました！

「「「おおおおおおおお!!」」」

傭兵たちは雄叫《おたけ》びを上げながら突っ込んでくる。男たちの怒号、轟音《ごうおん》、鎧や剣が擦《こす》れる音。殺気に満ちた戦場の音と、敵から感じる知らない人の匂い、目に見える数の暴力の規模、肌に感じる死ぬ予感。

味覚以外の感覚が、戦場での死を告げている。

「全員、迎え打つぞ！」

そんな騒音と混乱の中で、凛《りん》として響く声。アユタ姫が天幕から飛び出て、叫ぶ。

「常に二人一組、もしくは三人一組！　一人になるな、後ろに注意！」

「「了解！」」

兵士さんたちは隣にいる人に、一瞬だけ視線を向ける。そしてすぐに傭兵《ようへい》たちの方へと剣を振り上げて走り出しました。

両軍が正面衝突するその空間に、ネギシさんとコフルイさんが立つ。

「……」

「……」

二人が何かを話しているが、こっちはアユタ姫のときのように声が聞こえてこない。

ひそひそ話をしているわけではなく、ただ単にこの場における騒音が、二人の声をかき消してしまっているだけだ。

ネギシさんは手にいつもの大槍《おおやり》を握った。

コフルイさんは腰の鞘《さや》から剣を抜き放つ。

二人とも傭兵たちを見つめてから、すぐに両人同時に離れるようにサイドステップ。

ネギシさんは槍を大きく振り上げ、コフルイさんは正眼《せいがん》の構《かま》えを取る。

「行くか」

ネギシさんが短く言うと、先にコフルイさんが動く。

走り出したコフルイさんは、間合いに入ってきた相手目掛けて剣を振り上げる。

「スゥウウゥ……」

大きく息を吸って、

「キィィイエエアアアアア!!」

とんでもない奇声を、怒号とともに口から絞り出す。裂帛《れっぱく》の気合いとともに、コフルイさんは剣を振り下ろした。

目の前にいた傭兵がコフルイさんの剣を、同じく剣で受け止めて防御する。

が、コフルイさんの奇声はまだまだ続く。肺の中の空気全てを絞り出さんとするほどの気合い。

気合いが、切っ先に宿る。コフルイさんは防御されているにもかかわらず、さらに剣に力を込めていく。

「エエエエアアアアア!!」

「ちょ、まっ」

傭兵が慌てていたが、もう遅い。防御した傭兵の剣を折り曲げ、コフルイさんの剣が傭兵の肩に深々とめり込んだ。明らかに骨を砕き、その下の肺にすら達しているのがわかるほどのもの。

コフルイさんが剣を振り切ったときには、傭兵は地面に叩《たた》きつけられていた。白目を剥《む》いて口から血の泡を吹きながら気絶している。

……いや、あれはもう、死んでる……だろうな。

「コフルイ、下がれ。俺が行く」

全力を込めた一振り。コフルイさんが深呼吸をしている横をネギシさんが走り抜ける。

「どおぉぉおおらあぁぁ！」

全力の、大槍《おおやり》による薙《な》ぎ払い。まるでミコトさんのような怪力を発揮し、軌道《きどう》上の傭兵《ようへい》たちをぶっ飛ばす。

まるで交通事故だ……文字通り宙を舞う傭兵の顔には、苦痛しかない。

どちゃ、と傭兵たちが地面に落ちた。その数、五人。

いきなり目の前でコフルイさんとネギシさんによって六人が戦闘不能にされた。しかも、切られるのではなく、単純に力尽くで叩《たた》きのめされるという形で。

単純だけど、効果的な示威効果。傭兵たちは明らかに動揺し、足並みが乱れたのがわかりました。

「行くぞ」

コフルイさんが、静かに告げた。

瞬間、他の兵士さんたちが鬨《とき》の声を上げて、傭兵たちへとぶつかる。

剣と剣が、鉄と鉄がぶつかる音が爆音の如くこの場を支配した。時折、赤い血しぶきが飛び散る。真っ赤な血が飛び散る光景が僕の目に写るたびに、心臓が握りつぶされるかのような感覚に襲われた。

怖い、ただ怖い。目の前で大人数による殺し合いが勃発《ぼっぱつ》している。何度見ても、何度経験しても、こんなものに慣れるわけがない。

足が竦《すく》んで動けなくなっていた僕の視線の端で、アユタ姫が狂気の笑みを浮かべて、傭兵と、敵兵と戦っている姿があった。

アユタ姫は、楽しそうに笑っていた。

笑って、敵兵を殴り殺していた。

「アハハハハ！」

敵の剣を籠手《こて》で逸《そ》らしながら、その肝臓のある左脇腹に拳を叩き込む。鉄甲《てっこう》による拳打が、相手の鎧《よろい》の上で弾《はじ》ける。鎧で防がれてはいるが、鋭い一撃による衝撃は確実に相手の肝臓まで届いている。

悶絶《もんぜつ》した敵兵の目に、アユタ姫が指を根元まで突っ込んで一捻《ひとひね》り。深々と突っ込んだ指が、その内部の神経や血管全てを破壊してしまう。

振り向きざまに回転裏拳を相手の顎へぶち込めば、動けなくなった敵兵の顔を両手で握り、明らかに曲げてはいけない角度以上までへし曲げた。

暴力の姫が、そこにいた。

「アハハハハ！」

笑って、嗤《わら》って、楽しそうにしている。

アユタ姫の中にある闇の部分、狂気、いや、そんな生やさしい言葉じゃ表現できない。

人間社会に馴染《なじ》まない本性が、そこに現れていたというのが、適切かもしれません。

「うぼ」

アユタ姫のあまりの残酷極まりない戦い方に、僕は吐き気に襲われる。クウガさんの戦いも、ここまで酷《ひど》くはありませんでした。

当然です。あれは戦いです。

アユタ姫のは、ただの素手による殺人だ。殺意とも闘気とも違う、喜びと快楽のための行為。

ただただ、怖くて怖くて仕方がない。だけども、

「形勢は、良い方……なのかな」

アユタ姫側の兵士さんたちの士気は高い。指示通り二人一組、もしくは三人一組で戦闘している。多対一を基本として、後ろから斬りかかるのも躊躇《ちゅうちょ》がない。卑怯《ひきょう》とは言えない。

敵に機先を制された形ではありますが、すぐに対応して互角の戦いにまで盛り返している。

相手側の練度はこっちには及ばない。

だが、僕は見た。アユタ姫に斬りかかろうとしている、三人の敵兵。

他の人たちに紛れるように同じ鎧《よろい》、武器を使っていますが……なんだ、こっちから見える敵兵の顔に、目に、妖《あや》しい光が見える。使命を帯びたような、変な決意を持った眼。あの眼には見覚えがある。いつだ、いつ見たことがある？　記憶の隅に引っかかる、嫌な記憶。確かあれは、

「！　アユタ姫様、そいつらは危険だ!!」

僕は思わず走り出す。思い出した瞬間、僕は走り出す。走らなきゃいけなかった。

アユタ姫は僕の声に気づきつつも、目の前の三人に対応しようと拳を構える。

三人のうちの一人が剣を振り下ろした。

「っ！」

速い。他の敵兵の剣よりも鋭く、速い唐竹割《からたけわ》り。

アユタ姫はそれをすぐに察知し、後《ご》の先《せん》を取ることをやめて回避に専念。横っ飛びしつつ転がる。

ピュンっ。

他の敵兵の剣からは聞こえない、一撃で相手を殺傷しうる鋭い斬撃の風切り音。明らかに他の敵兵たちとは違う。

「なに、こいつ？」

「姫様!?」

「姫様!!」

コフルイさんとネギシさんも異常に気づく。アユタ姫に駆け寄ろうとするが、他の敵兵に阻《はば》まれて遅れてしまう。二人を阻む敵兵もまた、他の連中とは一線を画す実力を持っている。

少なくとも、ネギシさんの剛力による一撃を防ぎながら負傷しないように避け、コフルイさんの技の前に一拍遅れながらも対処できている。二人を殺すのが目的ではなく、あくまでも時間稼ぎに徹して、あわよくば後遺症が残るほどの傷を与えようと狙う。

相打ち覚悟の姿勢。

その間にも、アユタ姫は三人の敵兵に追い詰められていく。鋭い斬撃を繰り出す三人を相手に、多対一の戦闘を強いられている。

奇《く》しくもアユタ姫が、部下のみんなに命じた内容そのままをやられている。

「おらぁ!」

「くっ」

正面から切り込んでくる相手に対処しようとするものの、背後に回ろうとする二人にも注意を払う必要がある。敵ながら見事な連携でした。

僕はこの三人を、他の異質な敵の正体を知っている。

あの目、あの異常なまでの覚悟。あのとき見た。

「そいつら、『神殿騎士』だ!!」

僕の叫びに、アユタ姫は目をまん丸にさせるほど、驚いていました。視線を転じればネギシさんとコフルイさんの顔にも、動揺の色が見える。

アスデルシアさんが聖人として君臨する宗教組織、『神殿』が保有する暴力装置『神殿騎士』。『神殿』の教義を守るため、信仰を守るために戦う狂信者。

あの時の目を、僕は身震いするほどの恐怖と共に覚えているのです。

「お前ら！　僕は『神座《かむくら》の里《さと》』の住人かもしれないぞ!!　大陸の外の住人かもしれないと疑われてるぞ!!」

同時に僕は知ってる。だから叫んだ。

彼らが致命的な隙を晒《さら》す、地雷ワードを。

「「「っ!!」」」

ネギシさんとコフルイさんの前の神殿騎士たちも、アユタ姫を囲もうとしていた神殿騎士三人も、僕の方を見る。睨《にら》みつけてくる。

濁りきって血走った怒りの目だ。

怖い。

怖すぎる。

恐怖で体が竦《すく》みそうになりますが、体に活を入れてアユタ姫の元へと駆けつけるのをやめない。必死に走る。

神殿騎士たちは固まった。

兵として命令を守るか、信徒として教義を守るか。

一瞬。

一瞬だけの躊躇《ちゅうちょ》。どちらを優先するべきなのかを考えた顔。目に迷いが見えたのです。

それで、十分。

「よくやったっ」

「良い働きであるっ」

後ろでネギシさんとコフルイさんが言うも、二つの激しい攻撃音でかき消される。

何かが叩《たた》きつけられる音と、何かが深々と切られる音。

この二つの音だけで、後ろの二人が無事なのがわかります。

あとはアユタ姫だけ。

アユタ姫もまた、ニッコリと笑った。

「見事」

音もなく気配もなく、アユタ姫は神殿騎士の後ろに立つ。神殿騎士の後ろで中高一本拳《なかだかいっぽんけん》を腎臓《じんぞう》の位置に添えた。

「中高一本拳で腎臓打ちを食らったこと、ある?」

神殿騎士の革鎧《かわよろい》の隙間、腎臓がある辺りに滑り込ませ。

ねじ込むように、一撃を深く深く打ち込んだ。

「っっっっっっ!!」

神殿騎士は悲鳴も上げられないほどの衝撃と苦しみに、白目を剥《む》いて倒れた。あ、あれはマズい。下手したら一生苦しむやつだ。死ぬ可能性もある危険技だっ。

他の二人もアユタ姫の攻撃に気づき、振り向きながら剣を振ろうとした。

二人のうちの一人の頭部に、投擲《とうてき》されたデカい槍《やり》がぶっ刺さって吹っ飛んでいったのが一瞬の出来事。アユタ姫はすぐに反応して、残りの一人と向き合う。

そいつが投擲された槍によって殺された仲間を呆然《ぼうぜん》と見ていた時、アユタ姫は前蹴りを放っていた。

足の指を並べて関節を固めた、趾頭《しとう》を使った前蹴り。足つま先蹴りってやつだ。

これが神殿騎士の喉仏を潰し、深々と蹴り込まれた。完全に喉を、気管を破壊する殺人技。一撃必殺の蹴りです。

神殿騎士は喉を押さえながら絶命し、アユタ姫は足を引いて構える。残心にて油断を見せない。

「ふぅ」

「まだ!」

残心を終えたアユタ姫も、戦闘が終わったコフルイさんもネギシさんも見せる、一呼吸の空白。僕は知ってる、こういうときにこそ敵が来るのだと。

いつの間にかアユタ姫の首に縄が掛かっていた。まるで投げ縄のようなそれは、森の奥から続いてきている。

「んっ！」

僕の声と縄の動きに気づいた瞬間、アユタ姫は縄と首の間に腕を差し込む。

一気に投げ縄の輪が縮まり、間一髪で首が絞まるのを阻止したアユタ姫。

でも、縄が一気に引っ張られたことでアユタ姫の体勢が崩れ、そのまま森の奥へと引きずり込まれていくのを見た。

「ちっ！」

ネギシさんは森の方へ走ろうとする。でも手には槍がないことを思い出してスピードが緩む。

コフルイさんがアユタ姫を救出しようと動く。でも動線上にネギシさんがいて駆けつけるのが遅れた。

他の兵たちは眼前の敵に対処することで精いっぱいだ。

この状況で、最速で動けるのは走っている僕だけ。

僕だけがこの状況に対処できる可能性がある。

やるしかない！

「うおぉっ」

僕は全力で走りながら、腰のナイフを抜く。

オルトロスさんにもらって、今の今まで全く使ったことのないナイフ、ここで使わせてもらいますっ。ありがとう、オルトロスさん！

僕は猛然とアユタ姫の後を追う。森の奥から縄が伸びていて、引っ張る人の姿が木の陰から見えたっ。森の奥まで行ってしまうと、もう僕では追いかけることができない。

森に入り始めたところで、なんとかアユタ姫の首にかかる縄を掴《つか》む。

「くっ」

僕は全力で縄に向かってナイフを振り下ろした。

だが、切れない！　このナイフは使わなかったけど手入れを怠《おこた》ったことはない、切れ味は落ちていないはず。

けど、縄が切れないんだ、どれだけ振り下ろしても切れる様子がない！　なんとか縄をほつれさせることはできてるけど、このままだとダメだ。今ですら縄を引っ張られて、僕も一緒に森の奥まで引きずり込まれてるところなのに！

焦る僕に、アユタ姫は静かに言った。

「シュリ、焦るな。逃げろ」

「逃げません！」

「なら思い出せ。食材を切るのと縄を切るのとは違うけど、刃筋が乱れた力ずくの刃では切れないのは、同じこと」

アユタ姫の言葉を聞いた瞬間、僕の腕から余計な力が抜けた。焦るな、一瞬で切れ、クウガさんを思い出せ、刃筋を真っ直ぐにして、縄に対して斜めに切れ込むように振れ！

剣士から見ればダメな一振りだけど、運が良かったのか、幾度となくナイフを叩《たた》きつけてほつれた縄の部分に、ちょうど綺麗《きれい》に斜めにナイフの刃が食い込み、振り抜けた。

縄が、切断される。

「よし！」

アユタ姫はすぐに首から縄を取り除き、立ち上がる。

もうすでに、少し森の中に入ってしまっていた。僕は視線を森の外の方へ向ける。

ネギシさんとコフルイさんがこっちに向かって走っているのが見えた。なんとか敵を倒してくれたのだろう、すぐにでもこっちに来られそうだ。

アユタ姫も森の外の、ネギシさんたちの方へ走ろうと振り向き始めている。僕もその後を追うべきだ。足がもつれそうになるが、走り出す。

そのとき、視界の端に影が。

「っ！」

僕は見た。

縄を投げつけてきた奴が、今度は投げナイフを構えてる。狙いは、アユタ姫か!?

どうするか。外れるのを祈って無視するか、それとも!?

迷った瞬間、ナイフが投げられた。

良かったこれで、

「ナイフっ!」

僕が叫んだとき、アユタ姫はすぐに反応してくれた。振り向きながら目は投げナイフの軌道《きどう》を捉えている。姿勢を崩すようにして膝を突き、ナイフをギリギリで躱《かわ》した。

「姫様!」

ネギシさんの声がして、そっちを見ると敵兵が、神殿騎士がアユタ姫の後ろに立っている。いつの間にそこに? 森の中に伏兵がいたか!?

神殿騎士はアユタ姫が振り向いた顔面目掛けて、拳を振るった。剣を抜くことも、ナイフを抜く暇もない一瞬だったからこその判断だったんだろう。

「つぅ!!」

咄嗟《とっさ》にアユタ姫は腕を上げて拳を受けた。受けの技ではなく、不格好に腕で拳を受けただけの体勢。

体は横に倒れ、すかさず神殿騎士の蹴りがアユタ姫の腹へと命中。

声も出さず痛みに耐えたアユタ姫は、すぐに立ち上がりながら森の奥とも、外とも違う方へと走り出す。その意図を察した僕は叫んだ。

「ネギシさん！　コフルイさん！」

「姫様を任せる！」

「無事でいろ！」

二人の声を背中に受けて、僕はアユタ姫を追うべく走り出した。

アユタ姫に攻撃を加えていた神殿騎士もアユタ姫を追おうとするが、その前を僕が塞ぐ。ちょうど神殿騎士の前を僕が走る形だ。

僕の足は、鎧《よろい》を着た神殿騎士よりも遅い。情けないことだが、逆にそれが功を奏した。

神殿騎士が僕の遅さに歯がみしてるのがわかる。さらに剣を抜く音が耳に届いた。

おそらく、僕を後ろから突き殺してどかし、アユタ姫の後を追うつもりなんだろう。咄嗟に出た行動だったが、これ以上僕ができることはない。

アユタ姫を助けるための一連の行動。追いかけて縄を切り、ナイフのことを知らせ、ネギシさんたちに連絡、神殿騎士の前を走って邪魔をする。

ここまでだ、ここで振り向いて戦うことなんてできない。僕がナイフを持ったところで、神殿騎士と相対したところでどうしようもない。殺される。

待てよ。

「っ!?」

咄嗟《とっさ》に僕は振り返り、ナイフを構えた。戦うつもりはない。テグさんとクウガさんが剣を向けたりナイフを構えたりする姿を真似ただけだ。すぐに、素人《しろうと》の見よう見まねだと気づかれる。

だけど、神殿騎士にとっては予想外だったはず。体躯《たいく》は細く、およそ戦えるような男じゃない僕が、ナイフを持ってそれなりの構えを見せる。

ほんの僅かな逡巡《しゅんじゅん》。さらに、

「僕は神座《かむくら》の里《さと》の住人だぞ。どうする?」

神殿騎士にとって、『神殿』にとって聞き逃すことのできない、大陸の外からの来訪者。

僕は早口で声が震えてしまい、相手はまともに聞こえなかったと思う。僕自身、上手く言えなかったのがわかる。

でも、効果は確かにあった。神殿騎士の顔は憤怒に染まり、足を完全に止めた。怒りのまま剣を振り上げて、僕へ叩《たた》きつけようとする。

教義のため、信仰のために僕を殺そうとする狂気に、僕は死を覚悟せざるを得ない。

頭の中に走馬灯《そうまとう》が――――。

「ごっ」

走り出す前に、神殿騎士の頭に剣が突き刺さる。横から飛んできたそれは騎士のこめかみを貫通し、彼はゆっくりと横に倒れていく。

剣が飛んできた方向に視線だけを向けると、投擲《とうてき》の体勢のままのネギシさんが。

だが、まだネギシさんとコフルイさんの前に敵はいる。こっちにすぐに来ることはできない。しかも、この軍団の指揮官であるアユタ姫が撤退してるんだ、ネギシさんとコフルイさんまで逃げ出すような姿を見せてしまったら、軍の崩壊を招く。だから、僕が行く。

ありがとう。

僕はネギシさんに向けてサムズアップしてから、アユタ姫の後を追う。


「で、逃げていた先に川があって足を滑らせて落ちてしまい、溺れたアユタ姫様を抱えて流されてしまって、ここにいると」

「なんだ、シュリ」

「なんでもないです」

僕が思い出して独り言を零《こぼ》したところで、アユタ姫がこっちを睨《にら》んできた。

本陣からだいぶ離れてしまい、川に落ちて流されたために現在地がわからない。森の中で孤立無援、遭難状態になっているわけです。

困った。今の時間は昼頃でしょうか。結構移動したはずなのですが、森の中に潜《ひそ》んでいる可能性のある神殿騎士を警戒しながら移動するのは、かなり骨が折れる。

隠れながら進むのは気力も体力も削られる。しかも移動したはずと思って振り返っても、大した距離は進めてないことに気づいて、精神力も削られる。地獄でしかない。

こんな迷走がいつまで続くのか、どれくらい頑張れば本陣に戻れるのか、食料は大丈夫なのか、敵兵に遭わずに済むのか、草木で体を傷つけないか、虫に刺されて毒が体に回らないか、晴れはいつまで続くのか、雨が降って体が冷えたときの対処はどうすれば。

何も言葉を交わさず、ただただ前に進むだけなので、頭の中を余計な思考が巡り、さらに精神を削っていきます。

不安。

一言で言えば、ただただ不安なのです。

無事でいられるのはいつまでなのか、生きて帰れるのか、と。

「シュリ」

アユタ姫が前から話しかけてくる。

「なんでしょうか」

もう疲れてることを取り繕うこともできず、げんなりとした返事をしてしまいました。

「休憩しよう。匂いがする」

「なんの匂いですか？」

「湿った空気」

アユタ姫が空を指さすと、だんだんと雲が増えているところでした。

恐れていたことが。雨が降ってきそうな予感。僕は背筋が寒くなった。

「雨宿りの必要がありますね」

「……」

アユタ姫は返事をせずに、首を素早く左右に動かしました。一回だけの往復。

「うん。あっちの方に岩肌が見えた。運が良ければ洞窟がある。行こう」

「岩肌、ですか？」

僕が周囲を見ても、そんなものは見えない。木々に遮られて遠くなど見えません。

ですがアユタ姫は進むべき方角を指さしました。

「音と、木々の間に見える僅かな情報、地面の隆起や風の流れ。あまり首を振って確認しようとするな、意識がばらまかれて敵兵に気づかれる危険性がある。アユタの後ろを付いてこい」

「了解……です」

一回の首振りで、そこまでの情報を得るのか……！

それと同時に気になったので聞いてみました。

「他には何か見えましたか？」

「……逆方向で鎧《よろい》が擦《こす》れる音がした。アユタの部下の鎧の音じゃない、さっきの奴らか、アユタたちが戦おうとした相手なのか……そこまではわからない。少なくとも、味方じゃないのがいる」

背中に氷を突っ込まれたような冷たさと恐怖が、僕を襲いました。余計な会話をして進む速度を落としていては、見つかって殺されるかもしれません。

かといって急ぎすぎれば、慌ててしまって音を立て、見つかる可能性もある。

最大限急いで、最小限の音で移動する。

勝手のわからない僕にとって、恐怖と焦りと疲労が増していくような地獄の時間。

僕とアユタ姫は、黙って移動する。

草木に当たらないように、木や岩や地面に体をこすらないように、呼吸を控えて姿勢を低くする。アユタ姫はすいすいと進んでいきますが、僕はかなり無理をしながら進んでいきます。

ようやく森から出て岩肌が見えたところ、そこは崖でした。

そんなに高さはないけども、道具なしに登るのも下るのも無理な崖。左目の端に、洞窟が見えた。

「やっ……！」

た、と口から漏れる前に、僕は口を固く閉じる。ここで大声を漏らしてしまって、姿勢を高くして、油断して見つかるようなことをしでかせば、死ぬ。

ギリギリの緊張感が、僕の気力を保たせていました。アユタ姫はさっと立ち上がり、洞窟の入り口に向かいました。

中を覗《のぞ》き、耳を澄ます動作をした。そして、

「大丈夫。そんなに奥まで行けるような洞窟じゃないけど、雨宿りにはちょうどいい。休憩しよう」

僕はアユタ姫の言葉に安堵《あんど》しながら、洞窟の中に入りました。

洞窟は数人ほどが野宿できるスペースがあり、幸い雨は降り込まないようだ。

僕とアユタ姫が軽く跳ねても余裕がある高さで、歩いたり立ち上がったりするのにストレスがない。不便さは何もありませんでした。

ただ、気になることが一つ。

「アユタ姫様」

「うん。ここ、誰かがいたな？」

この洞窟には、誰かが住んでいた形跡がある。というよりも、僕たち以前にここを生活拠点にして活動してた者たちの跡。

寝るための藁《わら》を敷いていた跡、焚《た》き火《び》をするために地面を掘った跡、何かの作業をしていた跡。生活していた跡が残っています。

「……僕たちを襲ってきた連中の仲間でしょうか」

「だろうね」

アユタ姫は奥に進み、壁の一部を手で擦《こす》る。

「ここに、『神殿』の奴らの紋章がある。『神殿騎士』の奴らが持っている剣に施された装飾のそれと酷似《こくじ》したやつが」

「……！」

僕はその紋章というか模様を見て、恐怖で体が震える。フルムベルクで見た神殿騎士の装飾剣、そこに施された模様と同じものが、洞窟の壁に彫られている。

「……なんで、こんなところに？」

「あいつらの信仰心は強すぎる。普通の信徒が捧げる信仰のそれとは質と量が違う。どこであろうと祈りを忘れないため、こうして壁に彫って祈ってたんだろうさ。

……哀れだ。シュリの話が本当なら、そもそも信仰を捧げるべき神様はいない。大陸に感謝を捧げる自然宗派とも違う。前提が壊れていて意味がない。彼らの人生は空っぽだ」

アユタ姫は悲しそうに目を伏せました。

アスデルシアさんの話では、神殿の教義や神話なんてものは適当にでっち上げただけのもの。意味などないし、この大陸に人間が来た当初の移民であるアスデルシアさんは、そもそも今までの歴史を把握してる。

本当かどうかなんて、アスデルシアさんとしては議論の余地のない嘘《うそ》という一言で片付けられる。なのに彼らは、その嘘を心から本当だと信じて命を捧げるように生きてる。

　確かに、哀れだ。

「今は休もう。シュリも寝っ転がれ」

　アユタ姫は奥に入ると、壁に寄りかかりながら座りました。

「疲れてるだろ？」

　アユタ姫の気遣いに、僕は忘れてた疲労を思い出しました。

　同時に襲ってくる、眠気と疲れ。

「はい……疲れました」

「仮眠しろ。目を閉じて、丸まれ。できるだけ体温を下げるな」

「なぜ？」

　僕が聞くと、アユタ姫は顎で外を示します。

「もうすぐ雨が降って気温が低くなる。敵が近くにいることを考えると、下手に火を焚《た》くわけにもいかない。体温が下がると、活動ができなくなり命に関わる。

　最低でも、一日。一日はここで休む。明日の朝までに雨がやむことを祈って、ここで休んでから行動する」

　アユタ姫はそう言うと、壁に寄りかかったまま目を閉じました。見張りとかはどうするつもりなのだろうか。心配すぎる。

心配すぎるのですが、僕はもう限界でした。アユタ姫と同じく洞窟の奥へ行き、寝っ転がります。アユタ姫が言う通り体を丸めて、できるだけ体温を下げないようにする。

これで本当に体温が下がらないのかどうかわかりませんが、やるしかない。

僕は目を閉じて、考えるのをやめた。

一瞬で意識が落ちるのだけは、わかった。


次に目を覚ましたとき、薄ぼんやりと視界が広がっていくのを感じました。

体の疲労は抜けきれてませんが、頭はだいぶスッキリしてマシになっています。

これなら、まだ動ける。外を見ると、アユタ姫の予想通りに雨が降っていました。豪雨とまではいきませんが、そこそこの降雨量。洞窟の中を吹きすさぶ、冷たい風と湿気。確かにこれは、事前に体温を保つようにしてなかったら危なかったでしょう。

実際、岩肌に触れてみれば冷たい。地面も冷えてる。目が覚めてよかった、こんな状態の洞窟で、あと十分くらい寝てたら完全に体が冷えきっていた。

「アユタ姫さ」

ま、という前に目を見開いた。

アユタ姫が、青い顔で浅い呼吸をしている。驚いて近くに寄り、頬に触れました。

冷たい。無作法ですが、緊急事態だと自分に言い聞かせて首元、手首と確認する。

冷たすぎる。体が完全に冷えてしまっている。

「姫様！」

僕は思わず大声を出してアユタ姫を揺らしました。さすがにこの状態のまま眠らせ続けるわけにはいかない、これ以上体が冷えてしまっては、命に関わる。

アユタ姫はうっすらと目を開けると、僕を見ました。だけど、ぼんやりしてる。

「あ……シュリ」

「目を覚ましてください。さすがに体が冷えすぎてしまってます、この状態で眠っていては、命に関わる」

「……ああ、なるほど。道理で頭が働かないわけだ。よいせ……」

アユタ姫は岩肌から背を離して、座ろうとしました。

でもできない。ふらっとしてる。また岩肌に寄りかかってしまいます。

「駄目だ。少し、力が入らない」

「焚《た》き火《び》しましょう。何か道具は？」

「ない……雨では、木も湿気《しけ》ってる。太陽も出てないから、光を集めて火を付けることもできない」

絶望的だ。火を付けることができない。体を温める方法がない。

こうしてる間にも、アユタ姫はうつらうつらと眠りそうになっていました。駄目だ、このまま寝かせてしまうと、もう起きなくなる。

あいにくと、僕はいつも通りの服装。アユタ姫の服も、防寒対策が十分に施されてるものじゃない。僕の服を脱いでそのまま姫の体に掛けても効果が低い。

死なせるわけにはいかない。アユタ姫を、絶対に死なせない。

「でもどうすれば……」

僕は外を見て考える。今は雨だ、一縷《いちる》の望みを託してアユタ姫を背負い、本陣があるという方向へ進み、ネギシさんたちとの合流を目指すか?

無理だ。僕たちは遭難してるのと同義、悪天候時の下手な行動は被害を大きくするだけ。昔、そういう話を母さんがしてたし、テレビで見たこともある。地球のレストランで働いていたころ、お客さんからそういう話を聞いたこともある。

山や森で雨に遭うのも、命の危機なんだと。十分な対策が必要なのだと。

そして、極まったときにしたのが、

「……やるしかない、か」

最終手段だけ、ということだ。僕は覚悟を決めました。

まずアユタ姫の武装を解く。鎧《よろい》を脱がせないといけません。

次に僕は服を脱ぐ。上半身裸で寒いが、仕方ない。脱いだ服をアユタ姫に着せました。

少しでもマシにするしかない。こんなことになるんだったら、もう少し厚着をしてこの世界に飛ばされるべきだったよ！　なんていう意味のない叫びが頭の中でこだまする。

洞窟の一番奥までアユタ姫を抱きかかえて運んでから、僕は次の行動に移る。

アユタ姫を強く胸に抱きしめて――、僕の体温を少しでもアユタ姫に伝えるようにする。

上半身裸の男と意識のない女がこんなことをするのは、ちょっと抵抗がある。絵面《えづら》は正直最悪だ、ネギシさんかコフルイさんに見つかれば殺される確信はある。

だけど見つかるまで、アユタ姫の体調が戻るまではやらないといけない。

「冷た……っ」

アユタ姫の体は予想以上に冷えてる。抱きしめてわかりました。手足の末端だけじゃなく、体の芯から冷えてる。

女性を抱きしめてる興奮なんて全くない。とにかく、アユタ姫を温めないと話にならない。命の危機に直面すると、欲なんて消し飛ぶんだなと学びました。

「さて……」

僕は外を見ながら考えます。未《いま》だに雨は降ってる。外は暗くなり始めてる。気温はさらに下がる。下手したら二人とも共倒れだ、せめて焚《た》き火《び》ができる薪《たきぎ》だけでも集めておくべきだった。

そして、僕には魔工コンロが、と腰に手を伸ばすと……ない。ナイフしかなかったのです。ていうか思い出したけど、朝ご飯を準備するのに使って、そのままにしてた。戻す前に敵兵に襲撃されて、そのままだった。

一縷《いちる》の望みも消えた今、できることは耐えることのみ。雨が降り込まないだけマシ。

「魔工コンロを忘れてきた、包丁も置いてきた、あるのはナイフと着てる物だけ、か」

自嘲《じちょう》するように笑いました。

「絶体絶命だな」

今度から、魔工コンロは手元から離さないように気をつけよう。絶対に肌身離さないようにしないと駄目だ。

生きて戻れたらそうしようと誓いながら、僕は眠らないように気を張るのでした。

眠りそうになる。体が冷えてるのがわかる。力が抜けてるのが、わかる。体の奥、命を燃やすようなイメージで体温をアユタ姫に伝える。眠気に抗《あらが》う。

ここで僕が眠ったら、アユタ姫まで死ぬだろう。二人とも低体温症で死ぬのは間違いない、眠るわけにはいかない。

外はすでに夜……を通り越して白《しら》み始め、雨もようやく上がり、冷えた空気が洞窟の中に入り込むことはなくなった。

夜通し起きて、外を見て、雨が上がるのを祈り、敵が来ないことを祈る。

この一夜で、僕はどれだけ祈ったでしょうか。

「なる、ほど。神に、祈り、を、捧げるって、こういう、ことか」

僕はガチガチと震えながら、呟《つぶや》く。長い一夜は明けた。

胸に抱きしめているアユタ姫は、スヤスヤと穏やかな寝息を立てています。体温も大分戻ったらしく、低体温症は防げたでしょう。

なんとかなったと、僕は安堵《あんど》しました。

「ここにいたか」

外からの、知らない男の声を聞くまでは。

洞窟の入り口に、男が立っている。一人だ、昨日襲ってきた傭兵《ようへい》と同じ鎧《よろい》。でも目を見ればわかる、こいつは傭兵じゃない。

「は……さすがは大陸の外の穢《けが》れた存在だ。こんな洞窟で女と抱き合うか。意識のない女性に、なんと非道な」

「は……なんと、でも……言ってろ」

僕は力の抜けた声で返す。神殿騎士だ、間違いなく。この口振り、僕をさげすむような目、その奥にある狂気に染まった光。

神殿騎士がこっちに来る。手に剣を持ったまま、殺しに来てる。

「ここでその女と死ね。我らの大陸に、お前のような外から来た穢れなど必要ない」

「な、ぜ。姫、様まで?」

少しでも時間を稼げ、希望を繋《つな》げ。最悪、アユタ姫を一人でも逃がせ。それが男だろう、ガングレイブさんたちがかつて、僕を逃がしてくれたグルゴとバイキルの戦《いくさ》のことを思い出せ。覚悟を決めろ。

頭の中で必死に気力を奮い立たせます。

「なぜだ?」

「語る必要なし」

「これから、死ぬんだ。理由くらい、知りたい。それくらいの慈悲は、ないのか?」

僕は泣きそうな声で懇願する。演技だ、これで同情を引け。戦えない僕ができるのは、同情を引いて少しでも時間を稼ぐことだけだ。

神殿騎士は少し躊躇《ちゅうちょ》を見せた後、口を開きました。

「宗教家として、宣教師として、そして神殿の武力として、お前に慈悲を与える。安らかに眠り、次は大陸の者として生まれ変わり、穢《けが》れを落としてくる者として」

「……」

なんとまぁ、気負った台詞《せりふ》だ。さっさと殺せば面倒はないだろうに。他に誰かが見てるわけでもないってのにさ。

神殿騎士は僕を真っ直ぐに見てから言いました。

「教皇の命令である」

「……は？」

「我ら『神殿』の教皇より、命令を賜《たまわ》った。アユタ姫を殺せ、と。そしてダイダラ砦《とりで》を奪って我ら神殿騎士の拠点とし、新たな神殿を建てて周辺の民を導け、と」

僕は一瞬、理解できませんでした。

こいつ、何を言ってる？　教皇の命令で来た？　アユタ姫を殺すのは、砦を奪って神殿を建てるため？　周辺の民を導くため？

「導く、民に、アユタ姫、は、含まない、のか？」

僕の質問に、神殿騎士は首を横に振った。

「その者は含まれない。そこの姫は『異端《いたん》』である。『神殿』の教義を理解せず拒否した。これは神敵《しんてき》である。さらにお前という大陸の外の人間を匿《かくま》った。ならば、救う理由はない」

呆然《ぼうぜん》とした。何も言えなかった。どうしようもなかった。

どうしようもなく、こいつらはどうしようもないんだ。

信じるもののために、いや、信じるもののためだけに生きてる。個人の感情も判断も思考も何もかも放棄して、命令だからと、教義であるからと、救う人間ではないからと躊躇なく剣を向ける。

これが、『神殿』なのか？　こんなものが『神殿』の在り方として正しいのか？

たった一つ。『大陸の外の者と関わったから』。それだけでここまでするのか？

一言だけ、僕は伝えた。

「お前らは、それが、良いこと、だと？」

「正しいことだ」

反吐《へど》が出る。

「そう、か」

僕はアユタ姫の頬を軽く叩《たた》いた。

「……んっ」

「起きて、もらえ、ますか」

どうやら声を掛けられて目覚めることだけは、できるらしい。アユタ姫はそこまで、とりあえずは回復してる。

アユタ姫はぼんやりと僕を見て、状態を見て、顔を真っ赤にした。

「おま」

「後ろ、見て、くださ、い」

僕の震える唇から出る声に、アユタ姫は状況を察して後ろを見る。そこにいるのは、神殿騎士。もう会話の余地もなく、こっちを殺そうとしているところだ。

アユタ姫はすぐに立ち上がろうとしたが、僕の体に手を置いて、目を見開く。

「シュリ、体が、冷たっ？」

「あなたは、これで、体温は、戻ったので、逃げられ、ます」

僕はとりあえず、頑張って笑った。アユタ姫を安心させるように満面の笑みを浮かべる。

「逃げ、て」

僕が言うと、アユタ姫の目がさらに大きく開かれる。

「お前……」

アユタ姫の目に、光が灯《とも》る。これでいい、これならアユタ姫は逃げられる。

僕はアユタ姫の、鎖骨の真ん中に優しく手を当て、突き放そうと力を込めた。

「行って」

「で、でき、できない、アユタには、できない」

優しいな、この人。僕がやろうとしてることを見て、悲しそうな声で言ってくれる。

でも、もう僕の目は朧《おぼろ》げにしか見えてないんだ。アユタ姫の顔が見えない。どんな顔をしてるか、わからないんだ。

「行って。もう、目も見えないので、僕は、逃げ、られない」

「やだ。やだ」

「ああ、こんなときに、思い、出した」

僕は俯《うつむ》き、微笑《ほほえ》んで呟《つぶや》いた。

「僕は、もう、とっくの昔、に、結論を、出して、たんだって」

冷えて力尽きた体から、最後まで残ろうとしていた熱のようなものが抜けていく感覚がする。不思議と穏やかで痛みも苦しみもない。

これが死ぬってことか。

怖い、という感情すらない。男として女一人を守って死ねるのは、なかなかに誇らしい気持ちになる。僕も男の子ってことでしょう。

ああ、でも。死に際《しにぎわ》になってようやく思い出した。

僕が昔、ガングレイブさんたちと出会い、傭兵団《ようへいだん》として活動してた最初のあの頃。風邪を引いて、ポトフを作って、テグさんと話して、元気になってみんなと話をした、あの時のことだ。

あの時、僕は結論を出していた。

この世界に残ろうと。

みんなと一緒にいようと、結論を出していた。

寄り道をしまくって、いろいろとゴチャゴチャ考えて、結論が右往左往して迷子になっていたんだけど。僕は、この世界に残ってみんなと一緒にいようと誓ったんだ。

どれだけ考え直しても、帰ろうと、帰りたいと思っても、悩んでも苦しんでも、この世界に留《とど》まる選択をする。

帰ることになっても、帰る方法が見つかっても、またガングレイブさんたちの元へ行く方法を探すと。

今更。

今更になって思い出すとは。

「ああ、ちくしょう」

僕はアユタ姫をなんとか押し出そうとする。けど、なぜかアユタ姫は行こうとしない。離れようとしてくれない。僕を気遣ってるのか。頼む、行ってくれ。

「別れは終わったな」

神殿騎士は剣を振り上げた。

「最後の慈悲として、二人一緒に死んでもらおう。寂しくはない、痛みもない。次があるなら、大陸の兄弟として生まれよ。さらばだ」

神殿騎士の剣が振り下ろされ、

「おいコラ」

ようとしたところで、その腕を後ろから掴《つか》む別の手が現れた。

「な⁉」

神殿騎士が驚きながら振り向く。

「お、お前、なぜここにっ？」

「どうだっていいだろうが糞野郎《くそやろう》が!!」

後ろから現れた人物が、神殿騎士の顔面に右鉤突《みぎかぎづ》きを叩《たた》き込む。

ぐしゃり、と顔面の肉と骨が潰れ砕ける音とともに、神殿騎士が洞窟の壁に激突して動かなくなるのを、ぼやける視界でなんとか見ようとすると……こう、顔面が潰れてるような。

「無事かっ、姫様、シュっ」

ああ、声でわかった。良かった。

助かったか。

「ネギシ、さん」

ぼんやりとだけど、わかる。そこにいるのはネギシさんだ。どうやらここを見つけて、来てくれたらしい。安堵《あんど》の息が漏れる。

が、なぜかネギシさんが剣を拾ってる。シャリィン、と剣と地面が擦《こす》れる音が。

「さて、シュリ。姫様を手籠《てご》めにしようとした豪胆さは認めよう。しかし、そういうのは許されないことだわかるだろ？」

「いや、あのぅ、これは」

頭がぼやけるけども、ネギシさんが言わんとすることはわかる。未《いま》だにアユタ姫は僕の腕の中、胸に寄りかかっているのだ。いや、違うんだよ。押してるんだよ、さっきから。行けって、逃げろって、押してるの、僕。

「なんか、離れて、くれなくて」

「黙れ猿。ここで斬り捨てっ」

が、アユタ姫がネギシさんの方へ顔を向けた瞬間、ネギシさんの顔に恐怖が宿る。

何やらアユタ姫の顎……口が動いてるのは見えるけども、何を言ってるのかわからない。全く、わからない。

ネギシさんは恐怖に引きつった顔のまま、剣を取りこぼして後ずさりをしてた。

「い、いや、姫様っ？　なんだ、その顔⁇　何、その、なに⁇」

何やらネギシさんすら見たことのないものらしい。何が起こってるのかわからない。

わからないが、そろそろ限界だ。

「アユタ、姫、様。ここが、無事なら、外へ。太陽を、浴びて、温まりたい」

ヤバい。眠気がピークに達してきました。もう眠りそう。ここで寝たらダメだ、死ぬ。

せめて太陽の下で、日光を浴びて体温を戻さないと。洞窟の中だとそれができない。

アユタ姫はようやく立ち上がり、お尻の辺りをポンポンと叩いて汚れを落とす。

なんで僕の目の前でやるの。汚れがこっちに来るじゃんやめてくれ。

「ごめん、行こう」

アユタ姫が僕の手を取り、引っ張る。凄《すご》い力だったので立ち上がるのも楽だ。

だけど足がふらつく。一人で歩けるか、これ。

「肩を貸そうか」

「えっ、い、いや、大丈夫、です」

わからない。いきなりアユタ姫から優しい言葉を投げかけられて、僕は混乱してる。この人そんなに優しい人だったっけ？　わからない、ほんと。

アユタ姫の顔をまだよく見てない。視界がまだぼんやりとしてるし、ハッキリとアユタ姫の顔を見て確認するのも億劫《おっくう》でできない。

「行こう」

アユタ姫が僕の手を取って歩き出す。凄い力で引っ張られてる、なんなの本当に⁇

でもまともに歩くのも大変だから、引っ張ってくれるのは助かるので何も言いません。

「ぐっ、ふ、ざ」

ふと、聞こえた。後ろの方で、剣を拾う音と立ち上がる音。最後に不穏な声。

「けんじゃねえええええええ‼」

怒号。僕とアユタ姫はすぐに振り向く。ネギシさんは先頭を歩いているらしく、後ろにいない。つまり、叫びながら剣を振り回す神殿騎士に一番近い位置にいるのが、僕だ。

神殿騎士の目は虚《うつ》ろで、誰を狙ってるのかわからない。むやみやたらに剣を振り回してるせいで、狙いがわからない。でも、このままだと。

「姫、さ」

僕はアユタ姫の手を振り払い、力いっぱい突き飛ばす。

いつぞやのように、僕は手を広げて体を張る。クウガさんとヒリュウさんの戦いのときのように、今度はアユタ姫を庇《かば》う。

「ま！」

男の剣が、僕の肩口に叩《たた》き込まれる。

ずぐり、と刃が肉に食い込み切り裂く感触が。そこから灼熱《しゃくねつ》と激痛が広がっていく。

無茶苦茶な太刀筋が幸いしたのか、切られたといっても浅い。致命傷にはほど遠い。

だけど、あまりの痛みに僕はよろけてしまう。

「しねぇぇぇあああああ！」

完全に正気を失った神殿騎士を前に、僕の意識が遠のく。このままだと倒れる。

そうすれば、きっとアユタ姫に刃を向けるだろう。

必ず、防ぐ。地面を踏みしめ、もう一度だけ力強く立って手を広げる。

「させ、な、ぃ」

限界だ。意識を失う。もう立っていられない。後ろに向かって倒れていく。神殿騎士の振り上げた剣が見える。

瞬間、

「おらあぁぁぁあああ！」

僕の横を素早く通り過ぎたネギシさんが、トドメと言わんばかりの拳を神殿騎士の顔面に叩《たた》き込んだ。今度は鼻《はな》っ面《つら》に対して真っ正面。鼻骨が砕け、前歯が折れ、血が溢《あふ》れたのが見えた。

良かった。大丈夫だ。

安心して倒れる僕を、誰かが優しく受け止めてくれる。誰だろぅ、アユタ姫、かな。

ダメだ。もう意識を保てない。眠らせてもらう。アユタ姫が無事で、良かった。

「みつけた」


「うぅ……？」

目が醒《さ》める。徐々に徐々に意識が戻り、僕の目が醒めていく。

生きてる？　僕、生きてるのか。ようやく、僕がどういう状況なのかが、少しずつわかってきました。

身じろぎすると、肩に鋭い痛みが走る。あのとき斬られた、叩きつけられた剣が肩口に裂傷を刻んでいたらしい。むしろ、この程度で済んで良かったよ……。服すら着ていなく

て、上半身裸だったわけだし。

視界もハッキリしてくる。白い天幕の天井が見えたので、どうやら天幕内に寝かされてるらしい。無事に本陣に戻って、治療を受けることができたのでしょう。肩には包帯が巻かれてる感覚がある。

本陣に戻り、治療を受け、天幕に寝かされていた。

生きてる。

生存できてるんだ、という証拠が目の前に揃《そろ》って安心した。生きていることが、こんなに素晴らしいことだと、生還できた喜びを噛《か》みしめました。

しかし、体が動かない。

「なんでっ？」

体を動かそうとしても動かない。なぜか右半身を拘束されてる感覚がある。

首と左半身は動くが、右半身だけ拘束。そっちを見ると、

「なんで？」

なぜか、アユタ姫の顔がそこにあった。僕の服を着て、僕に抱きついて寝ている。

なぜだ、どうして僕はアユタ姫と同じ毛布にくるまって寝てるんだ。何がどうなってこうなったんだ？

混乱してましたが、次第に思い出してきた。

「そうか……体が冷えてたんだった。僕がアユタ姫にそうしたように、アユタ姫もそうしてくれたのか」

そうか。そういう理由だったか。少し安心した。

で、なんで僕の服をアユタ姫が着てるんですかね？　アユタ姫が着るの？　僕ではなく？　少なくとも逆ではなかろうか。

「アユタ姫様、アユタ姫様。起きていただけますか？」

「ん」

アユタ姫はバッと目を開くと、僕の顔を間近でジロジロと見てくる。

顔色を見て、何かを確認したいようだ。僕はすっかり元気なのだけど。

ああ、なるほど。言わないといけないことがあった。

「ありがと、……と、舌噛んだ」

まだ口が完全に開いてなかったらしく、ちゃんとしたお礼が言えませんでした。ありがとうございました、と言えなかった。

するとアユタ姫はガバッと立ち上がり、僕に背を向けます。

「あの？」

「……体は良いのか？」

「え？　ああ、はい。すっかり温まったし治療のおかげか……痛みはありますがなんとか」

僕が返答をしても、アユタ姫は何も言わない。行動しない。

どうしたんだ本当に。僕が訝《いぶか》しんでいると、アユタ姫は口元を押さえて震えていた。

「無事で、良かったっ」

え、まさか……無事を祈ってくれて、安心して泣いてくれてる？　アユタ姫が？　僕のために？　そこまで？

なるほど……ここまで情に厚い人だからこそ、みんな付いてくるんだ。これが、この人の強さなのか。僕はなんとか体を起こして言った。

「助かった、本当に。ありがとうござ」

「じゃあ、行く」

なぜかアユタ姫は口元を押さえたまま、僕に顔を見せずに走り去ってしまった。

待って、と声を掛ける間すらありません。本当に脱兎《だっと》の如く天幕から出て行ってしまったのです。なぜ。

「シュリ。無事であるか」

呆然《ぼうぜん》としていると、コフルイさんが天幕に入って来ました。

手に持っている皿には、ベーコンとチーズ⁇

「ええ、無事です。コフルイさん」

「そうか。それは良かった」

コフルイさんは僕の傍《そば》に座ると、持っていた皿の一つを僕に渡してくれました。

「腹が減っているであろう。食え」

「ありがとうございます」

僕がそれを受け取ると、一発でわかった。思わず笑みが零《こぼ》れる。これ、ただのチーズとベーコンじゃないや。

「へぇ、燻製《くんせい》ですか」

「ああ、そうだ。自分で燻製にしたチーズとベーコンよ。儂《わし》の趣味だ」

「趣味」

意外だ。コフルイさんにそんな趣味があるのか。燻製は良い匂いだし、美味《おい》しそうだ。ていうかとてつもなく上手にできている。どうやって作ったんだ、これ。

「へぇ。どうやって作ったんですか？」

「まず燻製用の木材の砕片……いや、記憶の通りに言えばスモークチップか？　スモークチップはリンゴの木を使ってる。こだわっておるよ」

「え。リンゴの木はどこに？」

コフルイさんはニヤリと笑いました。

「実は、ダイダラ砦《とりで》から離れたところの林にな、野生のリンゴの木があるのだよ」

「は？　野生のリンゴの木？」

ビックリだよ。ダイダラ砦《とりで》の近くにそんなものがあるなんて。

リンゴの木。現代の地球ではリンゴ農家の人々が大切に育てているイメージがありますが、野生のリンゴは小さくて、酸っぱいらしいです。僕は食べたことがないので詳しくはわかりません。

食べてみたかったのですが、手に入れる機会がなかった……。

「そうなんだ。実は酸っぱくて食べにくいのだが、ジャムにすればちょうどよい。落ちている小枝をスモークチップに処理して、燻製《くんせい》に使ったのだ」

「へぇ……どうやって作ったんですか？」

僕が興味を持って質問をしてみると、コフルイさんは楽しそうに語ってくれました。

まずリンゴの木の近くに落ちている小枝を拾っておく。ついでにリンゴも拾う。

その小枝の木の皮を剥《は》ぎ、ナタで延々と時間をかけて細かくしていくそうです。

ちなみに話の中で、

「前世？　の記憶か記録？　の中にあるチェーンソーとやらが本当に羨ましかったわ。儂《わし》があんな便利なものを持っておったら、もっと楽に作れただろうに」

とぼやいてました。だろうよ。

細かくしたウッドチップを天日干しでしっかりと乾かすそうです。生乾きだと、だいぶ青臭いぞ。注意です。

　ここで用意するのはチーズと下ごしらえした豚肉。

ざっくりと言うと、スモークチップを鉄板に乗せて下から火で炙《あぶ》り、煙が出たら弱火に調整。鉄板の上に金網とか置いて煙が当たるようにして、そこにチーズと豚肉を乗せる。で、これら全体に箱を被《かぶ》せ、煙を充満させて待つ。以上！　詳しいことは省略だ！

「まさかコフルイさんが燻製が趣味な方だったとは」

「……前の奴の記憶にあった。そいつは親が作る燻製のチーズが好きだったようでな。それくらいしか、良い思い出がなかったらしい。儂はそれを再現しただけだ」

「あぁ……」

僕は思わず口ごもる。

コフルイさんの前世、別の人間の人生については詳しく話すことはやめるし、したくない。僕だって、ウィゲユの前世の話はしたくない。

しょんぼりとしましたが、コフルイさんは笑いながら言いました。

「まぁ気にするな。儂はあいつとは違う、ただそういう知識があるだけだ」

「まぁ、はい」

「食べてみてくれるか？　感想を聞きたい」

コフルイさんに促されるまま、僕はまずチーズの燻製に齧《かじ》りつきました。手で掴《つか》み、歯を突き立て食いちぎる。

口の中でしっかりと噛《か》んでいくと、僕は目を輝かせました。

「これは美味《うま》い!!」

「で、あろう? 儂《わし》の数少ない趣味の中でも、自信があるのだ。もっと食べてくれ」

満足そうなコフルイさん。同様に僕はベーコンも食べ始めました。

夢中になって食べ進めます。これも上手にできている!

チーズの味、ベーコンの味、燻製《くんせい》で付けられた香り、ほどよい塩気と身の弾力。全てが完璧だ。スモークチップの処理と乾燥がちゃんとされてるからこその美味。

食いちぎり、咀嚼《そしゃく》するたびに口と鼻全体で感じる風味の良さが、この燻製の完成度の高さを物語っています。

「ふぅ……美味《おい》しかったぁ……」

僕は満足感に浸りながら、空になった皿を置いて手を合わせました。

本当に美味しかった。凄《すご》く上手に作られていて、まだまだ食べたいって感じだ。

「それは良かった。儂としても満足だ」

コフルイさんも同様に食べ尽くしていて、空の皿を置いて手を合わせる。

二人して食後の所作を終わらせた途端、コフルイさんは頭を下げました。

「シュリよ、このたびは凄く助かった。礼を言う」

「え、あ、はい。僕も無我夢中でしたので」

改めて礼を言われると、僕は恐縮して頭を下げることしかできませんでした。

「まぁ……無我夢中でしたので」

同じように繰り返したのですが、本当に頭を下げるしかないんです。なんせ、体温が下がって危険だったとはいえ、一人の女性に自分の服を着せて上半身裸となり、一晩中ずっと温めるために抱きしめていたわけですから。

そりゃ、初めに見たネギシさんだって僕を殺しに来る。うら若き婚姻前の、一国の支配者の娘さんにあんなことをすりゃ、怒られるわ。

僕の意図を察したのか、コフルイさんは苦笑いしました。

「まぁ、報告を受けたときは、驚いたでは済まされんくらいには混乱したわ。なんせネギシが見つけたとき、姫様が裸のシュリに抱きしめられておったそうだからの」

「……す、すみません」

「気にするでない。低体温症は命に関わる。シュリのやったことは、確かに女性としてのアユタ姫様の評判には関わるであろう。しかし、人間としてのアユタ姫様の命には代えられん。間違った判断ではない。儂が保証する」

コフルイさんの言葉に、僕は安心しました。

「わかりました」

「キズモノにしておるなら、儂《わし》が一太刀で終わらせておったわ」

「ひぇ」

でも僕は見た。コフルイさんは苦笑して冗談交じりに言うけども、目の奥にあるギラギラとした怒りの光を。

いかん、余計なことを言えば死ぬ。これ以上下手なことは言えない。

「だが、シュリは姫様を庇《かば》い、その身に剣を受けたとも聞いておる」

コフルイさんが指さしたのは、僕の肩口。深く斬られてはいないものの、重傷なのは間違いない。

斬られたのに、よく無事だったよ僕は。本当に無我夢中の行動でしたが、相手がネギシさんの一撃を受けて弱体化してたこと、剣がそこまで業物《わざもの》ではなかったこと、僕が咄嗟《とっさ》に庇ったことで神殿騎士の剣筋と刃筋が乱れていたこと。

他にも幸運な要素が重なり、この程度で済んでいた。

「運が良かったな」

「はい」

「運を味方に付け、姫様を守った。お前は間違いなく、姫様の御身《おんみ》を守る仕事を果たしたのだ。誇ってよい」

誇る、か。それはそれでいい。でも、頭に浮かんだ疑問がある。

「ありがとうございます。あの……僕が剣を受けて姫様を守った後、気絶していた間の詳しいことがわかりません。聞いてもいいですか？」

僕の質問に、コフルイさんは右手で顎を撫《な》でました。

「ふむ、当然であるな。まず、シュリが気絶していたのは三日だ」

「三日……三日⁉」

三日も僕は気絶していたのか⁉　あの状況から、今まで⁉

なんてこった……僕は困難に立ち向かうたびに気絶して、数日経《た》ってることが多い。

「シュリが困った顔をするのも無理はない。詳しく話そう」

コフルイさんはそこから、詳しく何があったのかを教えてくれました。

まず、僕が気絶した後のこと。僕に斬りかかってきた神殿騎士は、その場でネギシさんによって撃退……されたのではなく、アユタ姫により処されたとのこと。

なぜ、アユタ姫が手ずから？　と思ったけど今は聞かない。

ちなみにあの時、ネギシさんが愛用の槍《やり》を持っていなかった理由は『森の中を捜索するのに邪魔だった』というものだそうです。それもそうだろうね。

その後、ネギシさんが僕を背負って行こうとしましたが、アユタ姫が拒否。自分でお姫様抱っこして運んでくれたそうです。

なぜ、アユタ姫が手ずから？　と思ったけどまだ聞かない。

ネギシさんの案内で本陣に戻ったとき、ほぼ全ての敵兵を撃退して本陣を立て直している最中だったそうで、死にかけてる僕を見て料理人仲間の人を中心に大慌て。しかもアユタ姫を守るために体を張ったのだとわかると、手厚く治療してくれたそうです。

肩口には剣による切り傷はあるものの、それより深刻なのは体力不足と低体温症。用意された天幕の中に熱した炭を置いて換気しながら、温めてくれてたそうです。

だけど、何を考えたのかアユタ姫は僕の服を着たまま、僕と抱き合って寝るという暴挙に出たためにコフルイさんが混乱。ネギシさんとアユタ姫に事情を聴取したところ、低体温症になっていたアユタ姫を守るために僕が自分の服を着せて一晩中抱きしめ、温めていたと説明。

コフルイさんが剣を抜きかけて、苦悩のまま止めるという一幕はありましたが、アユタ姫は周りを気にすることなく僕と一緒に寝て、さらに僕の服を返さずに自分が着たままだそうです。

なぜ、アユタ姫がみずから？　そろそろ理由を聞きたい。

僕が目覚めるまでの三日間、アユタ姫がずっと僕を抱きしめ続けて温めてくれた甲斐《かい》もあり、僕は目覚めました。だけど、アユタ姫にとって良いことではありません。

コフルイさんもネギシさんも、他の兵士さんたちも必死にアユタ姫を止めようとしました。なんせうら若き乙女が男を抱きしめて一緒に寝ている状態。嫁入り前の女性がそんなことをすれば醜聞《スキャンダル》になる。

必死に説得してもアユタ姫は聞き入れず、恩返しと言われればどうしようもない。

「なぜ、アユタ姫がみずから？」

コフルイさんの話が終わり、ようやく僕は疑問をぶつけました。

いくらなんでも手厚いにもほどがある、一国の姫がやるには過剰だと思ったよ。

コフルイさんは苦悩の表情をしてる。

「儂《わし》にもわからん。姫様がそこまでする必要はないと、医療の心得がある者がちゃんと処置したと、天幕を温める炭と換気の管理も別の者がすると、様子は儂とネギシが交代で見ると、延々と説明しても聞き入れてくださらなかった。ずっと自分がする、と」

「……そこまで恩義を感じてくれてたのですかね」

「命を救われたのだ。心情としてはわかるし、当然である。だから儂も姫様の命を救ったこと、守ったことに関しては厚くお礼申し上げる」

再びコフルイさんが、丁寧に恭《うやうや》しく頭を下げた。

止めようとして、僕の方が止まります。このお礼は止めてはいけない、コフルイさんの精いっぱいの誠意なんだ、受け取るべきもの。

「わかりました。僕も助けてもらいましたので、これで貸し借りはなしと」

「うむ」

コフルイさんは満足そうにしている。

どうやら正解らしい。これで恩義を理由に何かを要求すれば、多分通るだろう。

だが、僕も助けられてる。下手すれば低体温症と失血で死んでいたので。

助けて、助けられて。これで貸し借りなし。普通に接する。

人として大切な義理を果たし信頼を得ることが、一番大切ってことでしょうね。

「さて……戦況に関してはどうなってるのでしょうか？」

「戦《いくさ》に関しては、始まっておらぬし、終わってもおらぬ」

「膠着状態《こうちゃくじょうたい》？」

「その通り。儂《わし》らを雇おうとした主も、儂らが突然奇襲を受けたために行動できなかったのでな。儂らの態勢を整えてから改めて出る」

「……あちら側の動きと襲撃犯たちについて、何か判明してますか？」

僕の質問に、コフルイさんは真顔になりました。

「わからぬ。今、諜報員《ちょうほういん》を送って情報を集めているところだ。あの謎の……襲撃犯たちがあっちの雇い主とどのような繋《つな》がりがあるのかも含めて調べねばならぬ」

首肯《しゅこう》しておく。

詳しくは言わない。襲ってきた奴らのことを『神殿騎士』と呼称しないようにするため、下手なことを言わないでおくためです。

他の兵士さんたちにとって『神殿』という存在は、なんだかんだいっても信仰の対象です。この大陸において最大宗派。どこに信徒がいるかわからない。

無論、兵士さんたち全員が信徒とは言いませんが、用心することに越したことはない。

「知らせておくことは、今のところこれくらいだな」

コフルイさんは立ち上がると、尻の辺りを叩《たた》いて汚れを落とす。

「では、儂は行こう。姫様の傍《そば》を離れすぎた」

「はい。アユタ姫様に、その、お願いをしてもらえますか」

「なんだ？」

「服を返してくれって」

「……そうで、あったのぉ」

コフルイさんは感情の消えた顔をして、天幕から出て行きました。

うん、僕の服を返してくれないかな、アユタ姫。寒いよ。

百一話　幼馴染《おさななじ》みとビビンバチャーハン～アユタ～

「姫様、姫様はグランエンドの末姫なのです」

「アユタ姫様。あなたの存在がグランエンドの希望です」

「姫様、いつか嫁がれるのですから、女性として淑《しと》やかさを身に付けていただかねば」

うるさい。うるさい。

「姫様！　いつまで外で走り回っているのですかっ。お作法の勉強の時間ですよ！」

「コフルイの真似事などしてなんの意味があるのです。閨《ねや》の作法を学びますよ」

「アユタ姫様。あなたの使命は、グランエンドの血筋を正しく継承することです」

「女性として、殿方を」

「あなたは姫なのですから」

「ギィブ様の実の娘として恥じないお姿を」

うるさいうるさいうるさいうるさいうるさいうるさいうるさいうるさいうるさいうるさいうるさいうるさいうるさいうるさいうるさいうるさいうるさいうるさ～～い！

お前らが望んでるそれは、アユタがなりたいものじゃない！　黙ってろ！

アユタはそんな生き方をしたくない！　お前らが勝手にアユタを産んで、勝手に生き方を決めて、勝手に期待してるだけだ！　押しつけるな！

アユタが望んだのは、望んだものは、望んだ生き方は――――！

「はぁっ!?」

アユタは荒い呼吸を繰り返しながら、目を覚ました。久しぶりに見た、悪夢。

無数の女性が、侍女たちが、アユタに一国の姫として大事な、女性としての生き方を押しつけてくる。勝手に殿方に嫁いで尽くせと言ってくる。

延々と続く回廊の中を、アユタは走り続けてそれらから逃げる夢だ。

けど、逃げても逃げても侍女たちはそこかしこにいて、女性のなんたるかや姫としての生き方を押しつけてくる。

最後に言うんだ。嫁いで殿方に尽くせ、と。

冗談じゃない。

アユタはそんな生き方はゴメンだ。

アユタは野原を走るのが好きだ。走りっこをして、手頃な木の棒を拾って振って、木に登って、体を動かすことが好きなんだ。

けど、一国の姫として、淑女教育と礼儀作法をこれでもかと押しつけられ、アユタの個性は死にそう。そこから逃げ出して、今がある。

「はぁ……はぁ……」

アユタは体を起こして、額の汗を拭う。頭の中を侍女たちの言葉がよぎるので、首を振って払い落とそうとする。

「……あぁ、そうか。ここは戦場か」

あの悪夢を見た後は、決まって今の状況がわからなくなる。ここがどこか、なぜここにいるのか、今が何日なのか、など。

影響は大小さまざまだが、今回はマシな方らしい。でも、汗が出て体が熱くて不快で、寝られそうにない。

「戦場だから寝とかないとダメなのに……」

アユタは寝床から出て、椅子に座る。アユタ専用の天幕であるここには、机と椅子、寝床と箱がある。机の上の魔工ランプを灯《とも》し、箱の中に隠しておいたものを取り出す。

椅子に座ってランプの明かりに、隠していたものを照らす。アユタは笑みを浮かべた。

「あぁ……『先生』…どうかアユタの道筋に光を……」

これはアユタにとって、とてもとても大切な本。数年前に出会ってからずっと、アユタの心の支えとなっている、尊敬する人の作品だ。

『雪国の幼馴染《おさななじ》み純愛二人暮らし夫婦』。

『先生』が書いた作品の一つであり、現在三巻まで出ているのだが、どうやら次が出るらしい。アユタの心は躍った。

『先生』の書く『雪国の幼馴染み純愛二人暮らし夫婦』の続編を読むまで死ねん。

アユタは心の中で感謝の祈りを捧げ、どうせ眠れないだろうからと本を開いた。

好きな作品に浸るのもまた、休憩である。

アユタは、グランエンドの国主であるギィブ・グランエンドの一人娘。

産まれたときから、グランエンドの姫として生きることを定められていた。

女だから淑《しと》やかに、女だからいずれ嫁ぐ際の作法を学べ、女だから閨《ねや》の作法を……。

耳にタコができるというか、耳が腐るほど聞いた話。アユタはそれが嫌だった。

アユタは部屋で話をするよりも、外を走る方が好きだ。太陽の光と温もり、肌に感じる風、流れる景色を見るのが好きだ。

アユタは部屋で勉強するよりも武術の稽古が好きだ。

剣を振る、拳を振る、足で蹴る。敵を倒して殺す技は、先人たちの生き残りたい、助かりたい、殺したいという悲鳴にも似た思いと叫びを聞くようで、うっとりとする。

アユタは男に媚《こ》びる振る舞いよりも、男と同じように自由に生きるのが好きだ。相手に好かれようと動くより、相手が好きだと思ってしまうような堂々とした生き方をしたい。

アユタはそういう人間だ。そういう生き方がしたい。そういうのが好きなんだ。

でも、運命とか生まれってのが、アユタにそれを許さなかった。

グランエンドの姫である。ただそれだけが、アユタの生き方を強固な鎖で縛り続ける。

自由に生きるって、大変だ。自由を謳歌《おうか》するためには、自由を邪魔する相手を黙らせるだけの実力と実績、権力と財力と……たくさんの種類の力がいる。

アユタはアユタの自由を手に入れるため、力を求めることにした。

最初に求めたのは武力と暴力だ。これはコフルイとネギシとの稽古で培《つちか》う。何年も何年も努力を続けた。さすがに体格には恵まれていないため、限界はある。アユタは魔法も魔工も使えないから、相応の苦痛は必要だったけどね。

最終的には、父上が用意した精鋭の兵士を殴り倒せるくらいにはなった。父上は驚いてたけど、アユタはなんとも気持ちが良かったよ。自分を強いと思い込んでる男を殴り倒して屈服させるのは気持ちがいい。

次に求めたのは知力と財力だ。コフルイ曰《いわ》く、この二つはどちらかだけ手に入れても意味がないとのことだ。

経済を学び、人の心を学び、話術を学ぶ。学んだことで金を稼ぐ、投資する、商売相手を作る。最初はコフルイも付いてきてくれてたので大丈夫だったが、途中から放り出されて一人でやって、何度か騙《だま》された。

稼いだ金を見せたら、これも父上は驚いていたな。アユタをなんだと思ってたんだ。

武力と知力と財力、この三つが揃《そろ》うと権力が生まれる。アユタは一人でも、相応の権力を個人で得たことになる。

だが、自由にはほど遠かった。権力を得ると、同時に責任と義務が発生する。これを無視すると破滅だ。さらに父上からは、そういうお遊びをやめて嫁入り準備をしろと言われる始末。困ったもんだ。

破談にするためにいろいろ動いたが、向こうさんがかなりアユタの輿入《こしい》れに積極的であるって言われた。会ったこともないのになんでそんなことになるのか、こっそり調べた。

やっぱり嘘《うそ》だった。

こちらが無理やり、アユタを相手側の領主の正妃の座にねじ込もうとしてたんだ。

そして、相手側がとことん抵抗を決めたところで、六天将において三番目に強い、師天《してん》マルカセが戦《いくさ》に赴いて勝利した。けど、相手側はなんと自分の城に放火して、領主一族全員焼死した、と。アユタの輿入れはなくなった。

帰ってきたマルカセが笑ってたのが印象的だった。

「あの戦、僕が勝つことは決まっていました。あとはどれだけ時間を短縮できるか、手間を省けるかだけ。でも僕としたことが、途中から楽しんでしまいましたよ、アユタ姫」

あれはかなり昔、戦から帰ってきたマルカセと廊下ですれ違ったときのこと。アユタが戦《いくさ》はどうだったかと聞いて、珍しくマルカセが嬉《うれ》しそうに語ったところだ。

男にしては背の低いマルカセだが、これでも六天将の中で武天《ぶてん》ビカの次に強い。感情を消したような言動をする、背の低さも相まって人形のような男の目には喜びが見えてた。

「どうして？　マルカセならすぐに終わらせられたはず」

「そう、僕なら終わらせられた。でも、でもですよアユタ姫。僕は苦戦したんです」

「苦戦？」

珍しい。マルカセが苦戦、とな。マルカセが苦戦するなんて思えなくて、アユタは首を傾げた。

マルカセは強い。体が小さいので腕力はないんだけど、体の感覚を自由に操れる。体の痛みを消すことも、熱さや冷たさを感じる強弱も、心臓の鼓動すら操れる。

これらをどう使ってるのかわからないけど、マルカセの『速さ』は常人のそれとは質が違う。文字通りの速さではなく、かといって意識の隙間に入る速さでもない。

なんというか、遅いのか速いのかわからない。本人曰《いわ》く、相手の拍子を崩す。他人との速さの拍子をずらすのが得意なんだとか。気づいたら、首筋にナイフを当てられてる。

さらに、マルカセにはもう一つ特異な能力がある。

「何でも覚えるマルカセが、苦戦？」

「ええ。僕は古今東西、現在から遥《はる》か過去までのあらゆる戦争の歴史、戦術、戦法を調べて覚えてます。完全記憶能力……覚えたら忘れない僕が、情報の蓄積量で勝るはずの僕が、兵の運用と戦術においてようやく優勢に立てる状況に押し込まれていた」

「本来は勝つのが当たり前と？」

「当然。相手とは兵の質も将としての経験も違う。最終的には勝てます。だけど、そんな僕がギリギリで優勢って状況にさせられるの、初めてで楽しかった」

アユタとしても、そんなに楽しそうなマルカセは初めて見たよ。

さらに興奮したマルカセは続けた。

「最後の最後、敵方が撤退するとき、なんと僕の前に立ちはだかったのは傭兵団《ようへいだん》でした。名前も知らない傭兵団でしたが、僕と対峙《たいじ》する団長はなんと凛々《りり》しかったことか。

敵の傭兵団に、やたらと強い奴が二人いたから引き剥《ひは》がしてたのに、追いかけたらなんと団長が自ら殿《しんがり》を引き受けてる。しかも契約を果たすために、と。

ここで団長を殺しておかないと厄介なことになるってのはわかってたので、全力で殺しにかかってもギリギリで凌《しの》がれてました。敵方の主力部隊のほとんどを切り離してなお、団長と共に戦う兵士のなんと精強であったことか！　強かった、本当に。

どんどん僕の速さに慣れて、覚えて、強くなる団長は素晴らしかった、ぜひとも僕の副官になってほしくて勧誘もしたけど断られたなぁ、惜しかった。本当に。

殺す寸前で強い奴二人と主力部隊が戻ってきたせいで、団長を取り逃がしたのは痛かった……。異変を察知してくるなんて、勘が良かったし時間をかけすぎました。失敗です。せっかくミスエーに協力してもらって傭兵団《ようへいだん》内に偽の情報を掴《つか》ませたり、団長を殺そうとしたのに、全部失敗だ。でも、楽しかったなぁ。本当に楽しかった」

ここまで凄《すご》い早口で喋《しゃべ》るマルカセを見て、アユタは恐怖を覚えてた。

だが、唐突にマルカセはいつもの無表情に戻る。

「でもその後がいけなかった。時間をかけすぎたせいで領主一族は城に放火して全員で心中しやがるし、急いで領地に駆けつけて実効支配しようにも、ニュービスト軍がすでに領地の防衛を行ってました。救援に来てやがったんです。僕の部隊は一分隊だけなので、兵の数や他の要因からもニュービスト軍を退けることは不可能で、撤退するしかなかった。僕は領主を捕らえることも領地を得ることもできなかった。完全な負けだ。傭兵団団長には敬意を払うがニュービストのクソどもは必ず殺す。しかも、僕に屈辱を与えたのが幼子とも言える奴が発案したことだ、許せません」

さらなる早口。アユタは恐怖を通り越して、マルカセという人間をようやく理解した気がした。こいつ、自分の話になると興奮して早口になる奴だ、と。

一切口を挟む余地がなく、こいつのダダ漏れになってる情報というか言葉というか、文字の羅列をとことん頭に叩《たた》き込まれる感覚は非常に気持ち悪い。そろそろアユタは吐きそうだ。

「だから……おっと、すみません」

アユタが気持ち悪そうな顔をしてると、マルカセが頭を下げた。

「申し訳ありません。興奮しすぎて喋りすぎました」

「う、うん」

アユタは口元を押さえながら返答する。とにかく、マルカセの言葉は早くて、とことん頭の中に情報を叩き込んでくるような感じだから、アユタでは耐えられない。

マルカセは察してくれたってことか。

「僕の悪癖です。言いたいことが頭の中にあると、全て吐き出したくなる。目の前の相手に理解してほしくて全部言おうとする。大丈夫ですか？」

「な、なんとか」

マルカセはいつもの無表情のままだけど、アユタを心配してくれてるのがわかった。

感情のない人形のような男だけど、他者を心配する言葉を言えるだけでも十分だと、アユタは思っておく。

気持ち悪さを払拭《ふっしょく》したアユタは、後ろ頭を掻《か》いて言った。

「それで？　領地はそのままニュービストに奪われたの？」

「いえ、なんでも領主には傍流の子がいたらしく、その子を見つけて領主に据えたそうです。とはいえ、城への放火と僕との戦《いくさ》で家臣団はほぼほぼ全員死んでるので、領主の周りはニュービストの代官だらけ。まともな執政はしてるそうですが、端《はた》から見ればニュービストによる緩やかな支配に呑《の》まれたと言ってもいい」

「子供が生き残ってたんだ」

「血は薄いそうですがね。なんでも、昔は市井《しせい》にいたらしいのですが、ならず者に家族を殺されて生き残ってたそうです。一族を失っても落ち延びて、裏の稼業で生きていたそうですが……ニュービストの役人に発見され、教育されて、今では裏も表も知る良い領主だそうです。いつか殺してやる。殺してや……失礼、また悪癖が出そうなので、これで失礼します」

マルカセは慌てて頭を下げると、アユタの横を通り過ぎていく。

そこで、アユタは少し気になったことがあった。

「ねぇ、マルカセ。傭兵団《ようへいだん》って儲《もう》かる？」

「儲かりません。儲かるような傭兵団は、さっさとどこかの国に吸収されるか、危険視されて消されます。もしくはそこら辺の土地か拠点を奪って今までの金を使って自分たちの集落を作ってるんじゃないですか？　ほとんど夢物語のようなものですが」

マルカセは再び早口で言い切りながら、さっさと廊下の向こう側に消えてしまった。

まるで嵐のような一時だったな、とアユタは一人で呆然《ぼうぜん》としてる。マルカセにあんな一面があるなんてなぁ、と。

先ほどの話を聞いて、アユタは思った。腕を組み、顎に指を添えて呟《つぶや》く。

「そうか、傭兵団を作ってアユタの国を作っちゃえばいいのか」

マルカセの話をそのまま聞くと、傭兵団として活動して金を稼ぎ、武力と財力を周囲に見せつけ、周辺の土地を手に入れて支配するのがいいみたいだ。

うーん、全く。

「やっぱり、武力と財力が揃《そろ》うと、権力が手に入っちゃうなぁ」

これからの計画を考えると、思わずウキウキしてしまう。

コフルイに計画を話すため、アユタはご機嫌な気分で廊下を歩いて行った。

稼いだ金と、自分の暴力と武力。これを使って自分の軍隊を作ろうと思ったんだ。

財力と武力に、兵力を率いることで得られる影響力と権力。これで完璧、アユタが自由に生きることができる場所を作れるかもしれない。さっそく父上に相談した。

「できるわけないだろ」

一蹴された。なぜだ。

「父上。アユタはそこそこ金を稼げます。人もそこそこ殴れます。あとはそこそこの私兵が欲しい。それでいい」

「お前の言うそこそこであってもな、一国の姫が自分の軍隊を持って好き勝手に戦争できるようになりたいとか、混乱の元にしかならない」

くそ。やっぱりそれを言われたか。

父上の傍《そば》にいるコフルイさえも、苦い顔をしてた。今回の件、コフルイに相談しようと思ってたら父上のところにいたから、同時に言っちゃえばいいと思ってやった。

そしたらこれだよ。

「でも父上。私もそろそろ護衛とか欲しい」

「普通、護衛が欲しいとか言う奴は、そこそこ金を稼げて人を殴れますなんてことは言わないんだ」

「姫様……」

父上とコフルイが呆《あき》れたような顔をしている。なぜだ、アユタは真剣に言ってるのに。

だが、アユタは諦めない。諦めてたまるものか。これも夢のため、自由のためだ。

「父上。聞いてください。これはとても大事なことです」

「やかましい。とっとと帰れ、コフルイも呆れてないでなんとかしろ」

「わかりました。姫様、戻りますよ」

コフルイに腕を掴《つか》まれて引っ張られていくアユタ。呆れた顔をしたままの父上。

アユタを廊下に引っ張り出すと、コフルイはクワッと表情を歪《ゆが》めた。

「何を考えてらっしゃいますか、姫様!?　突然自分の私兵を、軍隊を持って傭兵団紛《ようへいだんまが》いのことをしたいなどと」

「まぁ、聞け。コフルイ」

アユタは聞き分けの悪い子供に言い聞かせるように、優しく説明した。

「いいか？　アユタはそこそこ金を稼いでる」

「そうですな。儂《わし》とマルカセが教えましたからな。あとベンカクが周辺国の法についても教授しました」

「……んん、それとアユタはそこそこ腕も立つ」

「そうですな。儂とネギシ、それとビカが稽古をつけておりますから。ミスエーにも何か教わってると、耳にしてます」

「……えぇと、アユタは、その、うん、そこそこやるだろ？」

「そうですな。儂と他の六天将の皆々様、そして御屋形《おやかた》様であらせられるギィブ様のツテでさまざまな先生をお呼びしましたから」

くそっ。コフルイは暗に「姫様の能力はグランエンドの姫だからこそ得られたもの、わかってるよね？　なのにグランエンド内に不穏な空気を生む軍隊を作るの？　グランエンドであれこれたくさんのものを授かったくせに？」という言外の責めが混じってるっ。

こういうねちっこい攻め方をするから、コフルイはこの年で独身なんだ、陰気爺《いんきじじい》っ。

「コフルイ。アユタは思うんだ」

「何をです」

「グランエンド内には、グランエンドの中にいるだけじゃ満足できない奴もいるだろ」

アユタは廊下の窓から城下町を眺める。たくさんの人が働き、笑顔で過ごすアユタの故郷。心安らぐ祖先からの土地。この光景を見ると、アユタでもご先祖様には感謝する。

良い土地と良い縁をありがとう、と。

「燻《くすぶ》ってる奴はいる。外に出て戦働《いくさ》きにて功績を挙げたい奴が。鎖国政策を突き進むグランエンドの外側を見てみたい奴がいる」

「……」

「そいつら全員、アユタが連れて行く。連れて行って、夢を見させてやるんだ。アユタが作る、アユタの国。夢を見たいグランエンドの民が、夢を見れる場所だ」

鎖国政策を取るグランエンドでは、外に出ることは基本的に厳しい審査を経て許可される。大抵許可を出されるのは大きな店を持つ商隊くらいなもんだ。

情報を漏らさないように、本人の口の堅さや普段の生活態度を見て信頼できるかどうか、親類縁者も含めて心配はないかなど、調査項目は多い。

だから、グランエンドの外の話は、戻ってきた人からしか聞けないし、それも断片的だ。外に夢を見る奴は、多いんだ。

「だから、アユタはそいつらを連れて行く。夢を見させてやる。アユタも自由を得る。コフルイ、協力してくれ」

「ダメです。なんだかんだ良い話のように言っても、一国の姫君が軍隊を持つなど論外です」

「ちくしょう、誤魔化されなかったか」

結局説得は成功しなかったんだけど、アユタが辛いものを食べたくて癇癪《かんしゃく》を起こし続けてたら、父上が怒ってアユタに適当な砦《とりで》をあてがって放り出してくれた。

ありがたい。初期費用が安くなったよシメシメ、と感謝したもんだ。

一緒に追放処分紛《まが》いの砦勤めになったネギシは文句を言ってたけど、コフルイにヤキを入れさせて黙らせた。

こうして、アユタはダイダラ砦を手に入れて、本国で燻ってた奴を引っ張っては軍隊に組み込んで兵士にしてやった。外に出たい奴もまとめてだ。

兵士に死に場所を与えて、自分の夢を叶《かな》えるための肥料にしている。そう揶揄《やゆ》されたこともある。

実際、行動に移したアユタ自身もそう思ってしまった。

悩んでいたところ、ネギシに言われたことがあって、

「確かに戦に出ると尻込みする奴はいるぜ。来るんじゃなかった、とか言う奴もいる」

「そうか」

ネギシとの訓練の休憩中に言われた、兵士たちの声。覚悟はしてたつもりだけど、実際に言われるとへこむ。

そんなアユタにネギシは言うのだ。

「だけど、生き残ってる奴は後悔してない」

「後悔した人から死んでるだけじゃない？」

「そうだ。後悔した奴、心が弱い奴から死ぬ。それに死んだ奴と生前話したこともあるけど、ただ外に出たいだけでこれといって具体的な展望もねぇな。信念も、生き残って何かがやりてぇってわけでもない。そんな奴が、戦《いくさ》をすること前提の、この砦《とりで》に来るのが間違ってんだ」

「そうか」

アユタは平気な顔をしてたが、内心は少しざわめいていた。でも、と思うこともある。

さらにネギシは続けた。

「だいたい、ここに来ることの注意事項の一つに『命の保証なし』と書いてある。それでも来た奴が『こんなの聞いてないっ！』とか言ってビビり散らかすのは、ハッキリ言ってムカつくとこはある。だから、姫様は少なくとも気にすることじゃねぇ。ちゃんと警告していたのに文句を垂れるのは、甘ったれとしか言いようがない。俺たちは姫様が示してくれた外に出る機会を自分で選んで、ここにいる。堂々としてりゃいい」

下手な慰めだな、とは思う。ネギシとしては、あいつらが勝手にやったことで覚悟が足りなかっただけ、とバッサリ斬り捨てればいい、と言いたいんだと思う。

でも普通は気に病むだろう。それも自分が誘ったから、と思うのが人の心として当然なんだろうな。

でもアユタはストン、と納得できた。

「それもそっか」

アユタは自分の夢、自由と自分の居場所や国を手に入れちゃうためにやってる。

最初にそのことは言ってるし、契約の際にも注意してる。知らせるべきことは知らせてる。

この戦国乱世の真《ま》っ只中《ただなか》、アユタの行動に乗っかって何かを為《な》したいと思う以上、相応の覚悟はしてもらわないと話にならない。アユタがやってることはそういうことだ。

普通だったらクソと言われても仕方ない言い分なのだけど、アユタはスッキリした気分になったのでよい。

「だいたい、アユタはアユタで兵士にちゃんと食事と寝床の提供をして、持ってない奴には武器と鎧《よろい》を貸与してるし、そんでもって給金もちゃんと払ってるし」

アユタはアユタで、今も自分で稼いでるお金をちゃんと砦の維持に回してるしな。

この砦の長《おさ》として、やるべきことはやってるのだ。

なので、文句を言われる筋合いなし。

「スッキリしたー。そんじゃ、もう気にせずにいるかー」

体を伸ばして、アユタはさっぱりと悩みを解消するのだった。


ダイダラ砦《とりで》周辺の盗賊なんかを殲滅《せんめつ》し、時としてアユタに牙《きば》を剥《む》く領主に勝利して支配下に置いたり、求められれば戦《いくさ》にも手を貸す。

徐々に徐々に、傭兵団《ようへいだん》という立場から周辺の土地を支配する領主一歩手前まで来た頃、砦に使者が来た。話を聞いてみれば、やんごとなき身分の方が会いたいとかなんとか。

とうとうアユタもここまで来たか……と感動しながら了承し、客を迎えてみる。

迎えて後悔した。

「会ってもらえて嬉《うれ》しいぞ、アユタとやら。妾《わらわ》は」

「知ってる。ニュービストの姫、テビス様だな」

やってきたのは、なんとニュービストの姫にして才女、アユタが今、最も警戒しながらも手本とする人物。

テビス・ニュービストその人であった。

アユタの部屋で話をすることにした。とはいえ相手は大国の姫であり、アユタは自然と上座を譲ってしまった。ここではアユタが主なのだが、この場ではこの対処が正しい。

アユタの傍《そば》にはコフルイだけ。テビス姫の方にはメイドが一人いるだけだ。この四人で話をすることになった。

扉の外にはネギシを立たせ、誰も近寄らないようにした。

「いやー、妾もびっくりしたものよ。この近くで妾と懇意にしておる領主が戦で負けてたり、盗賊の数が減ってたり、なんか傭兵団が砦を作って周辺を実行支配しようとしちゃったりしてるものだから調べたら、まさかそれをやってるのが女団長とは思わなんだ」

「いえ、アユタなどまだまだです」

「調査報告を聞いておる。なかなかのやり手とな。戦働きによる稼ぎだけでなく、商売やらなんやらの稼ぎも上手い。食料や物品だけでなく情報も取り扱うとか」

笑顔のはずなのにテビス姫の目が、笑ってない。メイドの目も感情が見えない。

これはヤバい、とアユタは表情だけ平静を装いながら内心では焦りまくってた。

「上手いものよのぉ。周辺の盗賊の目撃情報、獣が出やすい山、魚を獲るのに適した川、国がやろうとしてる新たな事業の建設予定地や時期、いつ頃に商隊が通るとかどの店の商隊が通るかと。実に上手い。良い情報を取り扱う」

「傭兵団なので、いろいろな地域に行く。兵士も同様だ、だから」

「情報の売り方の何が上手いって、これらの情報をニュービストの法や判例を、揉《も》め事《ごと》や事故事件に当てはめながらどこまでギリギリを攻めれば捕まらず、違法スレスレの商売ができるかなどの教授もしておったのじゃろう？　そこから自分たちが得をするために、ギリギリ悪感情を抱かれないように裏側でさらに稼ぐように動くとはのぅ」

空気が一気に、重くなる。

「相当なやり手であるな」

冷たい声。テビス姫はまだ笑顔のまま。アユタがやらかしてる情報売買と情報操作による金稼ぎが、全てバレてることの証左だった。

コフルイの方を見れば、そっぽを向かれた。コフルイにもどうしようもないらしい。

くそう、なんでこんなことになってんだ。

砦《とりで》に来て馬車から降りたテビス姫の姿を見て、アユタは頭を抱えた。まさかニュービストの姫がこんなところに来るなんて思ってないじゃん、来るわけないんだ普通。

ここからニュービストの首都までの距離はそんなにない。馬車を走らせれば数日で着く程度だ。そんなところにアユタは砦を構えて好き勝手やってる。今更ながら、正気の沙汰じゃない。

商隊がここの近くを通るのはよく見るし、行商人だって見る。旅人も見る。

商隊と取引もする。商隊の護衛にアユタの兵士を派遣する。周辺の村にも立ち寄るだろうから話を聞く。

そうやってあちこちで情報を集め、ニュービストの決め事、法、風土、人情を調べて荒稼ぎできるやり方を、商隊や関わった奴らにチョロッとだけ教えて金を巻き上げた。

教えたことをやってる商隊や客の裏で、アユタたちはさらに儲《もう》けるように動いた。

とうとう一連の行動がテビス姫の耳に入ったから、姫自らがここに来たんだろう。

だが、だ。

「テビス姫。具体的にここには何をしに？　アユタも暇ではない」

「暇ではないか。では単刀直入に言おう、お主《ぬし》が教えた方法で変な商売をする奴が増えたせいで、市場経済が混乱しておる。脱法商売をやる奴が多すぎて迷惑なのじゃ」

す、とテビス姫の目が細くなる。

「余計なことをこれ以上するなら覚悟はあるな？　という妾《わらわ》からの警告を、妾自身から告げさせてもらおう」

「わかった。宣戦布告だな」

アユタが無表情で聞き返す。

「そう取ってもらっても、構わん」

息を呑《の》んだ。まさか間髪《かんはつ》を容《い》れずにテビスが認めるとは。

「そうか、コフルイ」

「はっ」

アユタの言葉に、コフルイは一瞬にして戦闘態勢を取る。腰の剣を抜き、一歩前に出る。

まぁ、ここでテビス……を殺してしまえばニュービストと全面戦争になってしまう。本当にここで殺すつもりはない。脅すだけだ。

本当なら、テビスの追及を誤魔化してなんとか帰ってもらえば良かった。それだけでアユタの目的は達成される。争わない、それがここでの最善。

だが、はっきりとテビスから宣戦布告を受けた。これを言われてしまっては、この砦《とりで》で兵士を率いる身としての立場がなくなってしまう。弱気は見せられない。

強気でなければ、兵士はついてこないから。

コフルイもそれをわかってるため、一足飛びにテビスへ斬りかからないいんだろうな。

脅すだけ、のはず。

「……」

テビスの前にメイドが立った。壁になるつもりか、アユタは溜め息をついた。

メイドだけではコフルイは止められないぞ。無駄だ。

「どけ、小娘」

「……」

「どかねば」

斬る、の一言が出る前にメイドがコフルイへ一足飛び、一気に間合いを詰める。

「むっ」

コフルイにとっては予想外だったため、一拍だけ反応が遅れるが、すぐに腰だめから片手で剣を横薙《よこな》ぎに振るう――。

がんっ。

コフルイの剣を、メイドが足で止めていた。剣に加速が乗る前、動き始めの瞬間。

メイドがコフルイの剣の鍔元《つばもと》を足の裏で蹴ることで、それ以上進むことを阻んでいる。

ギリギリギリギリ、と二人の間で力の膠着《こうちゃく》状態が起こる。

コフルイが剣を引けばメイドは飛び込む。そうなってしまったら、さすがのコフルイといえど不覚を取る可能性がある。

かといって剣筋をずらせば、メイドを斬り殺せるだろう。しかし無理やり剣筋を曲げた斬撃ではメイドを一瞬では殺せない。力の込め具合が足りないからだ。

絶命までの僅かな時間で、メイドはいつの間にか片手に握ってる投げナイフをアユタに向けて飛ばすのは目に見えてる。

逆にメイドが無理やりナイフを投げたら？　アユタはナイフを避《よ》けて、その隙にテビスに殴りかかるだろう。コフルイがメイドの足止めを行えば、不可能じゃない。

アユタがすぐにナイフの軌道《きどう》を避けるように動いたり、テビスへの攻撃のために動けば、メイドはアユタへナイフを投げ、その隙に下がってテビスを守るように動く。一見すればこれが一番だろうが、その場合コフルイの動きを邪魔してしまう。

アユタとコフルイとでは、連携を取って戦うには練度の差がありすぎる。確実にアユタがコフルイの足を引っ張る。この歪《いびつ》な連携に、ここまでコフルイを止められるメイドがつけ込まないはずがない。

一番は、コフルイが力でメイドを押し切って態勢を崩す、もしくは切り伏せる。テビスの護衛を完全に無力化ないし殺害。でもメイドの足の力を、コフルイの片手では押し切れない。

動けない。全員が、この場から動けない。

時間が欲しい。考える時間が。

もう少し時間を使って頭を働かせれば、この場にいる全員がさらなる手を使って動く。その前に最善を考えろ、アユタ。

「動けぬなら、妾《わらわ》が動こうか」

ふわ、とテビスがこちらに向かって歩いてくる。

コフルイも、メイドも、アユタも動けなかった。この場で一番動くはずのない人間が、動き出している。と、メイドの懐に手を突っ込んで、ナイフを取り出したではないか。

「あんっ……!?」

一瞬、メイドが艶っぽい声を出したけど、気にしないでおこう。どこにしまってたんだ

そのナイフ⁇

テビスはどんどん、こっちに近づいてくる。何がベストだ？　決まってる、アユタが動いてテビスを人質に取ればいい。それで片がつく。アユタはすぐに椅子から立ち上がろうとした。

「外の者‼　アユタがテビスに殺されんとしとるぞ！　助けんでよいのか⁉」

は？　テビスが部屋の外に向かって叫んだ。確か外には、

「どした姫さっ――」

ばん、と扉が開かれて、ネギシが飛び込んでくる。そうか、外にはネギシがいた。助けを呼べば良かった。

なら、なぜテビスがネギシを呼んだ？

「お前っ！」

ネギシは激昂《げきこう》し、こちらに駆けてくる。あと三歩でネギシの拳の間合いだ。テビスは一撃をもらっておしまいだ。

そう考えていたアユタの首に。

ネギシの方を見るために振り向いて、後ろを向いていたアユタの首に。

全員がネギシの方を見てるその一瞬で。

テビスはアユタに刃物を当てていた。

「動けば、殺す」

凛、とよく通る声。たった一言でネギシの動きが止まる。殴れるだろうが、ネギシがテビスを殴る前にアユタが殺される。ネギシを見るためにテビスに背を向けたアユタが悪い。

同時にコフルイたちは何をしていたか？　ネギシが飛び込んできた場合、どう動けばいいかを考えていたはずだ。瞬き一つの間で最善手を閃《ひらめ》かせ、動けたはず。

「さて、アユタよ」

ぐ、とアユタの首に添えられたナイフに力が籠もった。

「降参するか？」

たった一言。

たった一言だけだったが、アユタはテビスの言葉を認めるしかなかった。

完全に負けを悟り、思わず屈辱による怒りで顔を歪《ゆが》めながら、アユタは答える。

「まいった……」

「ならよし」

あっさりとテビス……姫はナイフを引き、椅子に座ろうと戻っていく。

振り向けば、テビス姫はもうこっちを見ようともしていない。

「コフルイとやらとウーティンの膠着《こうちゃく》状態は、互いに押し引きができない状況であったが故のもの」

テビス姫が言う。

「アユタがどう動くかで、さらに泥沼の可能性があった。なら妾《わらわ》が動くのみよ。アユタも、コフルイも、ウーティンですら、妾が動くとは思わなんだ」

椅子に座り、

「ナイフを持った妾に対して、アユタの行動は予想以上に早かった。妾ですら、背筋が凍るようで冷や汗をかいた。しかし、外にはそこの若者がいるのはわかっておったし、忠誠心が強いのはここまで案内してくれたときにわかっておった。だから、部屋に呼んだ」

退屈そうに背もたれに体を預け、

「『戦える人間が一人増えた』『しかもアユタ側の、腕利きの護衛』『三対二の状況』『新しい選択肢の出現』。全員が自分の有利不利や若者の動きと、複雑化した最善手までの動きを思考しなければならなかった。おそらく三手以上の手段が必要であったろう。それに比べて、妾は一手でアユタの首にナイフを当てればよかった」

見下すように、

「下らぬな。法の網の目をかいくぐり、近辺の戦《いくさ》に勝利し、さまざまな商売で金を稼ぐ団長で才女であるお主《ぬし》が、どこまでできるかと思えば……この程度」

吐き捨てるように言った。

「身の程を知れ。次はない」

あまりに重みのある声。目の前の少女からとは想像もできないような圧力。

アユタも、コフルイも、ネギシも。全員が動けなかった。

メイドことウーティンとやらはテビス姫の傍《そば》に戻り、メイドとしての姿へ。

絵になるほどに、二人の姿は王族として、メイドとして、完成されていた。アユタですら、見惚《みと》れるほどに。

ここまで認めさせられては、もうどうしようもない。

「……コフルイ、ネギシ。部屋の外に出ろ」

「えっ?!」

「ネギシ、何も言うな。アユタは負けた。潔く、テビス姫の話をおとなしく聞くことにする」

まいった。

たったそれだけの言葉を口にさせられたことで、アユタはテビス姫に敗北したと痛感したんだ。

「これ以上、恥をさらせない」

敗北したのに、数に任せてテビス姫をここで殺せば、もうアユタの矜持《きょうじ》は砕ける。

兵士たちへの面目も立たない。少女を相手に三人がかりで、敗北した腹いせに襲いかかって殺したなんてことを知られるわけにはいかないだろう。

この状況でニュービストの姫を殺した、という悪評が広がれば……もうアユタに従うものは一人もいなくなる。情けない、臆病者、国主に連なる血族としてあまりに相応《ふさわ》しくない愚者、という悪評が一生ついて回る。

こんな状況、絶対に避けないといけない。

「行くぞ、ネギシ」

「だけど」

「これ以上……」

コフルイは言葉を短く切り、ネギシを連れて部屋の外に出ようとする。

ありがとうコフルイ。そこで言葉を止めてくれて。さすがにそこから先をハッキリと言われてしまったら、アユタは泣いてた。

これ以上、惨《みじ》めにするな。たったこれだけだが言われたくない。

二人が部屋から出た後、アユタは姿勢を正してテビスと向かい合う。相変わらず、退屈そうに見下してくるが、もうアユタには怒る資格すらない。

「テビス姫」

「なんじゃ」

「一連の行動、真《まこと》に申し訳ない」

アユタは頭を下げて謝罪した。本当に惨《みじ》めな気分だ、死にたくなるほどに。

武力で売ってる集団の長《おさ》が、頭を下げて謝るなんて姿、他の奴らには見せられない。

何より、これ以上テビスとの話が拗《こじ》れて怒りを買い、アユタのことを本格的に調査されても困る。アユタがグランエンドの姫であることは絶対に知られてはならない。

二人の顔色、言葉の内容からアユタが姫であることまではバレてない、はず。

「お主《ぬし》は、妾《わらわ》とメイドの二人で来たと思い、宣戦布告を受けた以上は示威行為に出ねばならんかった。そうせねば示しがつかぬ。そう考えたのだろう。女二人ならどうとでもなる、と」

「はい」

「そもそも、妾が完全無防備な状態でお主の前に立つと思ったか？　そんなことをするわけなかろう、妾はニュービスト国王の一人娘、姫であるぞ。妾が一人になろうとしても、周りが許さぬに決まっておる。同時に護衛も付けるわ」

当然のことだ。少し考えればわかるはずの内容。テビス姫ほどの立場の人間が、完全な無防備状態でほっつき歩くなんてありえない。傍《そば》にいるメイドすら、何かしらの技能を持っているとみるべきだった。

直情的に行動した結果がこれだ。アユタは顔を上げられなかった。恥ずかしさで真っ赤になってる。きっと。

そこからもネチネチチクチクと、テビス姫から指摘された。やれ戦《いくさ》がどうだの、やれ商売の仕方が汚いだの、やれ人様の領地に勝手に砦《とりで》を立てて好き勝手しやがってだの、と言いたい放題。

いい加減ブチ切れそうになって言い返しても、ささっと反論されて封殺。

もう、アユタはぐったりとしていた。

「本当にすみませんでした」

一時間くらい説教されて気力体力が尽きたアユタは、もう謝ることしかできない。

スッキリしたテビス姫が一息ついて言った。

「ふぅ。さて、妾《わらわ》の言いたいことは簡単じゃ。変な商売の仕方を教えて金を受け取るような真似をするな。人としての筋を通さぬ商売などされては、真面目にやってる者が割を食う。それを規制する法を整備せねばならぬし、暗黙の了解で秩序を保つ商人の集まりに混乱をもたらす。良いことなどない」

「は、はい」

「以上じゃ。さて、妾は言いたいことは言ったし帰るぞ。言いたいことは……もうないの」

テビス姫は立ち上がり、帰ろうとした。

このまま帰ってもらって、アユタは傷ついた心を癒やすべく寝る……と、ベッドの方に視線を向けると、なんと掛け布の上に本を置きっぱなしにしているのに気づいた。

いきなりテビス姫が来たので隠す暇がなく、そのままになってしまってた。

マズい、気づかれたら死ねる、頼むそのまま帰ってくれ、アユタは祈る。

「ん？　なんじゃこれは」

だが、アユタの視線から違和感を覚えたらしいテビス姫が、ベッドの上の本に気づいて手に取ってしまった。

やめてくれ、開くな、開かないでくれ！

「日記です。寝転びながら、今までのことを振り返って」

「ほう、そうか」

おま、ちょ、本当は日記じゃねぇけど、日記だと言ってるのに躊躇《ちゅうちょ》なく開くのかお前。

テビス姫は躊躇なく本を開き、中を読んでいる。

ダメだ、これ以上読まれたら、アユタが死ぬ。止めるべきだ、急いで！

「それは、ちょっと」

「姫さ、ま。人様、の、日記を見るもの、では」

「……ウーティン」

テビス姫は唐突に真剣な眼差《まなざ》しとなる。これは予想外だ、いや、〝中身〟を読んで困ってるだけだ！

「はい、姫さ、ま」

「出せ」

「はい？」

「ここは『教室』じゃ。出せ」

「……い、いや、で、す」

テビス姫の命令を、なんとウーティンが拒絶した。メイドが、主の命令を拒絶するという前代未聞の光景。

あまりの衝撃的な光景にアユタは言葉を詰まらせてしまった。なんだ。何が起こっている。テビス姫は何を言いたいのか？

「出すだけ出すのじゃ、『園芸委員』よ」

「べ、別に、自分、は、押しつけられた、だけ、で、委員、では、ないです」

「やかましい。これが『教室』の様式美なのじゃ」

「っ！　わ、わかりま、した」

二人して何を言ってるのかわからない。テビスが真剣にウーティンを諭《さと》し、ウーティンが渋々了承してる様子だ。

一体全体何がどうなってるんだ。テビス姫はなんで本を持ったままなんだ、ウーティンは何を躊躇してるんだ、アユタは何を見せられてるんだ？

テビス姫がこちらを振り向いたとき、凄《すご》く優しい顔をしてるのが特徴的だった。

「アユタよ」

「は、はい！」

「お主《ぬし》、姫と呼ばれておるな？　元々どこかの国の王族に連なる者なのか？」

ぶぉっ⁉　あっぶねぇ、思わずそうだと言いかけた！　唐突にテビス姫から指摘されたものだから、アユタはとても慌ててしまった。

グランエンドの姫だと知られるわけには絶対にいかない。だから、

「い、いえ。アユタはこの砦《とりで》の団長、なので……なんというかいつの間にか姫、と呼ばれるようになりました」

「ああ、そういうことか。なに、この本はな」

テビス姫はアユタの本を手の中でもてあそびつつ言った。

「……一部の、金があるか、立場があるか……まぁ、『そういう高尚《こうしょう》な趣味に目覚める素質』のある『やんごとなき身分の女性』が夢中になりやすい、という本でのぉ……？」

ぞくっ。アユタの背筋に熱く沸騰《ふっとう》した湯が流し込まれたような興奮が、一気に来る。

まさか、まさか？

「て、テビス姫……その……あなたは……？」

アユタは問う。まだアユタの顔は赤い。熱いままだ。

だけど、これは羞恥のそれじゃない。もっと別の、別種の興奮だ。アユタの手が震えて、唇も震えていた。

まさか、いたのか。アユタが求めていたものが、目の前に。

「……やぁ、仲間よ」

テビス姫はとてもとても美しい笑顔になり、懐から本を取り出した。

革製の表紙に、テビス姫の言葉。ああ、そうか。

「あなた様も、仲間でございましたか」

テビス姫もまた、かの『先生』の作品の愛読者だったのか――。

アユタは全身で喜びを感じながら、テビス姫を相手に片膝を折っていた。

まるで忠誠を誓う一人の騎士の如く。

「そうかそうか。アユタは『幼馴染《おさなな》み純愛』が好きであったか。妾《わらわ》と同じであるのぉ」

「ですよね！　これ、本当にいいですよねぇ!!　アユタ、これ大好きなんですよ！」

そこから三時間くらい、アユタはテビス姫、いや、テビス姫様と共に先生の作品について語り合っていた。

驚いたことに、テビス姫様が語ることによると、アユタが知っている以上に、『先生』の作品は多いそうだ。アユタは『幼馴染み純愛』と『姫のメイド』の二つくらいしか知らないが、いつの間にか新作が出ていたらしい。

「ところで、読んだかの……これを……？」

「そ、それは……!?」

「『女騎士』じゃ……こっそりと手に入れておったのよ……どうじゃ？」

テビス姫様が取り出したるは、なんと『先生』の新作『女騎士』ものだ……！

よ、読みたい……!!　切実に、今すぐにでも……！　今回は一体どんな恋愛劇と濡《ぬ》れ場《ば》と感動が込められた傑作なのか、気になって眠れない……！

アユタが目を爛々《らんらん》とさせていると、テビス姫様はこちらに本を差し出した。

「受け取るが、よい」

「よ、よいの、ですか……!!」

テビス姫様が差し出した『女騎士』。アユタは手を震わせ、鈍い動きでそれを手に取ろうとした。触っていいのか……アユタがお金を出したわけじゃないのに……！

本に手が触れた瞬間、アユタの脳髄《のうずい》から脊髄《せきずい》へ、そして全身に甘い快感を伴った雷がほとばしった。これは、きっと素晴らしいものに違いない……！

「触れただけで……わかるか……！　すでにその域におるのだな、アユタよ……！」

「テビス姫様……!!」

「姫さま。いつまでも遊んでない、で、帰ります、よ」

二人して興奮してるところに、不粋《ぶすい》にもウーティンが口を挟んでくる。アユタとテビス姫様は同時にウーティンを睨《にら》んだ。

「不敬であるぞウーティン。今、妾《わらわ》は同志と出会い、とても充実しておる。明日から政務に励むために必要な英気を養っておるところよ。邪魔をするでない」

「官能小説で、話、が、盛り上がって、る姿は、実に、王族のそれとは見えま、せん。情けない。陛下からも、その書物を取り上げるよう、言われているくらい、です」

「なっ⁉ 父上に、妾の愛読書を知られておると⁉ 完璧に隠しておったのに⁉」

「自分が、知らせ、ました」

「裏切り者‼」

いいなぁ、この怒りながらも互いに信頼し合ってる様子。テビス姫様は怒っていても相手に対して害する気持ちはないし、ウーティンは怒られながらもケロッとしてる。

まるで喧嘩《けんか》友達、口喧嘩で遊んでいるような感じ。

これだよ……こういうあけすけで何もかもが言い合えて、喧嘩もするけどわかり合える。いざとなれば互いを信頼して背中を預け、命も懸けることができる。

理想の、『幼馴染《おさななじ》み』のような関係性。

「いいですね、テビス姫様。ウーティンと仲良さそうで」

寂しそうに呟《つぶや》くアユタの言葉が聞こえたらしいテビス姫様が、キョトンとした顔をしていらっしゃる。

「なんじゃ？　アユタよ、お主《ぬし》は友達が欲しいのか？」

「友達もですが……アユタには、幼い頃より同年代の友人というか、幼馴染《おさななじ》みというものがおりませぬ。それが羨ましくて。そういう環境で生きておりましたので」

アユタは思わず心情を吐露《とろ》してしまった。まだ会って一日も経《た》ってない、異国の姫を相手に打ち明けることではないのに。

でもこの語り合いで、心を許してしまった自分がいる。

アユタは羨ましいのだ。この本に出てくる、雪国を舞台とした幼馴染み二人の、純愛の日々が、信頼できる友達がいることが。

アユタには全くなかったんだ。幼い頃に友達と過ごした、輝かしい幼年期なんてなかった。ただただグランエンドの姫として生きた記憶だけ。

羨ましかった。父上の家臣団の中で、子供同士が遊んでいる姿が。

アユタもそこに入りたかったから。アユタが好きなかけっこや木登りもしていた。でも子供たちは、アユタを仲間に入れてくれなかった。友達になってくれなかったんだ。

「そうよな。妾《わらわ》も同様じゃ」

テビス姫様も、ポツリポツリと話し出した。

「妾は幼い頃より、俊英であった。齢《よわい》二つの頃より才能を見せ、あっという間に政務を覚えて仕事をしておる。そのせいかのぉ、同年代の貴族子女とは全く話が合わんのだよ。なんというか、大人が子供に諭《さと》すような話し方になってしまってな」

「姫様」

「まぁ、じゃからな、今からでも、妾と同好の士として友人にでもなるか？」

思わずアユタは泣いてしまっていた。こんなあけすけに、友人になろうと言ってくれる人がいるとは。

アユタはテビス姫様の手を取り、頭を下げた。

「よろしく、お願いします」

この日、アユタは生涯の友を得た。それと『先生』の新作も手に入れた。ウーティンは冷たい目をしてた。

いいじゃろがい、好きなものは好きでよぉ。

そこからは、充実した日々を送っていた。

日々の戦《いくさ》働き、テビス姫様の助言による〝とりあえず〟真っ当な商売の形、兵士の訓練とアユタの鍛錬、時々あるテビス姫様との『教室』。

毎日が楽しくて、充実していて、嬉《うれ》しくて喜ばしくて、時として悲しくてつらくて。

人生山あり谷ありの、素晴らしい日々だ。

そこに、あの男が来た。

アユタの辛いもの好きをなんとかしようとした父上から送り込まれた、料理人。

シュリ、という男が。


アユタにとって初めて満足できる料理を作る料理人。シュリという人間は、実に不思議の塊《かたまり》だった。見たことがないと言ってもいい。

ミコト以外には見たことのない黒髪、触ったことのない不思議な生地の服、顔つきは平和ボケした軟弱者でありながら料理の腕は素晴らしい。

いつの間にかビカやミコトと仲良くなり、砦《とりで》にとっても欠かせない人間になっていた。

シュリが来てから随分と経《た》ち、久しぶりの戦《いくさ》が始まる。


久しぶりの戦に昂《たか》ぶりながら、アユタは自分の天幕で本を読んでいた。

時刻は早朝。未《いま》だに外は真っ暗であり、日の出までまだ時間がある。寝なければいけないのだが、目覚めてしまった以上は二度寝などしてはいけない。

二度寝をしてしまうと、戦で十分な動きができなくなるっていうのは、ミコトの言葉だったかな。あいつの経験談だとか。

目覚めてしまったのなら、覚めた時間こそが当人の頭が一番活動を始めるのに適した時間で、そこからはあっという間に頭が冴《さ》え渡るとかなんとか。

「アユタには～そんなの関係なし～」

頭の中のミコトがアユタにあれこれ言ってくるのを無視して、本のページをめくる。

ぺらり、ぺらりと一枚ずつ丁寧にだ。本の中で繰り広げられるストーリーに、ひたすら夢中になって没入する。

切りの良いところまで読み進めてから、アユタは本を閉じた。

「ふぅ……」

満足のあまり、思わず大きな息を吐いてしまっていた。

「やはり……『雪国の幼馴染《おさなな》み純愛二人暮らし夫婦』は最高だな……」

うっとりとして椅子にもたれかかる。『先生』の本はいつもこうだ、没入するほど夢中になり、読み終われば満足感から陶酔してしまう。

完璧だ。今のアユタの精神状態は完璧のそれ。あらゆることに柔軟に対応できるだろう。

これで今日からの戦も大丈夫だ、必ず勝てるだろうさ！　思わずニヤリと笑っ、

「アユタ姫様、入ってもいいですか？　シュリです」

「おう、入っていい」

できなかった。笑えなかった。衝撃を受けて、思わず尻が椅子から浮いてしまうほど。

え、え？　シュリが来たの？　朝ご飯を持ってくるために？　ここに？　もう？

確かにアユタは朝ご飯を頼んでたよ？　持ってくるように言ってたよ？　辛くて美味《うま》いのを所望したよ？

全部アユタが自分で言ってんじゃん。

どうする、落ち着けアユタ。荒くなる呼吸を無理やり押さえつけ、冷静に判断する。

まず手に持っている本を見られるわけにはいかない。同好の士、『教室』以外の者に見られること、それすなわち死。ミコトはシュリに知られてしまったが、大丈夫だった。

なんせシュリは、『先生』の傍《そば》にいて作品に口出しを許される『副担任』であるから。

見られても大丈夫だとは思うがアユタが『先生』の作品の愛読者であることは知られてないはずだ落ち着いて対処をそうだ隠して見つからないようにすればいい今は誤魔化してシュリのところに行ってご飯を食べるようにすれば問題なし。

「入ります」

シュリが、天幕の入り口の布に、手を掛けている!!

なぜだ!?　なぜいきなり!?　女が一人でいる天幕に許可なく入る奴があるか!!

いや、アユタが入ってもいいいって言ってたね。

まるでスローモーションのように、シュリが入り口の布をゆっくりと手で払う姿が見える。このままだと本を持っていることを知られてしまう、見られてしまう！

シュリにバレてしまうと、連鎖的にコフルイとネギシに知られる可能性がある！　長い間、アユタと共にいてくれてる二人にさえ知られないようにしてる秘密の趣味、決して知られるわけにはいかない！

だが、どうする⁉　目の前では、もうすぐシュリが部屋の中に目を向け、アユタの姿を確認するだろうさ！　時間はない、決断しろ！　アユタ！

ということでアユタは、本を尻の下に隠した。見られないように足まで組んで隠しておく。すみません、『先生』っ。

「よく来た。さっさと入れ」

「わかりました」

アユタが促すとシュリは天幕に入り、三歩ほど離れた位置に立つ。

様子を窺《うかが》う。シュリの様子を、目線を、息づかいを観察する。アユタの秘密に気づいたかどうかを見定めるために。

「アユタ姫様の朝食を用意しました。どうぞ」

く、見定める時間すらないっ。シュリの表情をまともに見ることができない！

落ち着け落ち着けアユタ。組んだ足をもじもじさせてしまうが、必死で平静を装った。

「いいだろう、持ってこい」

「わかりました」

シュリから皿と匙《さじ》を受け取ると、シュリは再び三歩ほど離れた位置に立つ。

危ない、もう少し近づかれていたら気づかれてたかもしれない！　ギリギリの勝負だった……！　なんとか凌《しの》いだと思った方がいい！

あの距離なら大丈夫だ……アユタが食事をしてもバレることはない。足を組んだまま食事をするのは良くないと、コフルイとシュリから散々言われてきたが、今はやむなしっ！

と、いろいろと考えていたのだが。

あ、これ、アユタが好きなやつ。

皿を見て、気づく。シュリが朝ご飯に作ってくれたのは、いつだったか作ってくれたビビンバチャーハンという料理だ。米を炒《いた》め、辛めの調味料を加えた料理。

米はパラパラになっていて、旨《うま》みと辛味による味わいはとても好みなんだ。朝っぱらから好きな料理を出されたことで、本のことが頭の中から消えた。

匙で米を掬《すく》い、綺麗《きれい》な赤色のそれを見つめる。素晴らしい、美しいではないか。

大きく口を開けて頬張る。

口全体に一気に広がる、辛味と旨みと香り。

「うん、美味《うま》い！」

アユタは思わず感激のあまりに叫んでいた。

「シュリがたまに作ってくれる、この、なんだっけ？　ビビンバチャーハン？　アユタはこれが好きだなぁ！　チャーハンってだけでも美味《おい》しいのに、辛さが加わったら最高ってのが証明されてる」

「ですよねぇ」

「アユタが好きな辛さだ。強めの辛さの中にひと味加わった感じ。ただ辛いんじゃなくて、ピリッと引き締まった感じと甘めの味がある。これがチャーハンという料理の味をアユタ好みにしてくれてる！　ほうれん草とモヤシもいいね、辛さとニンジンと豚肉、卵も加わった味にこの二つは、よく合う。美味い」

バクバク、とアユタはビビンバチャーハンを食べ続ける。この瞬間は何にも代えがたい幸せな時間だ。

これから戦《いくさ》が始まる、という気負いなどない。自然体で、いつも通りにすること。死に対する恐怖や戦いに対する変な興奮もない。

最高の精神状態を維持できて、実に素晴らしい。

ビビンバチャーハンは好き。口の中で細かく分かれる米粒の一粒一粒から感じる辛さと旨さ。米が飲み込まれた後の喉に残る風味。

米も、具も、味付け具合も全て完璧。最高だ。

「どうした、シュリ」

なのにシュリはどこか悲しそうな顔をしている。アユタを見て、何を悲しい思いを抱いてるんだ。アユタが聞いてみると、シュリは誤魔化すように笑った。

「いえ、なんでもありませんよ」

「そう?」

ここで追及してもいいのかもしれない。問い質《ただ》してもいいのかもしれない。

だけどしない。しても仕方がない。無意味だ。戦《いくさ》の前の至福の時間に水を差したくないよ。

「ならこれ、おかわりある?」

「え?　まぁ……少しは」

「なら持ってこいっ。これ、本当に美味《おい》しいんだ。アユタはこれが好き。口いっぱいに頬張るとな、食い物が口にある安心感と辛さと、美味しさで幸せを感じる。ご飯は食べられるときに食べておかないとな。いつ死ぬかわからないから。いつ死ぬかわからないなら、いつも好きなものを食べていたい。そうは思わない?」

——このときのアユタは、ただの雑談のつもりだった。他意はなく、ただの会話のきっかけみたいなものだけだ。

なのにシュリは右手を胸に当て、堂々と答えてきた。

「いつ死ぬかわからないのと同じく、いつまで生きていられるかもわかりません。戦場で死なず、戦場に出ることがなくなったときに……それまでの不摂生《ふせっせい》が祟《たた》り、いきなり死ぬことだってあります。戦場で死なないようにするのと同じように、いつまでも私生活を健康で過ごせるように気を付けるのも、料理人としての僕の仕事です」

シュリの答えを聞いて、アユタは平静を装っていた。

正直、アユタは表情に出さないまま、心の中でときめいていた。ここが戦場でなくて、目の前にシュリがいなければ思わず悶《もだ》えているほどだよっ。

シュリが言ったことは、実はアユタの愛読書に出てくる台詞《せりふ》に似たようなものがあってだな。その台詞がこれだ。

『私たちは互いにいつまで生きられるかわかんない。あなたは王族で、私はただのメイド。何かの悲劇で引き裂かれ死に別れるかもしれないけど……それまでは元気でいてほしいの。あなたは政務と趣味の絵と、私の相手をしてくれるけど、人はいきなり死ぬかもしれないから。いつまでも一緒にいられるように、あなたが健康に過ごせるように気を付けるのも、メイドとして妻としての私の仕事なの』

そりゃ随所随所は違うのだけど、ニュアンスとかそういう雰囲気みたいなものはそっくりだ。

最高だ。アユタにとってはそっくりだ。この場面で、まさか夢に見た台詞を、こんな形で言ってくれるとは！

「あ、そ」

アユタはできるだけつまらなそうな顔をして返答する。そうしないと、ニヤけた表情が出てきちまいそうになるからだ。できるだけ、そんなだらしない顔を見せないようにしとかないとね。フハハ。

「当たり前のことだし、杓子定規《しゃくしじょうぎ》で真面目でつまらない返答だ」

「当たり前のことで常識的で真面目なことは、得てしてつまらないものですっ。」

「間違ってない。じゃ、さっさとおかわりを持ってきて」

アユタは手を振ってシュリに部屋を出るように促す。シュリは一礼してから踵《きびす》を返して天幕から出ようとした。

「あ、そうそう」

言い忘れてたことがあった。言葉を投げかける。

「これを食べたら、戦《いくさ》の話をするからそれとなく兵士に言っといて」

「わかりました」

「……三人くらいに言っておけば、全員にあっという間に連絡事項が伝わるように訓練してるから」

シュリが天幕を出ていく。

ぱさ、と天幕の入り口の布が閉じ、アユタ一人だけとなる。天幕の外から聞こえるシュリの足音が遠くへ去って行き、気配が遠のき消えていく。

安全が確保されたら、アユタは尻の下の本を取り出してから寝床に飛び込む。

本を抱きしめながら、緩んだ笑みを浮かべた。

「ふえへへへ。まさか現実でちゃんと言われるのが、これほど良いこととはふえへへへ」

誰しも、物語の登場人物、特に主人公に近い関係性の誰かの立場を自分に置き換えて妄想を楽しむ、ということをしたことがあるはずだ。ミコトなんかそうだしなっ。

アユタはそれがよくわからなかったんだけど、実際にやられるとこれだけ素晴らしいこととは……たまらんな……。

「しかもシュリは『先生』に近い『副担任』だ……意図して言ってくれたとしたら最高の盛り上げ方だ……無意識にやってくれたら最高の状況だ……どっちでも美味《おい》しいな、これ」

劇のように互いが役回りを決めてやった話ではなく、突然シュリから言われたんだ。しかも『つまらないものです』なんてそのままの台詞《せりふ》。二連続の最高のご褒美。

「さて……最高の最高だ……が、そろそろ戦の話をする準備をするかぁ……」

アユタは寝床から立ち上がり、箱の中に慎重に本をしまう。丁寧に、傷がつかないように。尻の下に敷いてたから……後で確認しとこう。

すみません、『先生』。ちゃんと、ちゃんと手入れしますので！

気を取り直して戦《いくさ》の話をしに行くか、と立ち上がった瞬間。

謎の鬨《とき》の声が聞こえ、アユタはすぐに天幕から飛び出した。


「くそっ、どうしてこうなったっ」

アユタは森の中を疾駆《しっく》する。木の幹を、根を、枝葉を避《よ》けて走り続ける。

鬨の声が聞こえ、戦闘が始まった。敵は謎の集団、奇襲されて本陣は混乱するところだった。アユタの号令で持ち直し、押し返すことができそうだったものの、敵の一部の兵士が妙に強くて手こずってしまった。

しかも、なぜかアユタを集中的に狙ってくる。

シュリの声によって、そいつらが『神殿騎士』であることがわかった。

『神殿』が抱える武力集団、神殿騎士。神殿の教義を信じ切って狂った者たち。

死を恐れず、教義に反するものは決して許さない殺人鬼の集まり。

神殿騎士と戦ったアユタは徐々に追い詰められたものの、回りの補助もあってなんとか逃れることができた。

しかし、本陣から指揮者が逃げ出す形となってしまった。

「あいつら、いつか必ずぶっ殺す……！」

アユタは痛む腹を押さえながら、ひたすら走る。方角はわからないが、ともかく今は逃げることが重要。

本陣の指揮はコフルイに任せて大丈夫。ネギシがいれば大抵の敵は問題じゃない。

じゃ、アユタは？

ふと、疑問が頭をよぎる。

ダメだ、考えるな。

「くそ、なんであいつらアユタを狙って……！」

全速力で走ってるため、空気が足りない。必死に呼吸をするけど、肺へ送る空気が全く足りてない。息が切れて、頭が回らない。

神殿騎士の追撃を振り切り、再び本陣に戻る。それだけしか考えられなくなる。

だからだろうな。

「アユタ姫様！」

後ろから聞こえた声に、アユタは気を取られてしまった。

シュリの声が聞こえ、なぜ追ってきてるのか考えた一瞬の呆《ほう》け。視界が真っ白になって何も見えなくなり、判断できなくなった瞬間。

何かに足を滑らせて、アユタは落ちた。

「っ？　っ！」

ドボン。

水の中に落ちて、息ができなくなってようやく気づいた。アユタは川に落ちた！

「がぼっ!?」

しまった、水を飲んだ、手足を必死に動かしても体が安定しない！

「アユタ姫様！」

ドボン、と何かが川に落ちる音が聞こえてきた。そっちを見ると、シュリが川に飛び込んで、こっちに向かって泳いでくる。

もう少しでアユタの手の届くところに来る。思わず手を伸ばした。シュリにしがみついて、溺れることを回避したい！

「シュっ!?」

なのに、なぜかシュリはアユタを蹴っ飛ばした。泳ぎながらシュリに近づこうとしたアユタをさらに蹴っ飛ばして、近づけないようにしてくる。

助けに来たんじゃないのか、何をする!?

怒りのまま近づこうと手と足をばたつかせて、シュリに蹴っ飛ばされること三回。ばたつく体力もなくなり、目の前が真っ暗になってきた。

「姫様！」

そんな状況になって、ようやくシュリはこっちに近づいてきた。

手を伸ばすが、もう力がない。蹴っ飛ばされて、溺れて死ぬのか。

アユタは死を覚悟したが、シュリはアユタの腕を掴《つか》み、引き寄せてくれた。でも、もうシュリにしがみつく力がない。

「アユタ姫様、落ち着いてください。まずはゆっくり、呼吸をしてください」

目を閉じようとしたアユタの耳に、シュリの声がよく聞こえた。なぜか体が沈まない、とても安定している。シュリの言うとおり、呼吸をする。

すー……はー……と、水面に漂うときのように、ゆったりとしながら呼吸を繰り返す。

「では、そのまま。呼吸をしたままで、暴れずに僕に身をゆだねて、楽にしてください」

なんか凄《すご》いことを言われたような気がする。呼吸を繰り返したことで、ようやく自分の状況がわかった。

アユタは相当深い川に落ちたらしく、足がつかないことで混乱したんだ。それで溺れかけた。シュリは助けに来たのに、蹴っ飛ばしてきた。後でやり返す。

そして、

「っ！」

シュリはアユタの後ろ側に回り、両脇に腕を通してアユタの体を支えながら、岸に向かって泳いでるんだ。両脇に、腕を、通してる。

胸に、腕が当たってる!!

「っ！」

「あ、暴れないでください。すぐに岸に着くので」

この野郎、さりげなく女の子の胸を触りながら、平気な顔をしてやがる！

暴れようとして、触るなと言おうとしたのだけど、溺れかけて力を消耗していてできない。今はゆったりと呼吸することしかできない。

ようやく岸に着いたシュリは、アユタをお姫様抱っこして川から上がる。その行動にまた驚いて、暴れようとしたけどできない。疲れてる。

「よっこらせっと」

シュリはそのまま、楽な姿勢で寝っ転がれる川岸にアユタを下ろして、その隣に腰を下ろしてきた。アユタは空を見ながら横になっていると、ようやく落ち着いてきた。

「すみませんアユタ姫様、助けるためにはこれしかありませんでした」

「あ？　アユタを川の中で蹴っ飛ばすことが、か？」

「そうしないと、アユタ姫様は僕にしがみついてくるでしょう？　そうなったら僕も溺れます。共倒れにならないように、アユタ姫様には体力を消耗してもらう必要がありました」

そう言われて、まぁ納得することはある。溺れていたアユタは、シュリにしがみつくことしか考えてなかった。シュリにしがみついたとしても川を流れる老木の幹でもあるまいし、沈むだけだ。

最悪の場合、暴れるアユタとしがみつかれて沈むシュリと、二人とも溺れ死んでいた。

なるほど、言い分としてはわかる。わかる、が。

「後で殴らせろ」

「元気になったらどうぞ。まずは体力を回復させてください」

シュリは周辺を見てから言った。

「どうやら、結構流されたみたいです。ここがどこだかわかりません」

「なんだと？」

体を起こして周辺を見れば、確かにさっきまでの風景とは全く違う。川を見ると、かなり流れが速かった。だからか、短時間溺れていただけと思っていたのに、かなりの距離を流されていたのか。

これは……。

「……本陣がどこかわかんない。遭難したか」

「みたいですね」

「シュリ、装備は？」

「ナイフだけです。魔工コンロは本陣に置きっぱなしになっています」

最悪だ。簡単に火を点けて体温を維持し、調理もできる魔工道具がここにない。

火があれば、魚でも捕って焼けば簡単に食事が取れるのだが、それもできない。川魚は生で食べたくない。昔、それをやった部下が腹を下して死にかけたことがあったし。

「……アユタは何もない。身に着けてるものが全てだ」

「……ここからは体力消耗を最小限にして、本陣がありそうな方角に向かって行くことしかできませんね」

「できれば動きたくはないけど……」

アユタは寝っ転がり、太陽の眩《まぶ》しさを避けるために腕で光を遮る。これからのことを落ちついて考えてみよう。

遭難時、基本的にその場から動かない方が良い場合と、何が何でも移動しなければいけない場合がある。

動かない方が良い場合というのは、救援が来るまで物資、体力が保つ可能性が高いときだ。下手に動いて体力や物資を消耗してしまうのはダメだ。

この前提で大切なのは、救援に来る人がこっちの位置を大まかにでもわかっているときなので、今回は除外。

何が何でも移動しなければいけないのは簡単だ。天候の悪化を避けること。

雨が降る、雪が降る、太陽がギラギラと光を降り注ぐなど、体力を削る天候であるならば、体力を維持するために野営地を見つけるか作らないといけない。

野営地として適切なのは、雨が降り込んでこないところ。それと水はけが良いとか条件はいろいろとある。

最低条件は屋根があることだ。雨に直接打たれれば体温が下がる。太陽を直接浴び続ければ汗が出て体の水分を失う。どっちも致命的だ。

という経験を、実はコフルイに訓練と称してさせられたことがある。今回と同じく川辺で訓練かと思ったら川に投げ込まれ、そのまま流されてから生存訓練が始まった。

さすがに溺れるほどの川ではなかったけど、気づいたら結構流されていて、装備はナイフと水筒と腰袋だけの状態から始まり、なんとかアユタは生き残ってコフルイの元に戻れたものだ。

戻ってからコフルイを殴った。

あのときより状況も条件も悪い。けども、やるしかない。何より、

「移動しよう。神殿騎士がいつ来るかわからない」

アユタとシュリを狙う、神殿騎士の存在がある。シュリは大陸の外、神座《かむくら》の里《さと》の住人という扱いを受けるし、アユタはなぜか狙われてる。

さっさと移動しないと、いつ見つかって戦闘になるかわからない。

「行こう」

「はい」

アユタとシュリは、移動を開始。腰を屈《かが》め、見つからないように慎重を期す。

「……んぁ。寝て、たか」

いかん、記憶がぶつ切りになってきた。昔のことを思い出し、今朝のことを思い出し、昼間のことを思い出し、ようやく現在に思考が戻る。

移動した先で洞窟を見つけ、一応そこで野営することにした。崖をくり貫いた、人の痕跡がある洞窟。水が入ってこなくて、雨にも打たれない条件の良い場所。

野営ではあるが火を熾《おこ》す道具はなく、食料もない。実質、ただの雨宿り状態だったりするが、雨に打たれるよりかは遥《はる》かにマシだ。

でも、最悪なことにシュリもアユタも体温を奪われている。二人とも川に落ちてからここに来てるけど、材質の違いなのかシュリの服は乾き、アユタの服はまだ生乾き。そのせいでアユタの体温の方が奪われる。

「……ダメだな、寒い……」

自分の体を抱きしめるようにして、体温を保とうとする。けど、冷たいものにぬるいものを当てたって意味がない。温まるわけがない。

視線を移せば、地べたに横になったシュリがいる。体を丸めて、体温を失わないように寝ているんだ。アユタがそうしろ、と言ったから。

シュリはこれで大丈夫だろう。きっと目覚めたときには体温はマシになってるはず。

移動の時からだいぶキツそうだったし、戦闘になってしまったら確実に足手まといになる。せめて邪魔にならないようにしてもらわないと。

「……アユタが、逆に邪魔になりそうだな……このままだと……」

洞窟の外に目を向ける。雨がやむ様子はない、このままだと夜中も降り続ける。

夜になっても雨が降るなら、相応に気温も下がる。そういう状況ならなおさら、火を熾さないとダメなんだけど、道具が一切ない。

というか、移動途中に枯れ枝でもなんでも集めておいて、なんとか火を熾せないか試すべきだったと後悔してる。火さえあれば、魚を焼いて食べることができたし、体温を保つこともできたのにな。

「……敵が、来る様子は、ない……」

歯がガチガチと鳴り始めた。体が小刻みに震えてる。寒すぎて、体が反応してるんだ。

この状況で敵が来たら最悪だな、と呟《つぶや》く。

「どうする……このまま、だと……」

アユタは洞窟の外に、雨に濡れないくらいに顔を出して周辺を観察する。誰かが、生き物が動いてる様子はない。雨が降り続いているだけ。

敵が来ないのはマシだけど、体温がなくなって死ぬのは最悪の状況では？

「くそ」

元の位置に戻り、体温を保とうと体を丸める。敵が来たときに対処できないとまずいので、眠ることはできない。警戒は続ける必要がある。

でも、とうとう限界が来た。体温を失いすぎて、眠くなってきた。

確かコフルイが昔、アユタとネギシに教えてくれたことがあったな。人間は体温を失いすぎると、極度に眠くなるって。あと、なぜか服を脱いで楽しい気分になるとか。

さすがに服を脱いだら楽しくはないなぁ、とか、そういや、朝のあの一幕は楽しかったな、と思い返す。本の一幕にある言葉で気遣われる、良い。

「あ、そういや、こんな場面も、あの本に、あったな」

アユタは笑ってしまった。

『先生』の本にも、寒い地域で二人して遭難したときに、洞窟の中で火を熾《おこ》して寄り添っていたとか。もちろん『先生』の本なので、素晴らしいことに、寒くて震える妻のために、夫の毛皮の外套《がいとう》で二人一緒に包み込むようにして抱き合い……うーん素晴らしいことになってた。

男が女のために、自分の着てる服を譲って寒くないようにする。

「ふふふ……さすがに、そこまで、望むのは、はしたない、な……」

自嘲《じちょう》気味に笑ったところで、アユタの意識がゆっくりとなくなっていく。

いい気持ちのまま、目を閉じてしまう。もう抗《あらが》うことはできない。

せめて『先生』の本の続き、読みたかった。

そんなバカなことを考えながら、眠りに落ちてしまった。


「起きて、もらえ、ますか」

「……んっ」

シュリの声が聞こえてきた。耳に届いてくる、優しい声。

アユタはぼんやりと目を開き、覚醒していく。温かい、そして体が動く。眠る前の低くなって死にかけていた体温じゃない。

完全に意識が戻って、気づいた。今の状態を悟り、顔が真っ赤。

アユタはシュリの服を着せられ、シュリに抱きしめられていた。

なんだこれ!? 何がどうなってこうなった!? 寝てる間に襲われたのか!? アユタは混乱したままシュリを見て、ようやく気づいた。

シュリの顔が青白くなっている。しかも、接触してるシュリの腕と胸が、冷たい。

こいつ、アユタに服を着せて抱きしめて、死なないように温めてくれてた?

「おま」

アユタが口を開く前に、シュリは前を見たまま言った。

「後ろ、見て、くださ、い」

シュリの震える唇から出る声は、とても弱々しい。いったいいつから？　アユタのためにこんなことをしてくれてる？

アユタは状況を察した。シュリがアユタを助けるためにこんなことをしたのだと。

さらに後ろを見る。

そこにいるのは、神殿騎士。もう会話の余地もなく、こっちを殺そうとしているところ。

まさか、シュリはこれからもアユタを守ろうと、ギリギリまで耐えていたと?!

アユタはすぐに立ち上がろうとしてシュリの体に手を置く。

幸い、アユタの体力は回復してる。シュリのおかげで体温が戻り、腹は減ってるものの動くことに支障はない。こいつ一人くらいなら、なんとかな、

「シュリ、体が、冷たっ？」

改めてシュリの体に触れてみれば、その体は予想以上に冷えていた。さっき感じた冷たさは、あくまでもアユタの体温が少しだけシュリに移っていただけ。

本当のシュリの体温は、冷たすぎる。

外で振りしきる雨からくる冷たい気温と湿気、洞窟内の冷えた空気からアユタを守り、濡れた体と服を乾かして体温が奪われないようにしていた。

抱きしめ合えば互いに温まるはずだが、アユタの体温と外気が冷たすぎてシュリを温めることができてないってことだったのかっ？

「あなたは、これで、体温は、戻ったので、逃げられ、ます」

シュリは笑った。アユタを安心させるように満面の笑みを浮かべてた。

「逃げ、て」

シュリが言う。逃げろ、と。

アユタは目を大きく開き、シュリを見る。

「お前……」

アユタは、感動していた。愛読書にあった互いに体を温める展開が、本当に目の前にある。いや、それ以上の展開が目の前に。

アユタの体温を保ち続け、襲い来る外敵から必死に守ろうとするシュリの姿が。

愛読書以上の、想像以上の展開で頭が燃えるような感覚に陥る。

目の前の男が、アユタを守るために全てを擲《なげう》とうとしている。

体温も、命も、服も、何もかもを捧げる男が。

愛読書の中の、夫が妻に何もかも捧げて愛する、という行為をそのまま体現したような男が。

アユタのために。

シュリはアユタの鎖骨の真ん中に優しく手を当て、突き放そうと力を込めてくる。

「行って」

微笑《ほほえ》むシュリを見て、体が動かなくなる。アユタはこの場を離れることはできない。シュリを見捨てることはできない。したくない。

本の中の空想の世界での自己犠牲を見たときは、さっさとその自己犠牲を受け入れて生き延びればいいのにと思ったことがある。その葛藤こそが面白いと思うのは後のこと。でも、でもだ。目の前でそれをやられると、見捨てることなんてできるはずがない。

「で、でき、できない、アユタには、できない」

アユタの喉から絞り出すことができたのは、悲しさに満ちた声。

自分のためにそこまでしてくれた人を見捨てる？　ここでおとなしく自分だけ逃げる？　兵士を率いて多くの戦《いくさ》を巡り、自分のために死ぬ人間を見てきた。心の乱れや葛藤なんか、昔のネギシの言葉で吹っ飛んで整理できたはず。

なのに、なぜだ。なぜアユタは今、シュリの自己犠牲にここまで心を震わせて迷っている。わからない。わからない。

「行って。もう、目も見えないので、僕は、逃げ、られない」

「やだ。やだ」

ダメだ、ここから出るならシュリも一緒だ。神殿騎士をぶちのめして、二人で行く。シュリを引っ張ろうと体に触れるたび、あまりの冷たさにアユタの体が固まる。

いつもなら動けるはずの状況で、アユタはみっともなく弱々しい女になってしまう。

「ああ、こんなときに、思い、出した。僕は、もう、とっくの昔、に、結論を、出して、たんだって。ああ、ちくしょう」

シュリが何かを呟《つぶや》いている。聞こえてはいるが気にしてられない。

シュリがアユタをなんとか押し出そうとしてくる。一人で逃げろと言いたいんだろう。けど、ここで見捨てられない。頼む、頼む、動け、シュリ、今だけでいい、動けっ。

「別れは終わったな」

神殿騎士が剣を振り上げた。

「最後の慈悲として、二人一緒に死んでもらおう。寂しくはない、痛みもない。次があるなら、大陸の兄弟として生まれよ。さらばだ」

神殿騎士の剣が振り下ろされようとしている。

ここで殺されてたまるか。さすがにこの状況になれば、アユタも体が動く。この神殿騎士の剣筋は素直で見切りやすい。

アユタと死にかけのシュリを見て、余裕で殺せると思ったからか、油断しきってる。

上等だ、剣を絡め取って奪いつつ、交差にて顎を砕いてやる。

「おいコラ」

足を動かそうとしたところで、神殿騎士の腕を後ろから掴《つか》む別の手が現れた。

「な⁉」

神殿騎士が驚きながら振り向く。アユタも騎士の後ろを見た。

そこにいたのは、ネギシだ。いつもの大槍《おおやり》を持っていない。身軽な格好でここに来ている。どうやってここを突き止めた？　疑問はあるけど、今はいい。

「お、お前、なぜここにっ？」

「どうだっていいだろうが糞野郎《くそやろう》が!!」

ネギシが神殿騎士の顔面に拳を叩《たた》き込む。

ぐしゃり、と顔面の肉と骨が潰れ砕ける音とともに、神殿騎士が洞窟の壁に激突。鼻は折れてしまって顔面は完全に破壊されている。

よく見れば僅かに息はしているが、当分目覚めることはないだろう。ほっとけば死ぬかもしれない。

「無事かっ、姫様、シュっ」

「ネギシ、さん」

シュリの口から安堵《あんど》の声が漏れる。アユタも同様だ、救援が来たから命は助かる。

なぜかネギシは神殿騎士が落とした剣を拾ってた。

シャリィン、と剣を振るって地面を擦《こす》り、握り心地と振り心地を確かめてた。なぜ。

「さて、シュリ。姫様を手籠《てご》めにしようとした豪胆さは認めよう。しかし、そういうのは許されないことだわかるだろ？」

「いや、あのぅ、これは」

あ、そっか。アユタが手籠めにされてると思ってるのか。

未《いま》だにアユタはシュリの腕の中、胸に寄りかかってた。離れるのを忘れてた。

ここが、居心地良くて。

「なんか、離れて、くれなくて」

「黙れ猿。ここで斬り捨てっ」

それ以上、シュリへ言うな。

アユタはあらん限りの怒気を込めてネギシを睨《にら》む。ネギシはアユタの顔を見て怯《おび》えている。

ああ、そうだ。アユタは今までこれほどの怒りを他者に向けたことがない。

「野暮天が……」

「い、いや、姫様っ？　なんだ、その顔⁇　何、その、なに⁇」

ネギシは怯えたまま後ずさってる。その際に剣を落としていた。助けに来てくれたのはいいが、それ以上シュリに向かって言うことは許さない。

命の恩人で、こいつはアユタの――。

「アユタ、姫、様。ここが、無事なら、外へ。太陽を、浴びて、温まりたい」

イカン。これ以上シュリに負担をかけるわけにはいかない。

立ち上がって尻の辺りをポンポンと叩《たた》いて汚れを落としておく。

アユタはシュリの手を取った。冷たい。冷たいが、この冷たさはアユタのために背負ったものだ。むしろ心地よい。

「ごめん、行こう」

アユタはシュリを引っ張って立ち上がらせる。自分で立ち上がる力はないけど、力はまだ残っているらしい。

ネギシを先頭にして進んだ。洞窟の外に、襲ってきた神殿騎士の仲間がいたら困る。

「肩を貸そうか」

「えっ、い、いや、大丈夫、です」

「行こう」

アユタはシュリの手を取って歩き出す。引っ張ってないと、シュリは歩けなさそうだからね。

「ぐっ、ふ、ざ」

だから、油断してた。アユタの後ろの方で、剣を拾う音と立ち上がる音。最後に不穏な声。シュリの手を取って歩いていることで、気が抜けていた。

「けんじゃねぇえええええええ!!」

怒号。アユタとシュリが同時にさっと振り向く。神殿騎士がこっちに向かって走ってきている。無茶苦茶な剣筋で振り回し、襲いかかってこようとしてる。

神殿騎士の目は虚《うつ》ろで、誰を狙ってるのかわからない。けど、進行方向からアユタとシュリを狙ってるのは間違いない。このままだと、一番に襲われるのはシュリだ。

シュリは、死にそうな思いでアユタを助けてくれた。

体温を失っていたアユタに、温もりをくれた。

死なせるわけに、いくかよ。

すぐに足に力を込める。

「姫、さ」

だけど、シュリはアユタの手を振り払い、力いっぱい突き飛ばしてきた。

飛ばされてる中で見た。シュリが手を広げて体を張っている。

アユタを守るように、壁になる形。

「ま！」

アユタが止める前に、神殿騎士の剣がシュリの肩口に叩き込まれる。

こちらからだとよく見えない。だけど、シュリの肩から血が噴き出していた。

アユタの目の前でシュリはよろけてしまう。

「しねぇぇぇあああああ！」

シュリが倒れそうになる。

重傷だ。ここからシュリを引き寄せて逃がしつつ、シュリを助ける。一撃で神殿騎士を仕留めなければいけない！　でも、神殿騎士は狂乱状態、アユタがまともに近づくのは危険すぎる。

地面に足が着くまでの瞬間、アユタはすぐに思考する。結論、顎を砕いて首を折る。

神殿騎士の剣が再び振り上げられたとき、シュリが地面を踏みしめた。

再び力強く立って手を広げ、アユタを守るように立つ。

「させ、な、ぃ」

シュリは、まだ立っていた。守ろうと、必死に守ろうと動く。

アユタを守るために動く。

人は死《し》に際《ぎわ》で本性が出るもんだ。

地面を踏みしめ、アユタの前に立ち、暴れる騎士を前にして堂々と手を広げ、守れる。

こいつはそういう男だ。

感動がアユタの全身を包む。文字通り命までアユタに差し出そうとしているシュリの背中に、かつて夢見たものを見た。

感動に身を震わせていた瞬間、

「おらあぁぁぁあああ！」

シュリの横を素早く通り過ぎたネギシが、トドメと言わんばかりの拳を神殿騎士の顔面に叩《たた》き込む。

今度は鼻《はな》っ面《つら》に対して真っ正面の直突き。鼻骨を潰され、前歯を折られ、血を撒《ま》き散らしてふっ飛ばされる。

背中から吹っ飛んだ神殿騎士は、勢いよく後頭部を地面にぶつけ、動かなくなった。

同時にシュリが倒れてくる。その背中を受けとめ、支えたアユタが見たのは。

安らかな顔をして、笑顔で目を閉じるシュリの顔。

冷たい体、流れる血。

これ、全部がアユタを守るために負った傷だ。

寒い時に服を譲ってくれて抱きしめてくれて、体温が下がらないようにしてくれて、アユタを守るために立って、負った傷。

シュリから反応はない。完全に気を失っている。呼吸は浅いが、まだ助かる。

思わずアユタは、シュリの肩口に触れた。流れる血が手に付着し、その手でシュリの顔に触れた。最後にアユタの頬にシュリの血を付ける。

興奮が、止まらなかった。

「みつけた」

思わず、歓喜の笑みが浮かぶ。

「みつけた」

長年求めていたものが、目の前にある。

「みつけたっ……」

あの本にあったような、妻のために、女のために、体を張る男。

本の中の主人公みたいな、友人として、幼馴染《おさななじ》みとして理想の男。

「みぃつけたぁ……っ」

歓喜の笑みが、顔面全体に張り付く。シュリの血がアユタの顔に、体に付着するのがたまらなくいい。

これだ。

こいつだ。

こいつがアユタが求めた友人。

こいつが、アユタの理想の幼馴染み。

この人が、アユタの幼馴染みに相応《ふさわ》しい。

「ネギシ」

「大丈夫か姫さっ⁉」

無事を確かめるようにこっちを見たネギシの顔に、先ほどよりも遥《はる》かに強い恐怖の色が浮かんでいた。

「ひ、姫、さ、ま？」

「大丈夫だ。アユタは大丈夫」

アユタはシュリの体を抱きかかえた。軽い体だ、薄い筋肉で無駄な贅肉《ぜいにく》がない。

およそ戦う男の体じゃないが、だからといって弛《ゆる》んだみっともない体じゃない。

そこがまた、アユタにとっての理想のままで、体中が燃えるように熱く興奮してくる。

下腹部に甘い熱が宿るようで、酷《ひど》く心地よい。

「お、おい。シュリは俺が」

「触るな」

アユタの代わりに抱えようとしてきたネギシに向かって、淡々と告げた。

「触るな。こいつは、アユタのだ」

一言だけ告げ、アユタは洞窟の出口に向かって歩き出す。足取りが軽い、空腹も疲労も何も気にならない。

理想の幼馴染みを、ようやく見つけた。

理想の幼馴染みを、ようやく手にした。

理想の幼馴染みを、ようやく、ようやく、ようやく、ようやく、ようやく、ようやく、ようやく、ようやく、ようやく、ようやく、ようやく、ようやく、ようやく、ようやく、ようやく、ようやく。

「ようやく、アユタの理想がアユタのものになった」

アユタの笑みは、止まらなかった。

ああ、そうだ。

「その前に」

アユタは振り返り、ネギシの横を通り過ぎた。ネギシの顔は恐怖で引きつっていたが、今は無視しておく。

かろうじて息をしている神殿騎士の傍《そば》に立つ。ヒュー、ヒュー、と掠《かす》れた呼吸音が聞こえてきた。放っておいても死ぬだろう。時間もかからず、すぐに。

でも、それじゃダメだ。

アユタは足を上げて、思いっきり神殿騎士の喉を踵《かかと》で踏み潰す。

「がっひゅ」

神殿騎士の口から変な声が漏れ、足の下からゴカ、と首が折れる感触が伝わってきた。

これでよし。神殿騎士の目から完全に生気が消え、死体となって転がる。ビクンビクン、と死後痙攣《けいれん》をしてたが、それもすぐに止まる。

「……はは」

自然と、口から、笑いが漏れる。

「ありがとう、これはアユタからのお礼だ。これ以上苦しまないようにとな」

自然と、お礼が出た。

「お前のおかげで、アユタは手に入れたぞ」

自然と、笑みが浮かんだ。

「アユタの」

自然と、それを、

「幼馴染《おさななじ》みを」

口にした。


あとで話を聞いたところによると、ネギシとコフルイはアユタが神殿騎士から逃げたあと、本陣を襲ってきた敵を全て排除して、立て直しをしてたらしい。

正確に言うと、コフルイが本陣再建の指揮を執って、ネギシはアユタの捜索隊を結成して探し回っていたらしい。アユタの走った方角を辿《たど》ったと。

その先に川があり、下流に流された可能性を考えたと。部下のみんなは最悪の状況を想定してたが、ネギシは無事だと信じて探してたらしい。

で、探してる途中で逃げた神殿騎士の一人を発見、どこから来たのか調べるつもりで追跡したら洞窟を見つけ、アユタたちを発見したとのことだ。

なるほど、とアユタは納得しながら、ネギシの案内で本陣に戻る。ネギシは戻る途中もこちらをチラチラと見てきて気になってる様子。でも、でもだ。

シュリには絶対に、触らせるつもりは、ない。

ネギシを睨《にら》み牽制《けんせい》しつつ、本陣に戻ったアユタ。

コフルイからは無事を喜ばれ、他のみんなも安心してる様子。コフルイがシュリの様子を見て、すぐに医者を呼んだ。

その際に、アユタは言った。

「こいつは、シュリは。アユタの命を救った。体が冷え、体力をなくし、死にかけていたアユタを守った。襲い来る神殿騎士に対して壁になって、アユタを守った。必ず助けろ、シュリが死んだらこの場にいる全員を殺して、アユタも死ぬ」

アユタの言葉に全員が目を剥《む》いて驚く。続けて放った、

「命の恩人を助けられないなど、生きる意味がない」

この言葉に、全員が納得してシュリの治療に当たった。

冷えた体を温め、傷ついた体を治療し、安静にして寝かせる。アユタはずっとシュリの傍《そば》を離れなかった。離れるつもりはなく、離すことなど許さない。ずっと傍に。

シュリの寝顔を見てると、本当にアユタは手に入れることができたのだと興奮が止まらない。本の向こう、空想の外側。決して手に入らない、理想の幼馴染《おさななじ》み。

なので、シュリの服を奪ったまま同じ寝床に潜《もぐ》り込み、シュリを抱きしめる。今度はアユタが助けるという意味を込め、同時に。

アユタの傍から離れないように、アユタの匂いを染み込ませるように。

コフルイが驚いて止めに来たが、逆に殴り飛ばして続けた。

三日後、シュリが目覚めるまで、できるだけ。


「はぁ……はぁ……」

シュリが目覚めたとき、アユタは急いで自分の天幕に戻った。

ズカズカと歩き、箱の中から愛読書を取り出す。胸に強く抱きしめ、寝床に転がる。

興奮が止まらない。変な汗が流れる。息が荒くなってるが苦しくない、むしろ気持ちいい。最高だ。

「はぁぁああ……」

わかる、今のアユタは最高にニヤけてる。さいっこーの気分に浸ってる。

本を胸に抱きしめたまま、アユタは右手で服の襟の部分を掴《つか》む。

シュリから着せられたままの、シュリの服を、アユタは掴む。

この服、何やら細工が施されてるらしく、汚れもなくヘタってることもない。

でも、それがいい。掴んだ襟を鼻先に引っ張り、匂いを嗅ぐ。

シュリの匂いがする。

シュリの匂いだけがする。

シュリの、シュリの。

「ははは……」

少しだけ笑いが漏れた。口元を、鼻を覆うように服を引っ張る。

「ははははっ……」

匂いをいっぱい吸い込んで、それでも足りないと欲望が湧いてくる。

「はははははは」

笑いが止まらない。とうとう服を口の中に含んだ。

「あははははっ」

笑いが大きくなる。シュリの何かが口から体に入る想像が止まらない。

「あははははははははははははは!!」

大きく笑い声をあげて、アユタは喜びの気持ちに浸った。下腹部に感じる稲妻のような甘い快感が、全身を駆け巡り、頭の中に集中して。

「あはははははっはっ……っは」

ぷち、と頭の中で、何かが弾《はじ》ける音がした。弾けたことで溢《あふ》れた中身が、アユタの全身に、今まで感じたことのない心地《ここち》好さとともに染み込んだ。

笑いが止まる。動きが止まる。

アユタの中で、全てが定まった。

「シュリ、ありがとう」

アユタは体を起こした。本を傍《かたわ》らに丁寧に置いて、咥《くわ》えていた服を口から離す。

清々《すがすが》しい気分で、寝床にへたり込んだまま天井を仰《あお》いだ。

「来てくれて、ありがとう」

空へ向けて両手を上げる。

「ああ、ありがとう」

この世界の奇跡全てに感謝して抱きしめるように、アユタは両腕で強く自分の体を抱きしめた。

「お前は、アユタの」

優しい笑みを浮かべ、

「幼馴染《おさななじ》みだ」

にちゃ、と、笑った。

閑話　ウーティンの撤退〜ウーティン〜

「情報収集は、ここ、まで、かな」

自分ことウーティンはグランエンドの路地裏で、得た情報を帳面に記録して呟《つぶや》く。

今夜は半月だ。そこそこ明るい夜の、ひっそりとした闇の中で自分は活動をしていた。

あいつ……ヴァルヴァの民と遭遇してから数週間。なんとかグランエンドに潜入した。

近くの民家から服を盗み、それっぽい格好をして行動。なぜか人が住んでる気配は全くなかったな、物品だけ残ってた感じ。

夜な夜なあちこちの店に入っては食事をし、情報を集める。

お金に関しては、悪いことなのだが身に付けていたメイド服を売った。これも仕事だ、勘弁してくれ、姫様。

でも、そのおかげで必要な情報は集まったし。

「まさか、あの、姫様と、親しく、して、る『教室』の、一員、の、アユタが、ここ、の姫、とはな」

姫様と親しくしてる友人枠であり、ダイダラ砦《とりで》の軍団長のアユタ。

姫様は「どこぞの姫か誰かがあそこに砦《とりで》を作って、こっちを狙いたかったのじゃろ。だが、もうアユタと友人であるし、一度は屈服させておる。心配はない」と言ってたな。

まさかグランエンドの姫とは思わなかった。さらに、もう一つ重要情報。

「あと、シュリの行方が、判明、した、の、大きい、な」

なんと、シュリはここからダイダラ砦に護送されたとのこと。これでシュリの行方はわかった。アユタは気難しい性分だが、気に入った相手や認めた者にはそこそこ優しい。

シュリなら、アユタに気に入られるだろ。

「さて、あとは……」

自分は路地裏に立てかけてあった戸板に足を掛け、上る。

壁を蹴り、民家の屋根の上へ。そこからグランエンドの首都を見渡した。

「見れば、見るほど、不思議、な、街」

この街は、どこか異国情緒に『溢《あふ》れすぎている』。

『神殿』のお膝元のフルムベルクの、賭博《とばく》や風俗が楽しめる歓楽街である『柳園街《やなぎのそののまち》』。

あそこに似てる雰囲気はあるが、こっちの方が『自然』っぽい。

むしろ柳園街の方が『こっちに似せてる』雰囲気がある。この違和感は、なんだ？

街全体がまるで、本当に異国そのままのような……。

「……街の見取り、図は描、いた。撤退だ」

もう集めるべき情報は集まった。疑問はこれで打ち切り、あとは姫様に判断してもらう。

自分が屋根から下りようとすると、遠くから警鐘が鳴り響く。

カーン、カーン、カーン。大きな鐘の音がずっとだ。

「……なん、だ？」

なんだなんだと屋根の上で身を屈《かが》め、気配を消す。いきなり警備隊員の数が多くなり、行き交う人々が怒声を上げながら行動している。

何か異常事態があったか？　警備隊の声に耳を傾けてみる。

「急げ！　侵入者を逃がすな！」

「こんな……なんでこんな……！」

「ギィブ様が殺された！　侵入者を捜せ！　絶対に逃がすな！　まだ遠くには行ってないはずだ!!」

……は？　ギィブが、殺され、た？

どういうことだ、と混乱する。確かギィブ・グランエンドはこの国の国主という立場にある、支配者の頂点のはず。いわば王様だ。

王様が、いきなり殺された？　侵入者を殺せ？　まさか、暗殺の類いか。

「……まさかっ！」

ヴァルヴァの民はここに仕事に来ていた。内容は知らないが、鉢合わせして邪魔をしなければ別に、と気にしないようにしてた。

まさか、あいつの仕事が王の暗殺、ギィブを殺すことだったのか!?

「……マズい！」

自分は一瞬にして、この状況の最悪さに気づいた。

自分はこの街では異邦の者。街の人間から見れば、怪しさしかない。

その自分がもし見つかってしまえば……ギィブ暗殺の罪をなすりつけられる！

あのヴァルヴァ！

「あい、つ！　自分に、罪をなすり、つけ、るつもりか！」

自分がここに来ることを見越し、自分がこの街をあちこち歩いて顔を覚えられ、自分がここを去ろうと決めるのを見越して、暗殺を実行したんだ！

もしも自分がこの状況で警備隊に見つかれば、最近現れた見慣れない風貌の女として、暗殺犯に仕立て上げられるからだ！

自分はそのことに気づいて、急いでこの街からの脱出を決める。脱出し、姫様のいるニユービストまで撤退だ。そうしないと殺される！

自分は屋根を伝って移動しようと立ち上がり、足に力を込めた。

「……みぃつけた」

ぞ。

寒気と勘に従い、自分は振り向く。

だが、誰もいない。誰もいないはずだが、誰かの息づかいは聞こえる。ゆっくりと、こっちに近づいてくる気配がする！

「！」

ほぼ、勘だった。自分は右の裏拳を、誰もいない右の空間に放つ。

ごっ。何かに防がれる感触があった。

「……えぇ」

困惑の声が、誰もいない右の方から聞こえる。裏拳から誰かに触れてる感覚が消えた。

逃がさない。自分は腕を伸ばして、無造作に何かを掴《つか》む動作をした。

がしっと何かを掴んだ。

「!?」

本当に掴めると思っていなかった自分は、あまりの気色悪さと驚きで手を離してしまった。同時に屋根を走って逃走開始。何がなんだかわからないが、あそこに何かがいる！

これ以上、何かと交戦したくない！　自分は恐怖から逃げ出した。

でも、何を掴んだ？　と、姫様のメイドとして諜報員《ちょうほういん》としての責務が、自分を振り向かせる。

徐々に、空気に溶けるように透明になっていた誰かが、そこに現れる。

真っ白なメイド服を来た、少女。

虚《うつ》ろな目つきをした美しい女性。肌も、髪も、瞳も、何もかもが白い。真っ白だ。

けどその目は、感情が見えないというより感情がないほどに目に力がなく、闇そのもの。

少女は腕をさすってから、こっちを指さす。

「覚えた」

自分は死を覚悟するほど、その少女に恐怖を感じた。単純な戦闘力だけで判断するなら多分、勝利できるとは思う。

ただし自分の直感では、それ以外の何かがあの少女にあるのがわかる。戦闘力以外の何かの幻術のようなものがあり、そのせいで自分は殺されるんだ。

透明になれる？　能力？　魔法か魔工？　なんて聞いたことがないっ。

「覚えなくて、いい！」

思わず返答してしまう。声を聞かせるべきではないが、恐怖を振り払うために叫ぶしかなかった。幸い少女はこっちを追跡するつもりはないらしく、その場に立ってるだけだ。

結局自分は、街の外まで逃げ切った。

荷物なんて用意してなかったが、再び街に戻る気が起きない。おそらく、あの少女に見つかったことで自分はギィブ殺しの容疑者に仕立て上げられてるはずだ。

戻ることなんてできない。

「しかし、なんで」

自分は街の方を振り向き、呟《つぶや》く。半月の明るさに照らされた街が、どことなく不気味に見えて仕方がない。

「……ギィブが殺されたのは、なんでだ……？」

ヴァルヴァがギィブを殺したのは、自分の中では間違いない。

どうやって殺したのかは気になるが、別のことが気になる。

誰がギィブ暗殺を依頼したのか、そいつはギィブを殺すことで何を得たかったのか？

わからないことが多いままだが、自分はすぐに帰ることにした。

気にして立ち止まっていたら、白い少女に殺される気がしてならないから。


〈『傭兵団の料理番17』へつづく〉

ヒーロー文庫

傭兵団《ようへいだん》の料理番《りょうりばん》 16

川井《かわい》 昂《こう》

2023年6月10日 第1刷発行

発行者 廣島順二

発行所 株式会社イマジカインフォス
〒101-0052 東京都千代田区神田小川町3-3
電話／03-6273-7850（編集）

発売元 株式会社主婦の友社
〒141-0021
東京都品川区上大崎3-1-1 目黒セントラルスクエア
電話／049-259-1236（販売）

印刷所 大日本印刷株式会社

ISBN 978-4-07-453204-9